\弗里川音/ 著

心动那一天所做的决定

XINDONG
NAYITIAN
SUO ZUO DE JUEDING

时代出版传媒股份有限公司
安徽文艺出版社

图书在版编目（ＣＩＰ）数据

心动那一天所做的决定/弗里川音著.—合肥：安徽文艺出版社,2020.1
ISBN 978-7-5396-6861-1

Ⅰ.①心… Ⅱ.①弗… Ⅲ.①长篇小说－中国－当代 Ⅳ.①I247.5

中国版本图书馆CIP数据核字(2019)第301277号

出 版 人：段晓静
责任编辑：张 磊　周 康　　装帧设计：小 乔　刘 丹

出版发行：时代出版传媒股份有限公司　www.press-mart.com
　　　　　安徽文艺出版社　www.awpub.com
地　　址：合肥市翡翠路1118号　邮政编码：230071
营 销 部：(0551)63533889
印　　制：合肥华云印务有限责任公司　(0551)63410599

开本：880×1230　1/32　印张：10　字数：270千字
版次：2020年1月第1版　2020年1月第1次印刷
定价：36.80元

（如发现印装质量问题，影响阅读，请与出版社联系调换）

版权所有，侵权必究

目 录

第一章 —— 001
他那颗枯竭许久的心,在看到她后,就像久旱逢甘雨,开始扑通扑通地狂跳。

第二章 —— 019
他看着她被亲人数落,那双漂亮的桃花眼里,闪过复杂的情绪。

第三章 —— 038
只要给他一个接近她的机会,除非她赶他走……不!就算她赶他走,他也不会走!

第四章 —— 057
这份还处在单恋阶段的感情,就像隔着千山万水,难以攀越;就像藏在万丈深渊,难以见光。

第五章 —— 077
他知道,此刻所有安抚的语言对她而言都没用。

第六章 —— 097
某些原则一旦被打破,就很难再立回来。

第七章 —— 115
所以,这个吻……是什么意思?

第八章 —— 135
真希望这首曲子永远不停,能和你一直跳下去,跳到天荒地老。

目　录

第九章——155
他的眼眶瞬间红了，一颗滚烫的心像被人从高空抛进了冰寒刺骨的深渊里。

第十章——173
你能不能……重新考虑一下我？

第十一章——192
弟弟是长久的，恋人却未必。

第十二章——212
他妒火中烧，从一只"心机狗"变成了一只"疯狗"。

第十三章——232
她从不知道，在这个世界上，有一个男人竟爱她爱了这么多年。

第十四章——252
他对她没了那份新鲜感，于是就拍拍屁股走人了？

第十五章——272
这个世上从来没有后悔药，一步错，便步步错。

第十六章——289
他的唇轻轻颤着，吻得温柔又深情。

尾　声——308

第一章

> 他那颗枯竭许久的心,在看到她后,
> 就像久旱逢甘雨,开始扑通扑通地狂跳。

01

临近半夜十二点。

B市某高端酒吧里依旧热闹非凡。酒精通过血液在人的身体里不断地向四处扩散,震耳欲聋的音乐声震得人的每一根神经都像在蹦迪。

陆时熠慵懒地靠在沙发上,长腿交叠着,一只手握着酒杯,另一只手搭在椅背上,指尖有节奏地轻轻点着。

于牧和林洲洋作为陆时熠二十几年的好兄弟,得知陆时熠今天回国的消息后特意在今晚举办了聚会,算是给他接风洗尘。

陆时熠一个人坐在左侧的沙发上,在这鱼龙混杂的环境中,他倒是有种"万花丛中过,片叶不沾身"的神秘感。他那高贵清冷的气质让姑娘们着迷,同时也让人对他的身份感到好奇。

一晚上,茶几上横七竖八地堆了几十个空酒瓶。

于牧这会儿醉得都快站不稳了。他打了一个酒嗝,指了指外面,说:"陆

时熠,你真会挑时间回国。你知道今天外面的空气污染指数是多少吗?五级!最高级别!这压根儿就不能被称作雾霾,这空气里飘的都是光化学烟雾!你挑今天回国,我是真的太爱你了,才会舍命陪君子!"

陆时熠弯了弯唇角,笑了一声,放下酒杯,将喝得醉醺醺的于牧推远,道:"滚,谁要你爱我!我刚回国,你少来恶心我。"

他的声音干净又清朗,哪怕说了一个脏字,也不让人觉得讨厌。

他这一说话,姑娘们又忍不住偷偷瞄他。

陆时熠五官精致,十分帅气,尤其是那双迷人的桃花眼,仿佛有道不尽的风流多情。他举手投足间都散发着男性荷尔蒙的气息,挠人又挠心。

这样有魅力的男人,却不近女色,真是令人遗憾。

今晚的姑娘们虽然没能坐在陆时熠身边陪他喝杯酒,但是可没少拿小费,一个个喜笑颜开的。胆子大些的姑娘,借着酒意直接靠在了于牧怀里,撒着娇,抱怨他好些日子没来了:"小于总,以后你可得常来。"

于牧看了看姑娘娇嫩的脸蛋,醉得话都说不流利了,结巴道:"小……小美人,要不是我家里那位祖宗管得严,我……我恨不得天天到这里来逍遥快活!"

众所周知,于牧嘴里的这位"祖宗"是他的亲姐——于晚,她现在是RG集团董事长兼首席执行官。

于晚二十二岁便接管了濒临破产的RG集团。短短五年时间,在她的领导下,集团打了个翻身仗,股票一路大涨,未来形势一片大好。她年纪轻轻就成了财经杂志的常客,是新时代女性的楷模,可以说是一位极具传奇色彩的女强人。

"小于总,真羡慕你有于总那么出色的姐姐。"

"羡慕个什么劲儿?我天天被她管,一点自由都没有!"

"于总就你一个亲弟弟,不至于管得这么严吧?"

"怎么不至于?"酒劲上头,于牧什么话都敢往外说,"我好歹也是一家……娱乐公司的总裁，不就是有点绯闻……嗝，多正常的事！她天天把我当三岁小孩一样管着，这也不让去，那也不让去，我一点娱乐生活也没有。恨不得让我跟她一样……嗝，为公司效命！你们说……说，这样的姐姐，烦人不烦人？"

HY娱乐公司的总裁是于牧，但从另一个层面来说，HY只是RG旗下众多子公司里的一家娱乐公司。

所以，于晚便是于牧的顶头上司。

于牧的话让姑娘们一个个的都燃起了好奇心，其中一个姑娘问："于总工作起来真的跟报道上写的一样拼命？"

"错！她比报道上写的还要拼命！"于牧说得起劲。

这会儿，他摇摇晃晃地站到了桌上，一只手拿着酒瓶，另一只手拿着酒杯，在这喧闹的酒吧里情绪激昂地控诉着自家亲姐对他的管教。他说别看他姐在外面人模人样的，骨子里就是个专制、武断、霸道又无趣的人。

一晚上情绪都不高的陆时熠，听到关于于晚的话题后才有了兴趣。他调整了一下坐姿，桃花眼里闪着光，嘴角含着笑，他虽然听得津津有味，却还是忍不住替于晚说好话。

他说："你这么说你姐不合适吧？还有，你姐有你说的这么夸张吗？"

于晚为人处世的风格，他多少还是了解的。

于牧摆摆手道："我哪里夸张了？你这几年在国外所以不知道，我姐自打接管RG开始，眼里就只有工作，还有管我！脾气比男人还暴躁，在她身上就看不到'温柔'这两个字。我跟你说……嗝，就我姐那样的女人，根本没男人敢要她！我姐她啊……这辈子也别想嫁出去了！"

陆时熠蹙了蹙眉，不认同地摇了摇头，道："怎么会没男人敢要呢？"

"这样的女人你敢要吗？"于牧反问。不过不等陆时熠说话，于牧就直接替他回答了，"我跟你说，你绝对不敢要！谁不喜欢温柔体贴又善解人意的女人？谁会喜欢她这样的工作狂？喜欢她，还不如一辈子打光棍！"

陆时熠仰头喝了一口杯中的酒，喉结滚动，弯了弯唇角。

这样的女人，他还真敢要。

于牧就像是讲单口相声一样，控诉了自家亲姐十几分钟，完全没觉察出气氛变了。他周围的姑娘们在看到那位朝楼上款款走来、态度凛然的女人时，一个个脸色都变了。

说曹操，曹操到！

其中一个姑娘赶紧扯了扯于牧的衣袖，示意他别说了。于牧大手一挥，浑然不觉，道："扯我干什么？"

陆时熠在看到忽然出现的女人后，骤然坐直了身体。他放下酒杯，那视线就像是粘了胶水一样，落在那女人身上便再也收不回了。

于晚是陆时熠的心病，折磨了他十几年。他这次突然回国，就是想确认自己是不是爱上这个心病了。他没想到回国的第一晚，就看到了他心心念念多年的人……这是怎样的缘分？

陆时熠不是不近女色，而是对别的女人毫无兴趣。此刻，他那颗枯竭许久的心在看到于晚后，就像久旱逢甘雨，开始扑通扑通地狂跳。

一旁的林洲洋挤眉弄眼，也提示于牧别再说了。

于牧却越说越激动："我早晚要推翻'政权'，翻身做主……"最后一个"人"字还没说出口，于牧忽然惨叫一声，摔在了眼前的沙发上。

"谁不想活了？敢踹我屁……"于牧揉着被踢疼的屁股爬起来，扭头看到身后的人时，整个人一激灵，酒立马醒了一大半，"姐……你……你怎么来了？"

02

"我要不来，怎么知道你这单口相声说得这么精彩？"来的不是别人，正是被于牧吐槽的于晚。她双手环胸，周身透着一股冷气，居高临下地看着沙发上的人，嗓音清冽，不怒自威。

于晚长得很美,有着让人惊艳的五官。不过,这种美貌却是带刺的,又锐利又冷漠,像是裹着一层冰,让其他人不敢靠近。

她今晚穿着一身剪裁合体的高级定制西装,脚上是一双细高跟鞋,红唇冷艳,身材高挑,神情冷酷,一副霸道总裁的模样。这一身打扮,让她的气场强得如同女王降临。

她眼神扫过去,围绕在于牧身边的姑娘们立马被震慑得坐立不安。于总的气场果然跟小于总说的一样恐怖。

姑娘们赶紧散了。

于牧在于晚冷厉的目光下,用手搓了一把脸,醉得通红的脸上露出傻笑,道:"姐,误会,都是误会!嗝,我刚刚不是说你。"

"哦?那是说谁?"于晚站在桌子的对面,嘴角挂着一丝冷笑。

这一丝冷笑吓得于牧直哆嗦,他眼珠子一转,落在林洲洋身上,说:"我是说小洋洋他姐。"

于晚"哦"了一声,道:"我怎么不记得林洲洋有个姐姐?"

林洲洋看到于晚冷厉的目光后,差点吓傻了。他决定不蹚这浑水,赶紧说:"我妈喊我回家睡觉了。晚姐,下次见。"

林洲洋化身为早睡早起的好宝宝,踩着混乱的步伐,急匆匆地跑了。

酒吧里依旧十分热闹,二楼某处卡座因为人群散去,瞬间清冷了不少。于牧冲于晚傻笑两声,以迅雷不及掩耳之势,仰头将桌上的半瓶酒喝光了,说是为他之前说的那些大逆不道的浑话,向于晚赔罪。

于牧喝完就仰面瘫在了沙发上,也不知道是真的醉了,还是在装醉。

于晚笑了一声:"就这点出息。"

她还不知道她弟弟的德行,故意将自己灌醉,不就是想躲开她的修理?

卡座另一侧传来动静,像谁撞翻了酒瓶。

于晚目光一转,这才看到最左侧昏暗的角落里还站着一个人。此时,酒吧的旋转彩灯的灯光扫过那人的脸。那是一张年轻、富有朝气又很帅的脸庞。

那张脸上最耀眼的是浓密眉毛下那双深邃又迷人的桃花眼。

而这双桃花眼的主人此时正直勾勾地盯着她。

于晚蹙了一下眉,只觉得这张脸有些熟悉。她思忖片刻,想起他是谁后,眉头不禁蹙得更紧了:"陆时熠,你怎么回来了?"

不知是酒精作祟,还是害怕被于晚看穿他的心事,陆时熠只觉得被她盯着,心跳不受控制地跳得更快了。

他的喉结上下滚动,装作镇定的样子,带着笑意和她打招呼:"晚姐,看见我回国,不开心吗?"

"开心?我看见你们在一起就头疼!"于晚是真头疼,这三个小浑蛋只要凑在一起,就干不出什么好事。

两年前,陆时熠、林洲洋,还有她弟弟于牧,几个人也像今晚一样聚会,事后居然在大马路上撒酒疯……最后,还是她亲自去了警察局,把他们带回来。甚至还有一次,他们三人跑去沈卓尧的订婚宴上闹事,愣是将沈家与白家的订婚宴搅黄了。

他们真是一群吃饱了没事干的缺德小浑蛋。他们小时候一起闯下的祸就更数不胜数了,每次都是她给他们收拾残局。一想起这些事,于晚就头疼。

"几年没见,看来晚姐依旧对我印象深刻。"陆时熠似乎笑得还挺得意。

于晚瞥了他一眼,懒得搭理他,走上前去想扶起沙发上的醉鬼。而这时,一只骨节分明的手先她一步伸了过来,扶起了于牧。

于晚一抬头,脑袋差点撞在陆时熠凑过来的脑袋上。

陌生的男人气息袭来,她的身子下意识地往后退了退,瞬间拉开了两人之间的距离。她抬眼看过去,正好对上陆时熠那双迷人的桃花眼,他也正看着她,他问:"没撞到你吧?"

于晚微抿红唇,移开视线,嗓音清亮地道:"没有。"

陆时熠指了指沙发上的人,解释道:"于牧挺沉的,还是我背他下去吧。"

陆时熠和于牧是从小穿一条开裆裤长大的好兄弟,他主动请缨,于晚自然也不会跟他客气。陆时熠力气倒是大,直接将于牧扛在肩上,扛出了酒吧。虽然他今晚也喝了不少酒,不过脚步还算稳。

于晚拿着于牧的衣服,跟着出了酒吧。

她看着陆时熠的背影,不动声色地弯了弯唇角。这小浑蛋,两年多不见,变化还挺大,竟然比她弟弟还高了,她今晚差点没认出来。

一出酒吧,寒风呼呼地吹来,冷得人直打战。

陆时熠穿着一件时尚帅气的英伦风格的大衣,这件大衣将他高大的身材衬托得挺拔有型,哪怕在这雾霾缭绕的天气里,依旧光鲜惹眼。当然,他这身衣服在严寒的B市冬夜里,也是相当抗冻的。

"车在右边,白色那辆。"于晚掏出钥匙开了锁,一辆白色的车在夜色里闪烁着明灯。

陆时熠将于牧放在后座安顿好,在于晚要开车时,他迅速拉开右边的车门,探进脑袋,笑了笑道:"捎我一程呗?"

"你家没人来接你?"于晚侧过头问。

"这次回来还没跟家里人说。"陆时熠哈出一口白气,装作冻得直哆嗦,"这天真冷。"

陆家和于家不顺路,于晚看了一眼后座上醉得手舞足蹈、胡言乱语的于牧,又转头看了一眼看似穿着单薄的陆时熠,道:"那我先把这家伙送回家,再送你。"

"好。"陆时熠计谋得逞,美滋滋地上了车。

于晚开车很专注,几乎不说话,视线一直落在前方的车道上。陆时熠倒是偷偷瞄了身旁的人好几回,他的心跳得飞快,心跳的速度一直没降下来过。

虽然过了晚上十二点,不过这雾霾并没有完全散去。陆时熠心里暗自庆幸,还好有这雾霾天,车开得不快。他差不多有五年没和于晚单独待这么长时间了。

当然,这个"单独"自动忽略了后座的醉鬼。

陆时熠越想越高兴。

"傻笑什么呢?"车停在红绿灯路口时,于晚忽然侧过头问。

"没什么。"陆时熠不动声色地收起嘴角的笑意。

于晚没追问,像聊家常一样,随意问了一句:"你怎么回国了?"

陆时熠望着于晚,车窗外的夜灯照亮了她的侧脸,她是那样光彩夺目。鼻尖上那颗淡淡的痣,让她精致的五官多了几分柔美,陆时熠看得移不开视线。

他那颗本就超速跳动的心,这会跳得更快了。

03

为什么回国?

当然是因为她!

陆时熠曾被于晚踢过两次裤裆,一次是在他十岁那年,一次是在他十八岁那年。于晚并非故意而为,两次都是意外。

但就是这两次意外,对陆时熠的心理和生理造成了极大的影响,以至他在国外的这些年,对其他女人都提不起兴趣,就像得了病一样。只有在想起于晚时,他才会有一种属于男人的冲动……

可是从小到大,于晚对他就像对于牧一样,只当他是弟弟。

而他也一直把于晚当姐姐看待。

可他却对姐姐有了不该有的想法……多可笑?多荒唐?

这几年,陆时熠的内心备受煎熬。为此,他还特意找了心理医生治疗。心理医生跟他说,心病还需心药医,他最好回国确认一下他的情感,确认一下现在的他,是否还把于晚当姐姐看待?

陆时熠暗藏多年的心事,此刻在心间起伏。

他欲言又止,紧张地说:"我……心理出了点问题,急需回国治疗。"

他特意加了"急需"两个字。

然而于晚只是点了点头，没太在意他忽然反常的情绪，只道："祝你好运。"

这是关心他吗？怎么听起来是在敷衍他？

于家，对陆时熠来说，自然是再熟悉不过的地方。他轻车熟路地将于牧扛进别墅，扛上楼，又扛入他的房间。一番折腾下来，他竟累得满头是汗。

这家伙，真沉！

陆时熠刚将人扔到床上，于牧就猛地从床上弹起，忽然吼了一嗓子："地震了！快跑——"

"没地震，睡你的。"陆时熠拍了他脑门一下，哭笑不得。

于牧白眼一翻，又倒在了床上。若说他之前在酒吧里还有几分装醉，这会儿酒劲上头，是真醉了。他又是傻笑又是鬼哭狼嚎的。

这酒品，真是让人咂舌。

明明他们几个人喝得差不多，陆时熠甚至比于牧喝得还多一点，也没跟于牧一样醉得脑子都不清醒了，陆时熠现在还得跟于晚一起照顾这醉鬼。

于晚拿来毛巾，随意地在于牧脸上擦了几下，说："别鬼哭狼嚎了，再叫我把你嘴封上。"

于牧安静了两秒，忽然紧紧抓住于晚的双手不放，一把鼻涕一把眼泪地唱着："世上只有姐姐好，有姐的孩子像块宝……"

那曲调都快从B市跑到高原上去了，好好的一首歌，硬是被他唱出了一种英勇就义的感觉。简直难听到令人发指。

陆时熠被他逗笑了。

要不是他手机没电了，他一定把这段不忍直视的画面录下来，让兄弟几个看看于牧喝醉的样子有多可笑。

"别唱了，闭嘴！"于晚一脸恨铁不成钢的样子，拿起枕头堵上了他的嘴。

"别脱我的鞋，我还要起来玩！"于牧像个无理取闹的小孩一样双脚胡乱踢着，死活不让于晚给他脱鞋，还差点踢到她。

　　于晚制止了要过来帮忙的陆时熠，对床上的人怒道："于牧，你给我闭嘴！再动我就修理你！"

　　于牧从小到大天不怕地不怕，不怕爹不怕妈，就怕眼前这位亲姐姐。

　　也许是于晚发怒的声音早已深深地烙在于牧的脑海里，这会儿，他即使醉得不清醒也被这声音震慑到了。于是，他乖乖躺好，不再乱动，任由于晚给他脱了鞋袜，盖上了被子。

　　将人安顿好，已是十几分钟后的事了，于晚额头上也被折腾出了一层虚汗。她不算有耐心的人，却将仅剩的耐心都用在了她唯一的弟弟身上。

　　"以后再喝醉，我就扒你一层皮。"于晚盯着床上睡得沉沉的于牧，恶狠狠地说道。她的话语虽凶狠，但落在他身上的视线，满是温情。

　　于晚正欲转身，床上的人老实不过三秒，他吧嗒了两下嘴，忽然睡成了一个"大"字。他的一只脚伸出了床外，直接将于晚绊了一跤。

　　"小心！"

　　陆时熠快步走上前，眼疾手快地扶住了她。

　　然而，于晚的脚正好踩在他的脚上，痛感瞬间传遍全身，陆时熠下意识收回脚，于晚重心不稳，往后一倒，结结实实地摔进了他的怀里。陆时熠重心不稳也跟着往后仰去，两人双双摔在了地毯上……

　　怦怦！

　　陆时熠感受到怀里柔软身躯传来的热度，心在骤停了几秒后，忽然剧烈地跳动，像要从胸腔里蹦出来一样。他只觉得大脑严重缺氧，全身血液似乎都在逆流，整个人都不好了。

　　此时，于晚正以面对面的姿势，将陆时熠压在身下。

　　于晚趴在陆时熠怀里，不过他的胸腔可比地毯硬多了。这一摔，摔得她眼冒金星，好一会儿才缓过来。

　　于晚长长地舒了一口气，正欲爬起来，腰间却忽然搭上了一只手，紧紧抱着她的腰。

她提醒道："松开。"

身下的人却像被点了穴一样毫无反应，她又重复了一句："快松开。"

陆时熠不知是喝醉了反应变慢了，还是他潜意识里根本就没打算放开，拖了好半晌才依依不舍地把手松开。

"我刚刚只是想扶住你，没想到……"陆时熠的嗓音有些沙哑，越说脸色越不自然，"摔疼了吗？"

"你不扶，我也不会摔倒。"于晚弯了弯嘴角，笑出声来。今晚，她难得露出了一抹笑容。她爬起来时，还抬手捶了一下他的胸膛，啧啧了几声，"身体这么硬，石头做的？"

这一捶的力量倒是不大，却让陆时熠心里火烧火燎的，神色更不自然了。他跟着起身，磕磕巴巴地解释道："我……我在国外有健身。"

于晚的身高在女人里算高的，不过陆时熠身高一百八十八厘米，还是高了她大半个脑袋。

于晚微微仰头深深地看了他一眼。

这是她今晚第一次认真地打量他。

陆时熠皮肤很白，平日里是白里透红，这会儿他不仅整张脸通红，就连脖子和耳朵都红透了，连那双水汪汪的桃花眼都染上了一层浅浅的红晕。

"你脸怎么这么红？"于晚忽然问。

陆时熠抬手摸了把脸，脸烫得都将手背烫痛了。他轻咳一声，装作镇定地说道："也许是……是今晚喝太多了，所以脸烫得厉害……"

"活该。"于晚说了两个字后，便转身出了房间。

陆时熠挠了挠后脑勺，像个大尾巴一样跟在于晚身后下了楼。

04

于家别墅很大，有三层，在这寂静的深夜里，显得格外空旷。

自从于晚的母亲于敏知五年前去世后,于晚天天忙于工作,早出晚归,于牧也天天不回家。这个家,早已冷清得没有人气了。

陆时熠想到五年前,于晚在她母亲的追悼会上强装坚强的模样,忽然很心疼她。

正想得入神,走在前面的于晚停下脚步,转身道:"在沙发上坐一会儿,我去厨房给你弄点醒酒汤,喝完再送你回去。"

陆时熠顿时有些受宠若惊,连忙说:"我没事,你不用特意给我煮醒酒汤。"

"我才没这闲工夫给你煮。那是李嫂煮好的,热一热就能喝。"于晚应酬多,难免要喝酒,所以,李嫂常年在冰箱里备着醒酒汤。

今晚李嫂请假,她只能亲自去热醒酒汤。

陆时熠知道刚刚自己自作多情了,不过,于晚能亲自给他热醒酒汤,想想心里还挺高兴的。

"谢谢晚……"即将脱口而出的"姐"字,硬生生被陆时熠收回,改成了"谢谢晚晚"。

这称呼,让于晚愣了一下。

在她记忆中,除了母亲叫她"晚晚"外,还从未有人这么叫过她。

"你乱叫什么呢?叫晚。"于晚纠正他的称呼后没再搭理他,走进了厨房。

晚姐?陆时熠以往都是这么称呼于晚的。可是自从今晚见到于晚之后,他对这个称呼,就打心底里排斥。

晚晚。

嗯,好听。

陆时熠摸了摸鼻子,越想越觉得这个称呼动听极了。

于晚热好醒酒汤,还没等她端出来,就看到陆时熠高大的身躯倚在门口,也不知道站了多久。

她笑着说:"既然来了,那就在厨房趁热喝吧。"

陆时熠走进来接过碗，慢条斯理地喝起来。一碗醒酒汤，仿佛让他喝出了醇香的陈年佳酿的味道来。他正美滋滋地品尝着，就听到于晚忽然说："喝完这碗汤你就回去，以后少和于牧来往。"

陆时熠赶紧放下碗，说："别啊，我难得回国一趟，还不知道能待几天。不带你这么拆散我们兄弟的，这碗'分手汤'我不喝了。"

"还耍脾气？"

于晚倒不是真要他和于牧断绝往来，毕竟两家相交多年，这关系要断也断不了。只不过，陆时熠跟她弟弟一样，今年都二十三岁了，年纪不小了。她只是希望这几个小浑蛋别再跟以前一样，凑在一起就胡作非为。

今晚，于晚难得对陆时熠多说了两句："你们都长大了，该干点正事了。别再跟以前一样，光顾着玩乐。"

"是是是。"陆时熠连连点头，一副受教育的样子，"我也觉得，以前我和于牧干过的那些事都太蠢、太混账了。现在的我准备痛改前非，朝着三好青年的目标迈进。"

这几个小浑蛋，嘴一个比一个贫。

于晚摇了摇头，懒得跟他贫嘴，拿上车钥匙，说："走吧，送你回去。"

陆时熠这次回国，并没知会家人，如果母亲得知他回国的消息，一定会刨根问底。陆时熠还想耳根清净几天，所以，并没有让于晚送他回陆家。

于晚明天还要上班，陆时熠不想让她太辛苦，于是就在附近选择了一家酒店入住。于晚很忙，一路上还接了好几个秘书打来的电话，似乎是某个项目出了一点问题。她一工作起来自然没工夫管陆时熠，将人送到酒店后又开车去了公司。

陆时熠在房间里洗了个热水澡，躺在床上后却辗转反侧睡不着。

半夜三点。

他给在 M 国的师哥蓝显打了一个电话。蓝显是一位心理治疗师，在 M 国小有名气，也是陆时熠在 M 国的心理治疗师。有关陆时熠的一切，蓝显很清

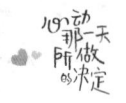

楚,也是他提议让陆时熠回国确认感情的。

"师哥,我今天见到她了。"

"她有变化吗?"

"嗯,变得比我想象中的还要有魅力。"陆时熠望着头顶的水晶灯,桃花眼微微眯起,脑海里不禁浮现出今晚于晚的一颦一笑。

"这么说,你确认自己的感情了?"

陆时熠没有犹豫地"嗯"了一声。

在回国前,他一直不确定他是不是真的喜欢上了于晚。他甚至怀疑,这么多年没见于晚,所有令他魂牵梦萦、牵肠挂肚的美好画面,全是他臆想出来的。

然而,他今晚见到于晚后,自己混乱的心律、真实的触感和排山倒海般不可抑制的情感,都在告诉他——他喜欢她。

他真的很喜欢这个他认识了二十几年的女人。

不,准确地说,他是爱上了于晚。

他不想再把她当姐姐看待!

"今晚我还……抱了她。"

"什么感觉?"蓝显感到有些意外。

"我的身体很正常。"今晚于晚摔在了他身上,陆时熠只要一想起那隔着衣裳传来的柔软触觉,便觉得血液在身体里沸腾、叫嚣,"今晚有那么一刻,我……甚至对她有了冲动。"

电话那头传来嘹亮又兴奋的口哨声:"恭喜你,看来你并没有生理上的病,只是没遇到能让你有冲动的人罢了。熠,既然如此,你就该正视自己的感情,你们又不是亲姐弟,不存在违背道德伦理的问题,大胆地去追求她吧。"

陆时熠很苦恼:"可她一直把我当弟弟……"

"你这么有魅力,不试试怎会知道你不能征服她?"电话那头好半晌没反应,蓝显故意刺激他,"怎么,怕了?不敢了?"

"谁不敢了!"陆时熠赌气道。

蓝显笑着说:"那就放手去追,我等你的好消息。"

挂了电话,陆时熠站在窗边,望着窗外的夜色发愣。

他对于晚的感情,不知何时起就变了味。或许早在他十八岁那年,他对于晚的感觉突然就不一样了。只是这么多年,他从不敢正视这份情感……

现在,他不想再当逃兵了!

05

第二天。

于牧酒醒时已是下午。昨晚他意犹未尽,于是拨了陆时熠的电话,约他今晚再去酒吧玩。

"玩什么玩,你还想再耍一次酒疯?"陆时熠直接拒绝了他的提议。在国外这几年,他严以律己,作息规律,已经不是很热衷于过这种夜生活了。

"谁耍酒疯了?你少诬陷我!"于牧衣衫不整地从床上爬起,抓了抓睡得乱蓬蓬的短发。

"不信你问你姐去,昨晚你醉成那样子,你姐没少被你折腾。"陆时熠知道于牧怕于晚,故意恐吓他,"她都放狠话了,说你以后要是再喝醉,她就扒你一层皮。所以你以后还是少去酒吧。"

于牧缩了缩脖子,说:"去去去,我姐那么爱我,才不会残忍地对我下毒手。"

他耳尖,听到陆时熠在电话那头说话时气息不稳,还带着些许喘息声,他顿时好奇地问:"你现在在干什么?"

"运动。"

运动?于牧脑子里瞬间闪过一些画面,惊叹道:"陆时熠,你厉害!居然在大白天……"

"滚！"陆时熠在跑步机上已经跑了一小时了，正满头大汗，"我在健身房运动，你别胡说八道！"

"你居然在健身？"于牧惊讶极了，他赶紧约上林洲洋，一起跑去健身房围观。

半个小时后，于牧和林洲洋出现在健身房里，他俩看到陆时熠的身材后目瞪口呆。

陆时熠是在私人训练室里健身，他穿着专业的健身服，已经大汗淋漓。衣服紧贴肌肤，勾勒出他结实的肌肉轮廓，八块腹肌清晰可见。

这身材，也太好了！

于牧掀起林洲洋的衣摆，往里看了一眼，又悄悄地掀起自己的衣摆，暗自瞅了一眼。跟陆时熠的身材比，他们简直单薄得像一根面条。

于牧飞快地拉好衣服，心里越来越不平衡。陆时熠太过分了，说好一起做颓废青年，他怎么能一个人先变得优秀了呢？

被陆时熠的好身材刺激了，于牧和林洲洋也加入了健身队伍。可他俩毕竟练得少，在跑步机上跑了一会儿，就气喘吁吁地瘫在一旁了。

昨晚聚会时几个人喝得太高兴了，有件事于牧一直忘了问陆时熠。这会正好想起，他坐在垫子上，双手撑在身后，仰头问："对了，你怎么忽然回国了？之前叫你回来，你不是一直都说没时间吗？"

"时间……"陆时熠正在仰卧板上做仰卧起坐，声音里含着三分笑意，尾音故意拉长，边做边说，"挤挤总是会有的。"

林洲洋正在喝水，听到这句话，一口水直接喷了出来。

陆时熠出国几年，于牧和林洲洋差点以为他们的关系变得陌生了。不过陆时熠这句一说出来——还是他们熟悉的那个陆时熠！

"可以啊，陆时熠，两年不见，说浑话的本领又升级了！"

他们又胡扯了一通不正经的浑话后，林洲洋问："说真的，你这次忽然回国是遇到了什么棘手的事吗？"

陆时熠从仰卧板上站起来，收起脸上的笑容，拿毛巾擦了擦身上的汗，不紧不慢地说："是有一点事。"

"需要我们帮忙吗？"

"不用。"陆时熠顿了顿又说，"这次回国主要是想确认一件事情。"

"什么事情？"

在兄弟面前，陆时熠也没避讳，道："感情的事。"

于牧和林洲洋沉默了数秒后，像见了鬼一样地惊呼："我的天！陆时熠，你不会是爱上哪个女人了吧？"

如果这话是在昨晚见到于晚之前问的，陆时熠还会感到迷茫，不确定这算不算爱。现在，他很确定地点了点头。

于牧和林洲洋对视了一眼，这下两个人都惊讶极了。

于牧赶紧起身，坐到陆时熠身边，搭着他的肩膀，好奇地问："快说，你爱上了哪个姑娘？"

陆时熠侧过头，意味深长地看了他一眼，说："正准备追，等追到了再告诉你们她是谁。"

"这么神秘？这姑娘到底何方神圣？"于牧好奇极了，就像有一万只蚂蚁在他胸口挠痒似的，他越发想知道了。

无奈陆时熠口风紧，于牧怎么套话，都没能从他嘴里套出这姑娘的姓名。

佩服！

于牧和林洲洋把所有和陆时熠接触过的女性都猜了一遍，什么昔日的校花、班花以及某家的千金，甚至连幼儿园和陆时熠同桌过的女同学都没放过，结果被陆时熠全盘否决。

"都不是，别猜了。"

"我就纳闷了，你身上有几根汗毛我都一清二楚，怎么就猜不出来？这也不是，那也不是，难道你身边还有我不知道的姑娘？"于牧真想不通。

从小到大，和陆时熠接触过的女性，除了他姐于晚以外，其余的他都猜

过了。当然，他和陆时熠是穿同一条开裆裤长大的好兄弟，在他看来，他姐就是陆时熠的姐。

陆时熠爱上的人是他的亲姐这么惊悚的念头，他想都不敢想。所以，于牧这会儿怎么也想不到，他把陆时熠当兄弟，而这兄弟早就暗自喜欢他姐好多年了……

"我说，你爱上的人……不会是我吧？你若执意爱我，我勉为其难也能接受你。"

"走开！"陆时熠把笑得极不正经的于牧一把推开，"就算全世界的女人都灭绝了，我也不会爱上你这个大老爷们。"

"你这话就太伤我的心了！好歹咱俩也是睡过同一张床、尿过同一张床、穿过同一条裤子的兄弟！"

第二章

> 他看着她被亲人数落,
> 那双漂亮的桃花眼里,闪过复杂的情绪。

01

五天后,于晚从国外出差回来。

秘书杨颂来接机。在前往停车场的路上,杨颂一直在跟于晚汇报集团这几日的各项工作进度。

汇报完工作上的事,杨颂提醒于晚,今天是林家卢老太太的八十大寿。

在于晚下飞机前,卢老太太还亲自打了六七个电话到公司,让她一定要去参加今晚的寿宴。卢老太太还说不管于晚多晚,她都会等到于晚来了再开宴席。

于晚眉头微皱,神情淡漠,道:"不去。以后只要是林家那边的事都直接给我回绝,不用再跟我请示。"

"是。"杨颂知道,自家老板决定的事一般不会再有改变,尤其还是和林家有关的,所以,他也就不再多说了。

杨颂嘴里的卢老太太是于晚父亲林启明的母亲,也是于晚的奶奶。只不

过五年前,林启明和于晚的母亲于敏知离婚,娶了石箐那个第三者,于晚就和林家断了所有的关系。

上了车,白色轿车行驶在回集团的路上。于晚像往常一样,每次出差回来,必然会问起于牧的情况。

杨颂一五一十地汇报着,说于牧在她出差的这几日倒没闯祸,也没去酒吧喝酒,更没和女人去约会。他忽然很反常,一下班,就跟着陆时熠去健身房健身去了。

于晚差点以为她听错了,讶异地抬起头,问:"这几天都和陆时熠在健身?"

杨颂笑着说:"是的。小于总还扬言,三个月内,要练出肱二头肌、人鱼线和八块腹肌。"

这个消息,着实让于晚感到意外。

那晚,陆时熠跟她说,他在国外有健身,还说他现在改邪归正了,正朝着三好青年迈进……她当时只当在听玩笑话,并没放心上。

难道几年没见,陆时熠真的变乖了?还带着她弟弟一起变乖了?这两个人凑到一起这么多天都没闯祸,于晚还真有一点不习惯……不过,于晚觉得这两小浑蛋有没有真的变乖,还有待她亲自考察一番。

正说着于牧,于牧的电话就打了过来。一接通,那边立马传来欢快的声音:"姐,你回国了?"

"嗯。"听到弟弟的声音,于晚的神色变柔和了。她一边接电话,一边继续看着平板电脑里的电子邮件,问:"有什么事?"

于牧犹豫了片刻,才说:"奶奶今天过八十大寿,你知道吧?"

"怎么,林家那边让你来当说客了?"

于牧立马笑着说:"姐,好歹是一家人。老人家过八十大寿,我们作为她的大孙子和大孙女不出现不适合吧?"

于晚眉眼间柔和的神色散去,侧脸线条又紧绷了几分,语气略微严肃地道："于牧，你还愿意认卢春花当奶奶，那是你的事。你知道我在五年前就已经和林家断了关系。所以你别费口舌了，我不会去。"

"还有，你也不许去。"于晚果断地说道。

"姐，你这也……太不近人情了，奶奶昨天还特意来公司找我……"于牧把卢老太太昨天找他、主动向他示好的事说了一遍。他又说老人家这些年看不到他们姐弟俩，很想他们，还难过得哭了，希望他们能和她这个奶奶和好如初……

"鳄鱼掉几滴眼泪，你就心软了？"于晚将平板电脑丢到一边。

她唇角上扬，冷笑道："于牧，你能不能别这么单纯？"

"我这哪叫单纯？姐，是你把人心想得太复杂，奶奶今天过八十大寿，就是想子孙都在身边，能够一家团圆。说句难听的话，她都这么大岁数了，半截身子埋进黄土里的人，不就是让我们过去吃个饭，还能有什么目的？"

"于牧，别忘记了这老太太当初是怎么对咱妈的，怎么对我们的！"于晚提醒他，"她什么可恶的事做不出来？"

"姐，那些都是过去的事情了。"

"是过去了，但不代表不存在，你该长点记性。"

"奶奶没你想得那么坏！"

于晚生气道："于牧，你清醒点！"

姐弟俩在对待林家的事情上，分歧一直很大。于牧觉得，就算他们的父亲林启明和母亲离婚后另娶了一个女人，那也没必要和父亲、奶奶老死不相往来，毕竟大家都是亲人，没必要闹得这么僵。

而于晚永远也不会忘记，这个老太太当初是如何刁难母亲的，又是如何挑拨儿子和媳妇之间的关系的，最后又是如何包庇她儿子在外找情人、生私生子的……

这个可恶的老太太，不识几个字，却刻薄刁钻、万恶做尽。她甚至还为了儿子外面的第三者，想方设法地逼着媳妇与她儿子离婚……

　　五年前,母亲得了重病,将近二十年的离婚大战,终于画上了休止符。而这老太太竟然在她母亲刚签完离婚协议没多久,就张罗起她儿子和那个第三者的婚事……连死,都不让她母亲死得舒心。

　　这一桩桩事,就像烙在于晚的骨血上一样,她如何能够和这老太太冰释前嫌?

　　今天,姐弟俩在电话里不免又争执了一番,最后,谁也没能说服谁。

　　于牧脾气上来便不管不顾了,大喊道:"我和时熠已经在去的路上了,今天奶奶的寿宴我是去定了,你爱来不来!"

　　说完,于牧就将电话挂了。

　　于牧在车里狂躁地抓了抓头发,气呼呼地对正在开车的陆时熠抱怨:"你听到了吧?我姐就是这样,永远固执己见,所有人都得听她发号施令,凭什么?我今天还偏不听了!"

　　于牧本以为会得到陆时熠的安慰,没想到,陆时熠瞥了他一眼后,反而训斥他:"以后跟你姐打电话,脾气别这么暴躁。我要是你姐,你敢用这种态度和我说话,我早就冲过来削你了。"

　　于牧露出一脸惊讶的表情,道:"陆时熠,你怎么回事?你是我兄弟,怎么还站我姐那边了?"

　　"我这是……"陆时熠突然有点心虚,"帮理不帮亲。"

　　"我姐哪有理了?哦,我知道了……"于牧恍然大悟,"你不会是被我姐收买了吧?"

　　"我看起来像会为了你姐的金钱而折腰的人吗?"他只会为于晚的美色而折腰。

　　两人争执了一路,陆时熠的手机忽然响了起来,是于晚打来的。他让于牧先闭嘴。

　　接完电话,陆时熠忽然将车停在了路边。

　　于牧好奇地问:"我姐跟你说了什么?"

"你姐说她现在过来,让我们等她一起去林家。"

听完陆时熠的话,于牧得意极了。

他舒适地靠在椅背上,双手搭在脑后,跷着二郎腿,像打赢了一场胜仗,还嘚瑟道:"我姐居然也会妥协!这真是历史性的一天啊!值得庆贺!"

"瞧你一脸小人得志的蠢样。"陆时熠翻了一个白眼。

02

半个小时后,陆时熠和于牧上了于晚的车。

于牧负责开车,一路上都在快活地吹着口哨。坐在后座的于晚一路沉默着,神情专注地处理与工作有关的邮件。坐在副驾驶座的陆时熠透过后视镜偷偷瞄于晚,他越看越觉得,认真工作的女人浑身都散发着别样的魅力。

陆时熠看得一阵春心荡漾,心扑通扑通地跳着。

在下车前于晚正好处理完手头的工作,开口对于牧说:"今天我来这里,不是跟谁妥协,而是陪你看清现实。"

于晚了解于牧的性子,她这傻弟弟是不到黄河心不死。

什么亲情、什么悔意都是假的,这就是一场鸿门宴。她要不跟着他一起来,恐怕于牧被人卖了,还傻呵呵地帮人数钱。

于牧顿时像被戳破的气球,笑容尽失,气呼呼地说:"行!我倒要看看,一个寿宴,奶奶还能整出什么幺蛾子。"

说完,他推开车门率先进了林家别墅。

陆时熠担心于晚被气到,替她拉开后座车门后,低声安慰着:"晚晚,你别搭理他,他就是缺心眼。"

于晚下车,抬眼看了他几秒,收回目光,说了两个字:"叫姐。"

今天,林家张灯结彩,简直比过年还热闹。寿宴办得很隆重,除了林家的亲戚外,还请了不少商界朋友,宴席摆了十几桌。

卢老太太听说于晚和于牧来了,立马亲自带着一群老姐妹出门迎接。

卢老太太今天穿着一身喜庆的大红色刺绣唐装。她个子矮,又弯着背,胖墩墩的,这身价值不菲的唐装穿在她身上,不仅没有彰显富贵,还透出几分土气。

"小晚,小牧,你们总算来了,奶奶想死你们了。"卢老太太喜笑颜开,无比热情地握住了于晚和于牧的手。

这么热情地迎接,不知道的人还以为于晚和于牧是她最喜爱的孙女和孙子。

于晚可装不来亲热,快速地抽回了自己的手,从头到尾都没喊一声"奶奶"。反倒是于牧,被卢老太太三言两语就哄住了,奶奶长奶奶短的,叫得比谁都亲热。

"奶奶,我和姐给你带了些寿礼,祝您身体安康,长命百岁。"

卢老太太瞅了一眼那份贵重的寿礼,笑得越发合不拢嘴,赶紧让管家将寿礼拎进屋里,说:"带什么礼物,你们能来,奶奶就最开心了。"

正说着,卢老太太眼尖,看到了站在于晚身边的人,目光骤然一亮,略感惊喜地道:"这不是陆家少爷吗?"

"卢奶奶好,今天不请自来,打扰了。"陆时熠长得英俊帅气,外形出众惹眼,一看就是家境优裕、养尊处优的人。他彬彬有礼,极有风度,瞬间就成了宴会的焦点。

"不打扰,不打扰!"卢老太太连连摆手,满面笑容,"陆少爷能来我的寿宴,那是看得起我这个老太婆!"

陆时熠的到来,让卢老太太觉得很有面子,转头就跟她那些老姐妹炫耀陆时熠的家世。

"你们可能不知道,这位陆少爷可不得了,他爷爷可是在军队里当大官的人……"

卢老太太说了个军衔,那群老姐妹连连发出惊叹声:"这可是位高权重的大人物!"

"我爷爷早就已经退休了,现在就是一个普通的老人。"陆时熠插话。

卢老太太没理会陆时熠的话,继续跟她的姐妹们显摆,道:"陆少爷的外公,就是SY集团的董事长,也不得了!"

"这个集团我知道,每年交的税都能吓死人!卢老姐,你能和家世这么厉害的人家有交情,你也不得了!"

这会儿,这些人再看陆时熠时,就感觉他浑身如同镀了一层金,闪耀着无限光芒,耀眼得不得了。

"陆少爷和我家小牧从小一起长大,这交情自然很深!"卢老太太被夸得心花怒放,虚荣心得到了巨大满足,又说,"还有这陆少爷的母亲,更不得了,名气大得……我一说你们都知道!"

众人好奇道:"是谁?"

"他母亲就是大明星苏……"

"寿宴什么时候开始?"于晚忽然说。

卢老太太这才想起,于晚和于牧才是今晚的重点,赶紧说:"早就该开始了,就等你和小牧了。来,赶紧跟奶奶进屋。"

陆时熠的母亲苏澜,确实是个非常出名的演员,年轻时在娱乐圈红得发紫。她不仅长得美,演技还特别出众,得过不少奖,如今已经是德高望重的艺术家,经常活跃于荧屏上。

不过,苏澜一直很注重家庭隐私,更是将陆时熠保护得严严实实的,她不愿自己的名气和身份打扰到儿子的正常生活。

于晚也是听不下去了,这才出声打断,她可不想让卢老太太把别人的隐私当作炫耀的资本。

陆时熠朝于晚投去感激的目光。

几人刚走进林家大厅,一个尖锐的童音忽然从一侧传来:"所有人等你俩等到现在,派头可真大!"

小女孩十二三岁的模样,盘着漂亮的发髻,穿着时髦的公主裙,长得倒

是清秀。此刻她正瞪着那双不大的眼睛,像盯仇人一样盯着于晚和于牧。

"果果,不许乱说!"一旁的石箐冷下脸,呵斥了女儿一句,又赶忙向于晚和于牧道歉,"小晚,小牧,妹妹不懂事,你们别跟她一般见识。"

经她提醒,于晚这才想起,眼前这个小女孩就是林启明与石箐生的小女儿,叫林果果。他们还有个儿子叫林少阳,今年好像马上就18岁了,也就比于牧小五岁。这两个私生子在外面养了多年,直到林启明离婚后娶了石箐,他们的身份才被承认。

"我哪里乱说了?奶奶的寿宴原本六点就该开始的,现在都快七点了!让一大群人眼巴巴地等到现在,一点礼貌都没有!"林果果仰着小脸,理直气壮地说。

"你姐姐和哥哥工作忙,能抽空过来已经不容易了,你一个小孩子懂什么?赶紧跟哥哥姐姐道歉!"石箐严肃地说道。

"我没错,我才不道歉!"

"道歉!"

"我不!"

石箐抬起手,啪的一声毫不犹豫地打在了林果果的脸上,小女孩的半边脸瞬间红了。石箐看上去柔柔弱弱的,这一巴掌确实打得不轻。

03

"你居然为了外人打我!"林果果眼泪直流,大声喊道。

石箐厉声纠正道:"他们不是外人,是你的姐姐和哥哥,我们都是一家人!"

于牧看得惊呆了,赶忙劝着:"箐姨,没必要跟妹妹较真。"

"你们难得回家一趟,我不能让你们受委屈。"石箐一脸慈爱地看着于牧,"往后,这里就是你们的家。我和你爸爸,还有奶奶,随时欢迎你们姐弟回来。"

这话一出,听到动静前来看热闹的宾客,纷纷赞扬石箐刚刚的所作所为。在自己的孩子面前,给两个不是亲生的孩子立威,是个让人敬佩又深明大义的后妈。

于牧大为感动,侧过头在于晚耳边嘀咕道:"姐,你看,我说奶奶和箐姨没你想得那么坏,他们是真心实意欢迎我们姐弟俩的。"

于晚冷笑一声,继续冷眼旁观,没有发表任何意见。

她有什么意见好发表的?这才刚进门,这一家子就开始演戏了。也就只有她这个傻弟弟,眼瞎了才看不出来。

他们做了这么多铺垫,看来,今晚绝对有重头戏在后头等着他们。

卢老太太将于晚、于牧以及陆时熠依次安排坐在她的左手边。她的右手边分别坐着石箐、林少阳、林果果,以及她的大儿子、二女儿、四儿子,还有他们的孩子们。

其间,林少阳拉着椅子,在于牧身边坐下,哥哥长哥哥短地叫着,聊着游戏、影视还有娱乐圈的事,两人好得跟亲兄弟似的。

林少阳明里暗里流露出想进娱乐圈的想法,让于牧给他一些建议。于牧拍拍他的肩膀,大方地说:"行,你要想进娱乐圈发展,哥罩着你,给你最好的资源。"

"谢谢哥,你真好!"林少阳双眼放光,十分崇拜于牧。

在外人看来,这俨然就是融洽无间的一家。

林家这边的亲戚,今天几乎全来祝寿了,唯独缺了卢老太太的三儿子,也就是于晚的父亲林启明。

于晚倒是有些意外,她那位父亲,素来视母亲如命,对母亲唯命是从,是一个足以感动全世界的大孝子。她没想到他居然会缺席他老母亲如此重要的八十大寿,还真是稀奇。

寿宴开始后,宾客们纷纷拿着酒杯,到主桌给卢老太太祝寿。

于晚就算从头到尾一言不语,也依旧掩盖不了她的存在感,加上她RG

集团掌门人的身份，更是让人难以忽视。总有好奇的人，借着祝寿的机会趁机打量她。

他们早就听说RG集团现任董事长精明能干、野心勃勃，在商场上雷厉风行，比男人还要铁血，还要有手腕。没想到，真人竟是一位这般漂亮的女子，还这般年轻，只是看起来冷漠得难以接近。

于晚一个冷厉的眼神看过去，那些好奇的目光立马纷纷收回了。

酒过半巡，卢老太太从主位上站起身，上台致辞。她感慨着这大半辈子，她是如何含辛茹苦地将三个儿子和一个女儿拉扯大。如今孩子们成家立业，她也子孙满堂，一个比一个有出息，她骄傲啊，她开心啊！

她说今天唯一的遗憾的是，在国外出差的三儿子林启明，因天气原因飞不回来。不过，今天让她最开心的事，是她的大孙女于晚和大孙子于牧能来给她祝寿。

卢老太太在台上说着说着，忽然变得有些伤感，抹着眼泪，哽咽着说以前她和于晚、于牧多有误会，曾经那些不愉快的事情，借着今天的寿宴，就一笔勾销了。往后，大家都是一家人，一家人就要有福同享、有难同当。

说到这，卢老太太的话题一转，开始夸于晚如何如何了不起，说在她的带领下，RG集团经营得如何如何好，如今公司又是如何如何挣钱。

她还夸于晚如何如何疼弟弟于牧，在于牧成年那天，直接将RG集团百分之十的股份，当作生日礼物转到了于牧名下。

卢老太太在台上望着于晚，继续说："小晚，如今咱们家最有出息的人就是你。而你作为家里的长姐，可得一碗水端平，不能只疼小牧一个弟弟。再过两个月，少阳就成年了，你也得转一部分股份给少阳当作生日礼物……"

卢老太太继续理直气壮地说："不用给少阳太多，给他百分之五的股份就行了。到时候，等果果成年了，你再给她百分之五……"

岂有此理！

听到这里，于牧就算再傻、再蠢，也终于明白奶奶非要他们来的原因了。

如今RG集团的市值接近百亿,还是以美元为单位,并且每年都在不断地增值。百分之五的股份,得值多少钱?

一家人?有福同享、有难同当?真是好大的笑话!原来他们是想他姐把于家的股份分给石箐的那两个孩子!凭什么?抢劫都不敢这么抢!

一股怒气直冲天灵盖,于牧满脸涨得通红,额头青筋突起,正要暴怒而起时,于晚和陆时熠分别按住了他的左右两边肩膀。

"坐好。"于晚嗓音冰冷,又对陆时熠简短地叮嘱了一句,"看住他,别让他胡来。"

于牧既愤怒又羞愧,完全不敢直视于晚的眼睛。他觉得此刻的自己,就是个十足的大傻瓜!

"百分之五的股份,会不会太少了?"于晚坐在椅子上,眼神犀利而冰冷,她冷笑着反问台上的人,"我把整个RG都给石箐那俩孩子,你们敢要吗?"

"什么意思?"卢老太太骨子里是有些怵于晚的。她这个大孙女,从来喜怒不形于色,让人看不透。卢老太太此刻有些吃不准她是愿意给,还是不想给。

于晚站起来,双手紧握,叩着桌面,掷地有声地开口道:"意思就是,你在痴人说梦!"

卢老太太脸色大变,说:"小晚,你可不能这么偏心,少阳和果果也是你的弟弟妹妹……"

"我弟弟从来只有于牧一个。"于晚直接打断她的话,"别说百分之五,我连一分钱都不会给外人。"

"怎么是外人了?你们是同父异母的兄妹,大家都是一家人!"

"我什么时候承认过我与你们是一家人?"于晚反问,"别忘了,早在五年前,你们林家同我们于家就没了任何关系。"

卢老太太气得满脸通红,健步如飞地从台上冲下来,同于晚理论起来。她站在于晚面前,虽然蛮横无理,可在身高、气势上都远不及于晚。

但这卢老太太就是有本事将她丑恶的嘴脸发挥到极致。

"之前你也看到了,阿箐为了护你们姐弟,连自己亲生女儿都打了。大家亲眼所见,阿箐是怎么对你们的?那可是比对亲生孩子还好!一分钱都不给,你做人可不能这么没良心!"

一个巴掌,就想换RG百分之五的股份?这一巴掌真是金贵!

"良心?这玩意,你有吗?"于晚笑了,笑得煞是好看。

这卢春花颠倒是非,一次比一次没有底线,再次刷新了于晚对她的认知。她看向正扶着卢老太太的石箐,说:"你呢,有吗?"

于晚的目光锐利得如同两把冰刀,石箐在看到她的目光时,赶忙移开了视线,心虚得不敢与她对视。

而林家的那些亲戚你一言我一语,开始数落起于晚,让于晚不要那么小气,做人要大度些,不管怎么说都是一家人……

04

陆时熠望着于晚,她的背影明明看起来那么单薄,背脊却挺得笔直,就像一棵屹立着的树,用她的枝叶庇护着身下的小草。

从小到大,于晚一直像今天一样,只要遇到事都会第一个冲在前头,保护着于牧,还有曾经一起闯祸的他……陆时熠看着于晚被亲人数落,那双漂亮的桃花眼里闪过复杂的情绪。

于牧再也忍不住了,拿起桌上的酒瓶,哐当一声,酒瓶被他重重地摔在了地上。酒瓶四分五裂,全场瞬间鸦雀无声。

于牧随手指向林家的一位亲戚,说:"你大方,不如将你新买的那栋别墅送给你家少阳侄子当生日礼物!"

"我……我就一栋别墅,送给他,那我住哪?"那人硬着头皮反驳,"你们于家家大业大,送一点股份给弟弟,对你们又不会有什么影响!"

于牧气得想骂人!

百分之五，那是一点股份？这些掉进钱眼里的人，分明是在装蠢！

"我们于家是有钱，但就算施舍给乞丐，也不会给你们林家人一分钱！"于牧怒道。

于晚正要说什么，就听到身后传来极大的声响，她一转头，就看到陆时熠已经冲到了楼梯口，将一个正在偷拍的记者的摄影机给砸了。

于牧看到这里居然有记者，暗自骂了一声。他不用想也知道，记者是林家人叫来的。

于牧如同被点燃的炮仗，不管三七二十一，直接冲上去和陆时熠一起将另外几个记者的摄影机全砸了，还痛打了几个试图护住摄影机的林家人。

寿宴被闹得鸡飞狗跳，宾客们吓得纷纷提前离席，场面很混乱。

于牧将一台摄影机直接砸在卢老太太的脚边。猩红的眼里布满了血丝，他说："我和我姐好心好意地来给你祝寿，你居然敢算计我们？你真是好手段！好得很！"

于牧失望极了，道："从今往后，我要是再认你当奶奶，我就不姓于！"

卢老太太气急败坏，各种粗鲁的言语全都骂了出来："你……你们姐弟俩，毁了我的寿宴，简直大逆不道！简直连畜生都不如！"

她千方百计地让这姐弟俩到这来，借着今天的场合提出股份的事，就是要让于晚在这么多人面前下不了台，不答应也得答应。

没想到，她竟低估了她这个大孙女的绝情程度！

"听好了，我和于牧今天之所以出现在这里，不过是看在我母亲的面子上。"于晚的手又握紧了几分，浑身透出一股冷气，声音也更冰冷了，"五年前，你既然让你儿子把石箐这个第三者娶进你们林家，和我们断了关系，那么五年后，于家和你们林家也不会再有任何关系！我劝你们，从今天起，最好断了打我们于家主意的念头，不然，别怪我不讲情面！"

"你……你……你这是仗着自己有权势，威胁我们！"

"那就算威胁吧！"说完，于晚头也不回地离开了。

于晚早就看透了林家人的嘴脸。

RG集团是由于晚外公于宏一手创办,在于晚的母亲于敏知的手里发展起来的,于晚接手后让RG集团起死回生,将之壮大到如今的地步。

RG集团从来都姓于,和林家没有任何关系。

当年,于敏知和林启明是大学同学。若不是于敏知看上了林启明这个穷书生,执意要和他在一起,林家和他家的亲戚们能平步青云过上如此舒适的生活吗?

今天这种场合,于晚不想说太多母亲与林家的事,替母亲鸣不平。她不想母亲死后还被外人戳脊梁骨,被人指指点点,连死都不得安宁。

于晚知道,五年前母亲和林启明离婚后,林家这些人没了于家这个靠山,日子自然过得不像从前一样富裕了。

如今,这群贪得无厌的吸血鬼见RG发展得越来越好,每年股东分红越来越多,想必是眼红极了,也想来分一杯羹。

今天她若不强硬些,往后这种糟心的事只会没完没了。

B市某个高端会所的包间里。

于牧红着眼一口接一口地喝着闷酒,全程不敢直视于晚。

于晚就坐在他的对面,难得没限制他喝酒。姐弟俩就这么各怀心事,一言不发地各自喝着酒。在场没有喝酒的只有陆时熠,他就这么静静地陪着他们。

于牧越喝越不痛快,忽然哐当一声,将酒杯重重地放在了桌上。他猩红的眼里含着泪水,说:"姐,你好歹骂我几句!你这样一句话都不说,我瘆得慌!"

于晚也将酒杯放下,问:"你有受虐心理?"

于牧发现,他还真是有受虐心理。以往,他最讨厌于晚对他说教,然而,今天的事,于晚不骂他几句,他居然还浑身不舒服了。

寿宴上的事，于牧越想越气恼，抬手就甩了自己一巴掌，边打还边念念有词："你这个蠢货！你这个大傻子！让你眼瞎！"

于晚和陆时熠愣了两秒，对视了一眼，笑了，几乎同时开口。

于晚说："既然眼瞎，打一个怎么够，接着打。"

陆时熠说："继续你的表演，我这就给你录小视频。"

"去去去，滚一边去！"于牧羞愧地将拿着手机的陆时熠推开。这会儿他也觉得抽自己耳光的行为实在是太幼稚了。

他低着头，难为情地说："姐，对不起，今天确实是我眼瞎……以后，那老太婆就算是哭瞎了眼，跪在我面前，我都不会再踏入他们林家大门一步，也不会再认她这个奶奶！"于牧信誓旦旦地保证。

说完，他又抬起头，偷偷瞄了于晚一眼，见她神情依旧没什么变化。于牧根据以往的经验，知道于晚越生气脸上反而越平静……他心里十分忐忑，愁眉苦脸道："姐，你真不打算骂我几句消消气？"

于晚翻了一个白眼，说："恐怕骂不够，得痛打你几顿，你心里才舒坦吧？"于牧想想，还真是！他还真是欠揍！

此时，他的手机响了起来，是公司打来的电话。他们投资的一个电影出了些问题，需要于牧亲自和对方老总见面来解决此事。

"这点事都解决不了，要你们有何用？我今天心情不好，别烦我！"于牧用力地将电话挂了，却忽然被于晚狠狠踹了一脚。

"知道错了还在这无病呻吟什么？赶紧给我去工作！"于晚盯着他道。

这一脚，让于牧的心情瞬间舒畅了，他连忙应道："好，姐，你别生气，我这就去！时熠，一会儿替我护送我姐回家，再替我好好赔不是！"

陆时熠比了一个OK的手势，于牧揉着被踢的地方，心满意足地离开了。

05

于牧走后，于晚去阳台接了几个电话。见她久久没有进屋，陆时熠起身

去看一下情况。

他看到于晚双手搭在护栏上,正吹着冷风,望着外面的夜景出神。

冷风让她脸颊边的发丝飞扬起来,她在夜色中显得心事重重,单薄的背影透着几分寂寞。

陆时熠又折回屋里,拿了于晚的外套,来到阳台,披到她的身上。

"外面冷,小心感冒了。"

听到声音,于晚回头,唇角微弯,淡淡地道了声谢,视线又重新落在远处车水马龙的夜景里。

陆时熠的外公苏盛远,和于宏是几十年的生死之交;苏澜与于敏知是从小一起长大的,两人亲如姐妹;而陆时熠和于牧又是穿同一条开裆裤长大的兄弟。三代交情,于家的事,陆时熠自然比旁人了解得多。

他知道,于晚虽然看起来像个刀枪不入的女战士,但她并不是冷血无情的人。五年前,陆时熠曾亲眼见到,于晚在她母亲墓碑前哭得像个孩子……那愤怒又脆弱的一面,他永远也忘不了。

事事都爱藏在心里的于晚,反而更让陆时熠心疼。

今晚发生的事,连他这个外人都愤愤不平,何况是当事人于晚。

陆时熠动了动唇,犹豫了片刻,才开口道:"今天的事……"

"不用安慰,我已经习惯了。"于晚像猜到他要说什么,提前打断了他的话。

于晚在外坚强惯了,从小到大,哪怕在父母面前,也从不会将内心柔软脆弱的一面展现出来。

不过,真的习惯了吗?

也只有于晚自己清楚,林家是她心里永远也去不掉的疮疤。

于敏知是于宏的独女,被家人视若珍宝。当年于宏非常反对她和林启明的婚事,父女俩僵持了一年多,最后于宏还是拗不过于敏知。他的条件是让林启明做上门女婿,并且两人的孩子也必须姓于。

当年，林启明娶了富家千金，卢老太太在他们老家也是风光无限。她来B市跟着儿子儿媳享受了一段富人的生活后，便开始不满足了。

孩子不姓林，对卢老太太来说，那就不算是他们林家的人。闹了一段时间没有结果，她就开始嫌弃于敏知头胎生的是女儿，无论如何都要她再生个儿子。

后来，于宏生病需要静养，于敏知接管了RG。卢老太太又觉得一个女人不该在外抛头露面，在家相夫教子才是正经事。更何况，她还爬到丈夫头上，在公司里当丈夫的领导，让丈夫处处抬不起头，简直是败坏门风。

她甚至还逼迫于敏知将董事长的位置让给林启明。

于敏知虽爱林启明，但在很多事情上还是有她的原则。卢老太太的心愿没实现，便越发看于敏知不顺眼，暗地里在林启明面前说了不少于敏知的坏话，挑拨夫妻间的感情。

这个老太太，觉得自己是长辈，便自以为是一家之主，在于家事事都要管。

于晚四岁时，有一次生病了，原本只要去医院输液就能好，卢老太太却不让用人把于晚送去医院，非说于晚是撞邪了，请了人来家里作法，还喂于晚喝土方子。

卢老太太的这一番行为，差点害死了于晚。幸好于敏知及时从公司赶回来，把于晚送到医院去洗胃，这才把人救回来。

于晚小的时候，卢老太太就觉得她性子太傲，不好管教。她觉得不听管教的孩子，要好好打几顿才会老实。于是，她在林启明面前多次冤枉于晚偷她的钱，为此，于晚没少被林启明打。

对于晚来说，卢老太太对她做的事都不是最过分的，最过分的是对她母亲做的事。

在母亲怀着于牧即将生产时，卢老太太忽然跑来告诉母亲，林启明在外面有女人了，逼迫母亲离婚并让位给那个女人，害得母亲差点难产而死。

对卢老太太来说，她什么下三烂的事都做得出来。

当然，林启明也不是什么好男人。

于晚正回忆着，耳边忽然传来陆时熠低沉又沙哑的声音："对不起。"

"你道歉干什么？"于晚回过神来问道。

"今天没看好于牧，我也一起闯祸了。"陆时熠那晚答应过于晚，以后和于牧都不会再闯祸。

这才几天，他就食言了。

今晚他和于牧毁了寿宴，以卢老太太的性子，势必会将这笔账算在于晚头上。所以，他不仅没有为于晚分忧解难，反而给她惹了麻烦。

听到这话，于晚反倒有些意外，陆时熠居然会自我反省了？

"砸得好。"于晚拍了拍他的肩，"不过，打人不对。"

RG集团是一家上市公司，任何负面新闻都会引起股票动荡。且家丑不可外扬，今天的事，若被媒体报道出去，还会有辱她母亲的颜面。说起来，也多亏陆时熠发现了偷拍的记者，砸了他们的摄影机。

"是，打人确实不对。"陆时熠态度诚恳地认错。

他为了在于晚面前留下好印象，又说："我在国外可乖了，从来不打架，你没看到我今天打架都生疏了吗？"

"生疏了？"

"嗯。"陆时熠连连点头，笑得一脸乖巧。

于晚斜睨他一眼，她怎么觉得这小浑蛋今天打起架来，比以前更猛、更狠了呢？

陆时熠就站在于晚身边，那双桃花眼在夜色中闪烁着光芒，正一眨不眨地望着她，像特别期待得到她的夸奖。

此时，他穿着浅色的修身高领毛衣，宽肩窄腰，胸肌结实，十分有型。于晚发现，他还真是变了，已经不是记忆中那单薄得像根面条的体形了，他居然有了男人硬朗匀称的体格。

看来，他在国外还真没少健身。

而且，他的脸上不知何时已没有了少年的稚嫩。眉目疏朗，鼻如悬胆，五官有棱有角，尤其是那双迷人的桃花眼，怎么看怎么好看。

　　这个邻家弟弟，年少时就已虏获了不少女孩的芳心，如今这长相，足以将小姑娘们迷得七荤八素，为之疯狂。

　　于晚弯了弯唇角，又说："林家人今天该打。"

　　陆时熠愣了两秒，这是在表扬他打得好吗？他正要高兴，又听到于晚说："下不为例。走吧，我送你回去。"

　　"别，我没喝酒，今天我开车，我送你回家。"

　　于晚拿起桌上的包，又将陆时熠放在沙发上的衣服丢给他，也不跟他客气，道："那就送我去公司。"

── 第三章 ──

只要给他一个接近她的机会,除非她赶他走……
不!就算她赶他走,他也不会走!

01

"这么晚了,还要加班?"这都快晚上十一点了。陆时熠回国还不到一个星期,就两次看到于晚大晚上去公司加班,其他时候还不知道是怎样的情况,这也太拼命了。

于晚看向他的眼神像看小孩似的,说:"谁跟你一样这么闲。"

"我也不闲……"陆时熠在于晚身后,闷声闷气地嘀咕了一句。陆时熠开的是于晚的车,到集团楼下后,于晚让他直接把车开走,说司机早就下班了,就不派人单独送他了。

"那我明天一早就把车送过来。"

"不用,有空了再送也不迟。"

陆时熠知道,于晚的车多,自然不差这辆车。不过,她开得最多的似乎就是这辆白色的车。

于晚下车走了几步,想到什么又折了回来,俯身敲了敲车窗。

陆时熠一脸意外地降下车窗。

"上次你跟我说，你心理出了问题，治疗得怎么样了？"

陆时熠没想到于晚还记得这事，受宠若惊，心跳都跟着加速了，话忽然就说不利索了："还……还在治疗中。"

"我认识几个不错的心理医生，需要我介绍给你吗？"

"不……不用了。"他是心病，能治他心病的人，只有于晚一人。

于晚看着他，疑惑道："你紧张什么？"

"没……没有！"陆时熠现在心里很矛盾，他既希望于晚知晓他喜欢她，又害怕被她识破他的心思。

车开出许久，他还在回味于晚对他的关心。可他一想到于晚关心他就像关心她弟弟一样，整个人忽然又像泄了气的皮球。

蓝显说，让他放手去追……

可是，他该如何做，才能让于晚不再当他是弟弟，而是一个成熟的男人？

正想得出神，电话冷不防地响起了。是母亲苏澜打来的，她已经从今晚参加林家寿宴的宾客口中得知儿子回国的消息，在电话那头对陆时熠一顿说教，又盘问他为何不声不响地回了国。

陆时熠自然没跟母亲大人道实情，只打马虎眼，道："还能干吗？在国外待腻了，回国待一段时间。"

"回国不回家，你这个臭小子是想造反吗？"

苏澜狠狠地数落了他一通。在母亲大人的数落声中，陆时熠最后只能认命般转了方向盘，往陆家的方向开去。

苏澜挂了电话后，便直接钻进厨房和林妈做夜宵去了。

陆时熠虽然多年没回国，但苏澜女士时不时会飞往国外去看宝贝儿子，所以在见到他回家后并没有表现得多激动。

反倒是林妈，她在陆家待了三十多年，是看着陆时熠长大的。时隔多年才看到他，简直比看到自己的亲儿子还开心。她上下打量了一番陆时熠，直

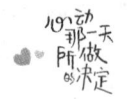

夸陆时熠长高了，更帅了，比她在电视上看到的那些男演员都好看，不去娱乐圈发展真是可惜了。

"林妈，我要是去娱乐圈发展了，其他男艺人还怎么活？"陆时熠笑着说道。

"就你自恋！"苏澜端着才出锅的夜宵，从厨房出来，接过话说道。

"我自恋，那还不是因为我们的苏澜女士长得美，才把我生得这么帅，给了我自恋的底气。"

"就你嘴甜！"一直板着脸的苏澜，总算笑出了声。

苏澜年轻时是个十足的大美人，这些年保养得极好，年近五十岁，看起来却像三十多岁，美貌与风韵并存。她和陆时熠站一起，说是姐弟都会有人信。

陆时熠三言两语就让母亲大人的气消了一大半，宝贝儿子长宝贝儿子短地喊着，让他赶紧过来尝尝她亲手做的夜宵。

母子俩之间的气氛虽然融洽，但对于陆时熠有家不回去住酒店的事，苏澜还是忍不住又批评了他一顿。之后，她便问起了林家寿宴的事。

苏澜了解情况后，气得差点将碗摔了，道："这卢春花这么无耻，怎么不来一道雷将她劈死？"

苏澜是真感到气愤，她和于敏知亲如姐妹，在她眼里，于晚自然跟她女儿一样。于晚这些年一个人支撑着偌大的集团，有多不容易，她比谁都清楚。摊上林家这些亲戚，尤其是那个卢春花，她都替于晚感到心累。

这卢春花祸害了于敏知的一生不说，现在还想继续祸害于晚和于牧，实在是太无耻了！

苏澜长长地叹了一口气。

苏澜见陆时熠准备上楼，又赶紧将他叫住，拉到客厅聊了一会儿他工作上的事。苏澜知道陆时熠在国外和同学创办了一家投资公司，便问他公司怎么样了，需不需要家里帮忙。

"妈，公司还在起步阶段，你就别操心了。"

"按我说，你不喜欢去机关，又不想去娱乐圈发展，既然你对做生意感兴趣，不如就回国去你外公的公司好好锻炼几年，再开自己的公司也不迟。"

"妈，我不想靠家里的关系。我有能力也有实力做好我想做的事，你就安心吧。"陆时熠拍了拍苏澜女士的肩，不想再聊这个话题，站起身上楼去了。

"你这孩子。"苏澜望着他的背影说，"你就是没吃过亏，以为干什么都很容易！这年头，要是没一点背景，赤手空拳可没那么好干！"

苏澜了解自己儿子的性子，他一向骄傲，这要是在生意场上受了挫折，还不知会被打击成什么样。

"你既然不想去外公公司，不如抽空跟小晚学习，让她传授你一些做生意的经验，也好少走些弯路。"苏澜建议道。

走到楼梯口的陆时熠忽然停下了脚步，一双桃花眼里闪烁着光芒。

母亲这话倒是点醒了他。

他知道怎么追于晚了！

于晚今天穿着一身修身的深蓝色条纹职业装，脚上穿着一双细高跟鞋，长发披肩，走路都像带着一阵风。她身后的高管们只能加快脚步才能跟上她的步伐。

一到公司，于晚直接去了会议室，召开会议。

于晚肤色白，今天唇上涂的口红是复古的深红色，越发衬得她冷艳如女王，气场全开，会议室的高管们大气都不敢喘一下。两个小时的会议，一些办事不力、业绩不达标的高管全被她批评了一番。

"RG 从来不养混日子的无用之人，如果下个季度还是这样的成绩，你们就卷铺盖走人吧。"于晚啪的一声，将文件夹甩在会议桌上，显然对这次的成绩很不满意，"散会！"

会议结束后，那些受到批评的高管一个个低着头走出会议室，不停地擦着额头上冒出的冷汗。

02

于晚回到办公室,浑身上下还透着一股冷气。这时,程秘书进来汇报,说有一位姓陆的先生想见她。

"不见。"于晚批阅着手中的文件,头也不抬地说道。

"那位先生说,他叫陆时熠。"

于晚这才停下了手中的笔。

原来是这家伙,她还以为是最近一直缠着她想跟 RG 谈合作的陆创。

"让他把车钥匙交给前台。"

程秘书出去没一会儿,又进来了,说:"那位陆先生说,他有重要的事找您。"

陆时熠今天一大早就来到 RG 集团。然而,他发现在上班时间想见于晚一面,简直太困难了,他在大堂足足等了快三个小时才被于晚接见。

陆时熠在程秘书的带领下,终于进了总裁办公室。

说起来,陆时熠还是第一次来 RG,和他想象的不一样,于晚的办公室并没有一般大集团老总的奢华气派,反而色调简单,如她的行事风格一样,透露出一股干练的气息。

程秘书送来两杯咖啡,陆时熠也不客气,直接拉开椅子在于晚的办公桌对面坐下了。

"你找我有什么事?"于晚喝了一口咖啡,继续忙着手头的工作。显然她是抽空见他的。

陆时熠也端起咖啡喝了一口,不徐不疾地说:"给你送钥匙。"

于晚说:"不是让你放前台吗?"

陆时熠发现于晚工作起来还真是专注。他刚刚将钥匙放桌上时,还特意制造了些声响,于晚也没抬头看他一眼。

陆时熠有些郁闷,双手托着下巴,眼睛直勾勾地望着对面的人,说:"如果我说,我想你了,我就是想来见见你呢?"

"想我?"听到这话,于晚终于抬起头。

她瞅了一眼陆时熠后,弯了弯唇角,一边在文件上签名一边说:"你跟于牧一样皮痒了,所以想让我揍一顿?"

陆时熠从小到大跟于牧一个德行,说话都没正经,于晚只当在听玩笑话。

"我皮才不痒,我是心痒……"最后几个字,陆时熠说得很轻,他刚才恨不得马上见到她,看看她在干什么。

于晚说:"什么?"

"没什么。"于晚再次看过来时,陆时熠立马收起所有的情绪。他还想说话时,于晚的手机响了,她抬了抬手,示意他先安静下来。

于晚站在窗边接完几个工作上的电话,已经过去了半个小时。她一回头,见陆时熠还在办公室里,正在翻看她书架上的书。

于晚走到办公桌前坐下,顺手按了内线电话,让程秘书来拿她批阅完的文件。她做完了这些事后,对一旁的人道:"你怎么还没走?"

陆时熠将书放回书架,转过头,展开笑颜,忽然喊道:"于总。"

陆时熠和于牧从小就是两个桀骜不驯的小浑蛋,何时用这种语气喊过人。他这一声"于总",听得于晚汗毛都快竖起来了。

她觉得没什么好事,指尖轻点着桌面,说:"干吗?有事说事,没事别献殷勤。"

陆时熠来到办公桌边,双手撑着桌面,高大的身躯弯下来,一张朝气蓬勃又帅气的脸上笑容格外灿烂,他说:"你们公司是不是在招聘总裁助理?"

于晚说:"怎么,要给我推荐人?"

"对。"陆时熠那双迷人的桃花眼里闪着光,笑得越发灿烂了,"于总,你觉得我做你的助理怎么样?"

"不怎么样。"于晚直接回绝他。

"为什么?"陆时熠收起笑容,装作一脸受挫的样子,"我觉得我挺适

合的!"

于晚反问:"哪适合了?"

"哪都适合!"不管是做她的助理,还是做她的男人。陆时熠在确定自己的感情后,越发觉得只有自己才是最适合她的人。

于晚笑了,道:"你做我的助理,我还要照顾你。你说咱俩到最后,是谁在给谁当助理?"

"我才不需要人照顾。"陆时熠开始进行自我推销,"我的工作能力还是挺强的,生活上我既能端茶倒水,还能洗衣做饭;工作上既能接待应酬,还能销售签单。不说一个顶十个,至少一个赛俩。有我给你当助理,就算不能给你雪中送炭,至少能给你锦上添花!"

陆时熠自卖自夸起来,倒是一点都不谦虚。

于晚笑着摇了摇头,道:"行了,别胡闹了,你别在这里打扰我工作了,自个儿玩去吧。"

陆时熠无语。

这是把他当三岁小孩了?敢情他刚才大费口舌推销自己,完全没用?

于晚确实在招聘总裁助理,杨颂是她最得心应手的心腹。她一个人管着偌大的集团,事情自然多,她把杨颂一个人当多个人使唤,迟早会将他累瘫,所以,于晚招总裁助理,实则也是想为杨颂分担工作。

不过,对于陆时熠要来当助理的事,于晚自然不会当真。陆家什么情况她比谁都了解,陆时熠若想工作,直接去他外公的 SY 集团,至少能当个总经理,何必来她这里当助理。

周五上午。

人事部经理来总裁办公室汇报招聘情况。

这几日,人事部通过层层面试,重重把关,终于挑选出了最优秀的三位总裁助理应聘者。

最后留谁，自然需要于总亲自决定。

前几日，于晚以为陆时熠说要给她当助理的事，不过是心血来潮随便说说，没想到，上午她居然在会议室的走道上遇到了他。

陆时熠一改往日模特般的着装风格，穿着笔挺的西装，皮鞋擦得锃亮，连头发都特意打理过，看起来像一个来谈生意的职场人。

于晚差点没认出他来。

RG集团招聘员工的要求向来苛刻，尤其是招聘总裁助理，条件很高，能够进入最后一轮面试的人绝对都是佼佼者。

在她印象中，陆时熠跟她弟弟于牧一样，从小不学无术，就知道吃喝玩乐。他是怎么通过人事部的层层筛选的？

他不会是履历造假了吧？

于晚望向陆时熠时，他正露着一口大白牙，笑得还挺得意的，好像在说：看吧，你不让我当助理，我凭自己的实力也能一路披荆斩棘，来到最后一轮面试。

最后一轮面试，于晚问了五个问题，每人只有两分钟的作答时间。

另外两个应聘者，都是毕业于国内数一数二的大学，并且在知名企业有过几年当总裁助理的工作经验。即便如此，这两个人在回答于晚的问题时，也显得有些局促和紧张。

反倒是陆时熠，应答如流，看起来十分轻松。在几人因观点不同而相互论述时，陆时熠反应灵敏，说得头头是道，让对手哑口无言。

就连陪同于晚一起面试的人事部经理都连连点头，看向陆时熠的眼里满是赞许。

03

四十分钟后。

最后一轮面试在三位应聘者激烈与紧张的竞争中结束。

"你们先回去吧,最后录用谁,下周人事部会通知你们。"人事部经理说。

陆时熠脸上洋溢着自信的笑容,另外两个应聘者则纷纷低着头,他们自知这轮面试的表现没有陆时熠出彩,所以多半是没戏了。

这时,于晚忽然开口道:"不用等到下周。"

听到这话,其他人都朝于晚看过来。

于晚的视线从左到右,依次在对面坐着的人脸上扫过,在最右边的陆时熠脸上停留了三秒后,视线一转,落在了最中间、戴着金丝框眼镜的男生身上。

她问:"你叫刘一鸣?"

被点名的男生先是一愣,随即紧张地说道:"是的,我叫刘一鸣,一鸣惊人的鸣。"

于晚点头,言简意赅道:"你通过了,明天就来公司跟我出差。"

陆时熠难以置信地望向于晚,桃花眼里满是疑惑,甚至还有些许难过。

于晚直接忽略了陆时熠的目光,说完便起身离开了。

五分钟后。

总裁办公室外传来程秘书急切的声音:"陆先生,没有预约您不能进去!"

陆时熠没有理会,直接推开了总裁办公室的门,于晚听到动静,抬起头来。

程秘书抱歉道:"于总,对不起,我没有拦住……我这就叫保安!"

于晚摆了摆手,道:"不用了,出去吧。"

"我明明比另外两个人更优秀,你为什么把我刷下来?这不公平!"陆时熠一进去就替自己讨公道,他觉得十分委屈。

于晚放下手头的工作,喝了一口咖啡,难得有耐心地说:"他们是来工作的,需要这份工作养家糊口,你呢?"

"我……"陆时熠忽然就心虚了,他确实目的不单纯,不过他的心是真诚的啊,想到这,他又理直气壮起来,"我当然也是来工作的,难道我看起来就像一个天天靠家里养着,不需要工作的人吗?"

他比谁都更需要这份工作，因为，他要靠这一份工作，让自己有一个幸福的未来。

陆时熠又说："我没有用手段，是凭着自己的实力进入最后一轮面试的。你明明知道，我比那两个人更符合你的要求，你却因为对我有偏见，选择了别人。这对我来说，不单单是不公平，你分明就是不相信我有胜任这份工作的能力！"

"说白了，你就是……瞧不起我！"陆时熠的话一句比一句说得重。他因为情绪激动，面颊和耳根都红了，就连眼眶都微微泛着红。

于晚看着眼前同她据理力争的陆时熠。他虽然换上了西装，整个人的气质有了较大的变化，在外形上看起来成熟了不少，但到底是没受过什么打击的年轻人，所有的情绪全写在了脸上。

于晚有些哭笑不得，叹了一口气，道："你若真想工作，可以去你外公的公司，没必要来我这当助理受苦。"

"我就是为了磨炼自己才不去SY的。"陆时熠觉得有周旋的余地，便开始装可怜，"你也知道我外公素来宠我，一直把我当成一个长不大的孩子，这不让我干那不让我干，就算我有一身才能，去他那也只得荒废。我只有跟着你，才能磨炼自己的意志，才能让自己真正成长！"

陆时熠又说了一堆好话，说于晚在商场上手腕了得，连大多数男人都不如她，还说她对员工要求非常严格，人人都怕她，但她对所有员工一视同仁、赏罚分明……不过，于晚听着这些话，觉得都不像在说她的好话。

于晚放下咖啡杯，问："你当真想要磨炼自己？"

"嗯，比真金还真！"

"既然如此，正好HJ集团的季总也缺一位助理，我把你介绍给他。他的能力远在我之上，你跟着他更能学到东西。"

说了半天，还是要把他往外赶？

陆时熠瞧于晚拿起手机，当真要给季总打电话，赶紧拦住，说："别，

我跟他不熟,我不去,我就想跟在你身边学习!"

于晚依旧没有松口,陆时熠只好拿出撒手锏,破罐子破摔道:"如果你真不想要我的话,那我只能去于牧那了,正好他跟我说他缺个副总,让我过去帮帮忙。我们下班了也正好可以一起去喝酒、蹦迪、唱歌、飙车……对了,于牧还说他新认识了几个漂亮的姑娘,让我和他一起带着她们去马尔代夫玩几天……"

"你们敢胡闹试试!"于晚瞬间头疼了。

这才安分几天,又想胡闹了?若是真让这两个小浑蛋天天凑到一起,于晚还真不放心。她还不如将陆时熠留在自己身边,于牧一个人也折腾不出太大的风浪。

于晚皱了皱眉,半响才道:"我可以让你留下,不过你要敢抱着玩乐的心态面对工作,交给你的事半途而废,我立马……"

陆时熠立即接过话,保证道:"我绝对不会半途而废,保证好好完成工作!你放心,只要让我进入RG,除非你赶我走……不!就算你赶我走,我也不会走!"

陆时熠见计划得逞,心里乐开了花。

第二天一早。

陆时熠穿着西装,戴着墨镜,嚼着口香糖,出现在了RG集团的一楼大堂。

虽是周末,大堂里也有好些人。他一出现,立马成了众人关注的焦点。

早早就在大堂里等着的刘一鸣,看到陆时熠拖着行李箱朝自己走来时,立马从沙发上站了起来,神情紧张。陆时熠忽然出现,刘一鸣还以为自己的职位被他给顶替了。

"怎么,这么怕被我抢了饭碗?"陆时熠看着他紧张的表情,故意逗他,"你对自己就这么没信心?"

刘一鸣不是一个没自信的人,实在是陆时熠昨天表现得太过出彩,完全是碾压性的胜利。再加上昨天在等面试时，他还看到陆时熠在走道上跟于总、人事部经理说话，他们似乎认识……

刘一鸣顿时危机感十足，看向陆时熠的目光里都带着敌意，他道："你一定走了后门，把我的位置给顶替了！我……我最讨厌你们这些私底下搞潜规则的人了！"

陆时熠被他逗乐了，拍了拍刘一鸣的肩，说："就凭我这张脸，我要真搞潜规则，还需要来面试？还有，谁说总裁助理只招一个了？兄弟，放心吧，没人抢你的职位，以后我们一起为于总效力，合作愉快。"

此时，总裁专属电梯的门开了，于晚从里面走了出来，身后跟着拖着两个小行李箱的杨颂。

陆时熠和刘一鸣一看到她，立即拉着自己的行李箱迎上前去。

04

于晚今天要去 S 市。

这几天，在 S 市有一场商业峰会，很多行业大佬都会去参加。RG 集团作为老牌企业，自然也收到了峰会的邀请函。而且，组委会还邀约了于晚，让她作为年轻女企业家的代表上台演讲。

当然，参加这样的峰会，更多的是为了了解行业的动向，拓宽人脉，为企业拓展新的市场。这次出差，于晚除了带杨颂和刘一鸣外，就只带了两位技术部的骨干。所以当她看到陆时熠居然也在队伍里时，不禁停下了脚步，微微皱了一下眉头。

陆时熠也跟着停下脚步，看到于晚的视线，他笑得一脸单纯的样子。

其他几人面面相觑。

于晚见陆时熠像没事人一样站着不动，只好将他叫去一边，低声问道："谁让你过来的？"

"我作为总裁助理，总裁要出差，我怎么能不跟着？"陆时熠嬉皮笑脸

的,答非所问。

于晚红唇微抿,说:"昨天我跟你说得很明白,让你周一再来上班。这次出差,不需要你跟着,你回去吧。"

于晚言简意赅地说完,便要走,陆时熠一把拉住她的手腕,不依不饶地追问:"同样是助理,你为什么只带刘一鸣出差,不带我?"

于晚回头,望向自己被握住的手腕,眉心突突直跳。周围员工纷纷朝他们投来好奇的视线,在碰到于晚冰冷的视线后,又都赶忙移开。

于晚望向陆时熠,眼里闪过一抹复杂情绪,她提醒着:"注意一下你的言行举止。"

陆时熠这才将抓着她的手松开。

也许是从小看着陆时熠长大,于晚终究没法把陆时熠当自己的员工看待。若真是她的下属,谁敢像陆时熠一样对她的决策提出质疑?若真有人敢,她也早让那人卷铺盖走人了。

于晚叹了一口气,像哄小孩一样说道:"你知道,我原本只打算招一个助理。这次出差,程秘书自然也只订了一个助理的机票。下次需要出差,我再让你跟着,好吗?"

"原来是没买我的票,好说!"陆时熠拖长了尾音,得意地从口袋里掏出机票,"我自己买了,你看,和你们正好是一个航班,这下我可以跟着了吧?"

昨晚,于牧忽然问于晚第二天去哪出差,坐什么时间点的航班……她还以为自己那不成器的弟弟终于懂事了,会关心姐姐了,原来是陆时熠让于牧问的。

她怎么有种被骗了的感觉?

这次出差,陆时熠用了点计谋,死皮赖脸地跟着她。不过到了S市,于晚让陆时熠做的事都是跑腿的杂活,比如买咖啡、送文件、整理文件、当司机……稍微有点技术含量的活,像翻译资料之类的,全都交给了刘一鸣。

陆时熠不被总裁重视，刘一鸣心里十分爽快。

不过，跟着于晚参加峰会的人只有杨颂，陆时熠和刘一鸣连会场都进不去。

在周一上午于晚上台演讲的那天，陆时熠还是想办法混进了会场，亲眼看见了于晚最为出彩的时刻。于晚的工作能力，别说女人，就连男人都没几个能比得上她。她在台上侃侃而谈，是那样自信、大气，举手投足间都散发着魅力。

陆时熠在台下看得着迷。

于晚演讲结束，底下掌声如雷。看来被于晚的个人魅力所折服的可不止陆时熠一人。在场的不少男性望向于晚的目光里除了欣赏，还有男人对女人的爱慕。

陆时熠满脸不痛快地走出了会场，暗自握了握拳。

他喜欢的人如此优秀，他如果不早点追到手，被别人捷足先登了，他一定会后悔！

陆时熠回B市的前一晚，接到了于牧的电话。好多天没见到人，于牧差点以为陆时熠回M国了，得知陆时熠给自家姐姐当助理去了，他惊得眼珠子都差点掉了出来！

于牧说："陆时熠，你是不是心理有问题了，所以才跑我姐那受虐？赶紧回B市，我给你找医生治治脑子！"

陆时熠说："我脑子好得很，不说了，来电话了。"

电话是杨颂打来的。

于晚来S市出差的这几天每晚都有应酬，但每次都只带杨颂一个人。

总之，陆时熠很嫉妒杨颂。

不过杨颂今晚有别的工作，并没有在于晚身边。杨颂说，今晚和于总应酬的都是一群大老爷们儿，他担心于总一个人在那边会被人灌醉……

"我知道了，我现在就去接人，把地址发给我！"还没等对方把话说完，陆时熠就拿上外套急匆匆地下了楼。

今晚的饭局是 CX 科技的总裁陆创组织的。一桌有十二个人，来了七位大佬，分别是互联网、金融、医疗、人工智能等领域里举足轻重的人物。

虽然有两位老板带的秘书和经理也是女的，但在他们这个级别里，于晚是唯一的女性。由于白天于晚的演说十分精彩，她自然成了今晚饭局上的焦点。

她也成了全桌轮番敬酒的对象。

于晚在峰会上演讲的题目是《未来的新型人工智能》，主要是围绕量子计算结合人工智能，会产生哪些变化展开演说。

人工智能是近几年，乃至未来都很热门的行业。随着科技新浪潮的到来，很多企业家意识到，谁掌握了人工智能，谁就将在竞争中掌握主动权。

随着科技的不断进步，如今传统计算机已经跟不上人工智能的发展速度了。不过，人工智能也有局限性，它虽智能，却没有智慧。

于晚比一般人更有远见。所以早在三年前，在大家一窝蜂地开发人工智能时，她就投资成立了一个量子计算与人工智能的实验室，主要的研究对象是量子计算。

如果量子计算与人工智能结合，量子计算的强大处理能力会改善人工智能系统，使人工智能具备一定的感知能力，并能够理解与客户所进行的互动。

大佬们对于晚今天演讲的内容很感兴趣，在酒桌上询问了不少关于量子计算方面的内容。于晚一一解答，回答得既专业又易懂。

漂亮、能干又有智慧的女性，总是令人欣赏的。大佬们热情地向她敬酒，于晚就算酒量再好，这么喝下来也受不了。

其间，陆创虽然替于晚挡了几次酒，但于晚还是去洗手间吐了两次。

大佬们又开始新一轮敬酒，陆创准备再次替于晚喝酒时，被于晚拒绝了："谢谢陆总的好意。"

于晚虽已喝到极限，面上倒看不出半分醉意。她豪爽地说道："王总，这杯我敬你，干了。"

于晚不想欠陆创的人情。

05

在座的几位大佬中，对于晚研究的项目最感兴趣的人，莫过于陆创。

陆创一向对新型科技很感兴趣，这几年他的CX科技在人工智能行业有着很大的影响力。早在两年前，陆创就曾希望入股于晚的这个实验室。

不过，于晚当时并没有与人合作的计划，便婉拒了。

陆创却特别执着，尤其在知道实验室已经研究出一些成果后，这两年，他同于晚就合作这件事谈了不下十次。

因为他知道，量子计算机一旦研究成功，不仅仅是人工智能，还有电信、网络安全、互联网、航空、金融、医疗、制造业等无数个行业，都将迎来历史性的变化和创新。

这项研究前期虽然需要大量的资金，但后期的收获，将会是原来的十倍、百倍，乃至更多。

谁不想当第一个吃螃蟹的人？

于晚当然知道，陆创做好人替她挡酒，自然是有企图的。

陆时熠赶到时，屋里正传出阵阵喝彩声："于总好酒量，果然是巾帼不让须眉！再干一杯！"

"李总谬赞，这是最后一杯了，再喝真要醉了。"于晚脸上带着浅浅的笑意，极力压制着胃里翻滚的恶心感，她仰起头，干脆利落地喝光了杯中酒。

一会儿工夫，她就连着喝了七八杯酒。

"于总，李总的酒喝了，我的酒，你怎么也得给个面子，再喝三杯吧。"

桌上的这些大佬们，酒劲上头，越喝越有劲。他们用各种借口向于晚敬酒，根本不给她开脱的机会。

这是不把人灌醉，绝不罢休的架势了。

陆时熠身为男人，经常和于牧、林洲洋这些哥们厮混于各种场合。这些年他在国外又见识了形形色色的人，怎会看不出这些男人的想法。

　　陆时熠看得怒火中烧,一股怒意直接涌上了心头。他握紧双拳,几步上前,直接夺走了于晚手里的杯子,不让她再喝酒。

　　也许是陆时熠弄出的动静太大,所有人的视线都纷纷落在了他的身上。

　　酒局忽然被人打扰,大佬们很不高兴,说道:"你谁啊?跑这来干什么?"

　　陆时熠的拳头顿时握得咯咯直响。

　　于晚已有八九分醉意,一直在强撑,她轻微地晃了晃脑袋,才看清来人是陆时熠。觉察到他浑身上下透着一股怒气,于晚紧紧握住他的手腕,示意他别冲动。

　　"这是我弟弟。"于晚笑着介绍道。

　　在座的各位都是人精,也不管陆时熠是真弟弟还是假弟弟,听于晚这么一说,他们脸上瞬间挂起笑,道:"原来是于总的弟弟啊。既然来了,那就快坐下来喝一杯。"

　　弟弟?陆时熠瞬间更加生气了。

　　他深吸了一口气,强压心中的怒火,脸上也挂起笑,礼貌地说:"今晚恐怕不能陪各位喝了,我得接我姐回去。"

　　"姐"这个字,陆时熠说得很用力。

　　"这还早着呢!难得和于总聊得投机,下次见于总还不知要到什么时候,今晚都喝尽兴了再走。"这些人四两拨千斤,就是不让人走。

　　于晚不徐不疾地坐下,抿了一口茶后,装作不经意地问陆时熠:"特意过来找我,有什么急事吗?"

　　于晚特意强调了"急"字,陆时熠立即心领神会。他说有个项目出了些问题,项目经理连夜赶来了S市,正在酒店等于晚,需要她赶紧回去开视频会议。

　　"这项目要是出问题了,明年我就得跟各位大佬借钱给员工发工资了。"于晚半开玩笑半认真地说,故意将事情说得很严重。

　　于晚虽然看上去很着急,但说出的话却很得体。

"今天我就先走一步,下次来 B 市,我隆重宴请各位。"

话都说到这份上了,在座的各位也不好意思再挽留她。

于晚起身时身体虚晃了一下,多亏陆时熠扶了她一把,才没有失态。

于晚出了包间,等包间的门关上的一刹那,她的身体就像瞬间被抽空了力气,整个人瘫软在陆时熠怀里。

陆时熠紧紧地搂着她,不让她滑下去。于晚原本还带有笑意的脸,此时眉头紧锁,鼻子和眼睛皱成一团,神情痛苦。

陆时熠紧张地问:"你还好吗?"

"快……"于晚感觉胃里一阵翻山倒海,"快扶我去洗手间。"

陆时熠刚将于晚扶到洗手间门口,于晚便从他怀里挣脱,急匆匆地冲了进去。陆时熠见她步伐凌乱,怕她摔倒,下意识想要跟进去。

此时,里面走出来一位女士,她瞅了一眼正要往里走的陆时熠,见他长得帅气、穿着得体,不像是一个坏人,好心提醒道:"先生,这是女士洗手间,男士的在对面。"

陆时熠道了声谢,只能在外面等于晚出来。

隔着几米的距离,于晚在里面吐得厉害,他在外面听得揪心。

刚刚离开包间之前,陆时熠回头看了一眼屋里的人。他们一个个在媒体前都是响当当的大人物,在酒桌上却这么灌一位女性,还是他喜欢的女人。

这笔账,他记住了!

于晚吐了很久,陆时熠不知道里面什么情况。忽然,他发现里面没声音了,反而更担心了。好在这会儿女士洗手间没有旁人,他索性直接走进去看看于晚的情况。

于晚今晚没吃什么,一直在喝酒。她虽然吐得厉害,但把酒吐完后基本都在干呕,吐到最后整个人都虚脱了。

陆时熠进来时,就看到于晚闭着眼睛,靠着洗手间的门板坐在地上,一脸虚弱和难受,全然没了平日里的强势。

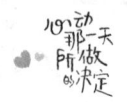

　　于晚虽然眼皮沉重得睁不开眼，脑袋也昏昏沉沉的，但还是能感觉到她被人拦腰抱起，靠在了一个温暖的怀里。她的鼻尖全是阳光晒过后的清新气味，很好闻，隐隐还有一丝熟悉的感觉，像是曾经闻到过的味道。

　　于晚挣扎了几次，终于睁开眼睛，映入眼帘的是一张年轻又英俊的脸，睫毛又密又长，鼻梁挺拔，薄唇紧抿着，一副忧心忡忡的模样。

　　于晚心想：这张脸长得还真是好看。

　　她看了许久，迟钝的大脑才慢慢反应过来，拥有这副好看面容的人是陆时熠。

　　她的神志还有一丝清醒，她用有些沙哑的声音说："放我下来。"

　　"你都醉成这样了，还怎么走？我抱你去车里，这就送你回酒店休息。"陆时熠担心走得快会让她不舒服，于是放慢了脚步，尽量让自己走得平稳。

　　不知为何，于晚坚持要陆时熠松开，道："放我下来……我自己能走。"

　　陆时熠终究拗不过于晚，以为她只是担心在这里碰到熟人，影响她的形象。

　　S市虽不像B市那么冷，但夜里的风依旧很凉。陆时熠将自己的外套紧紧地裹在了于晚身上。于晚没力气拒绝，半靠着陆时熠的肩膀，就这么任由他搀扶着离开。

第四章

> 这份还处在单恋阶段的感情,
> 就像隔着千山万水,难以攀越;就像藏在万丈深渊,难以见光。

01

出了会所大门,凉风袭来,吹在于晚脸上,她那混沌的脑子清醒了一些,那不舒服的胃似乎也好受了一点。

"小心!"陆时熠提醒道。

下台阶时,于晚一脚踩空,陆时熠眼疾手快地搂住她的腰,将人往怀里一带,这才没让她摔倒。于晚的头顶撞到了陆时熠的下巴,她疼得扬起头来,陆时熠正好低下头看她。

此时,两人的唇仅隔一指的距离。

他们的身体,正紧紧地贴在一起。

于晚甚至能清晰地感觉到彼此的胸膛正随着呼吸上下起伏着。

夜色迷离。

陆时熠鼻尖温热的气息喷在于晚的脸上。于晚看不清他那双迷人的桃花眼里蕴藏着怎样的情绪,只觉得有一种说不清道不明的感觉在两人的呼吸间

流转开来。

此刻,于晚的脸有些发烫了。

不知是不是错觉,于晚总觉得陆时熠下一秒就会吻下来……

陆时熠确实想吻她。

他望着近在咫尺的唇,喉结上下滚动了两下。就在他快要控制不住自己的时候,身后忽然传来一个男声,喊了一声"于晚"。

一个穿着深色衬衫、身高一百八十八厘米、三十来岁的男人朝于晚走来。

那男人不好意思地说:"真抱歉,今晚是我组的饭局,却没能照顾好你,让你喝了那么多酒。"

来人不是别人,正是陆创。他像是特地等在会所门外,专门向于晚赔不是的。

于晚看到熟人,这才从陆时熠的怀里离开,站直了身子。也许是这么多年在酒桌上练出来的能力,哪怕已经喝得烂醉,于晚在外人面前也能迅速调整好自己的状态。

"陆总不用和我道歉,今晚要不是你替我挡了几次酒,恐怕这会儿我已经醉倒在酒桌上了。"于晚嗓音清亮,说着场面话,"对了,酒局还没结束吧,陆总怎么出来了?"

"于总忘拿丝巾了。"陆创笑着说,从裤兜里拿出于晚落下的丝巾,递给她,"这么漂亮的丝巾,丢了实在可惜了。"

丝巾本是贴身之物,却从男人的裤兜里拿出来,怎么看都显得暧昧。而且,陆创望向于晚时,眼里含着男人望向心仪女人时才会有的炙热情感。

一直在旁观的陆时熠紧紧地皱着眉头。

他先于晚一步从陆创手里接过丝巾,却没把丝巾转手递给于晚,而是直接把它放入了自己的裤兜里,并替于晚不冷不淡地道了声谢。

陆创伸出去的手顿了顿,而后不以为意地收回。他望向陆时熠,嘴角缓缓扬起,脸上挂着一抹意味不明的笑。

这一笑，让陆时熠的眉头皱得更深了。

陆创在商场打拼多年，虽然长相上不如陆时熠，但在年轻的男人面前，他却多了一种成熟男人的沉稳感。

"陆创。"陆创打量了陆时熠几秒后，忽然朝他伸出了手，自我介绍道。

陆时熠也伸出手，气场十足，回答道："陆时熠。"

两个男人握了握手，表面上客客气气的，却在互相审视。他们望向对方的目光是犀利的，就如同豺狼与猛虎一样，在夜色中暗自较量着。

对陆创，陆时熠不禁生出了一股敌意。

虽然同样姓"陆"，但他觉得这男人就不是什么好人！

陆创松开手后，便笑着说："你是于总弟弟的发小，确实也算于总的弟弟。"他特意强调了"弟弟"两个字，笑声里似乎还带着一丝嘲讽的意味。

陆时熠的眼睛骤然眯起。

"弟弟"这两个字从陆创嘴里说出来，让他很不高兴。

陆创对于晚身边的人了解得如此透彻，连他是于牧的发小都知道。显然，陆创的心思绝对不单纯！

幸而这场对话没有持续太久。

陆时熠很清楚于晚现在的身体状况，她在外人面前一直强撑着，所以必须尽早带她回去休息。

在回酒店的路上，于晚很安静。于晚坐在副驾驶座上，头倚着车窗，一路上都闭着眼睛，像是睡着了一样。陆时熠不放心，时不时地看一眼身边的人。

于晚和于牧虽是姐弟，醉酒的模样却截然不同。一个闹着吵着，恨不得让全世界都知道他喝醉了，让人不得安宁；另一个闷着忍着，独自承受醉酒带来的痛苦感，让人心疼。

在等红灯时，副驾驶座上传来细微的呻吟声。

陆时熠一转头，就看到于晚眉头紧锁，脸色泛白。陆时熠觉得不对劲，轻轻推了推她，询问情况。于晚连眼皮都没抬起，摇了摇头，示意她没事。

又过了一小会儿，于晚醒了，微睁着眼，迷离的眼神求助般地望着陆时熠。陆时熠隐隐听到了一个"水"字，赶紧腾出手，拿出一瓶矿泉水，快速地拧开瓶盖递了过去。

于晚确实是想喝水，她虽然接过瓶子，但因为手上没什么力气，来来回回抬了几次手，也没能将瓶口送到嘴边，急得眉心都皱成了一团。

陆时熠向后视镜望了一眼，将车停靠在路边，解了安全带，侧过身，握着于晚的手给她喂水。

于晚的嗓子里像有火在燃烧，干得发疼，似乎连喝水都不能够解渴。她的另一只手无意识地覆上了陆时熠的手，将矿泉水瓶抬了抬。

陆时熠见她喝得太急，怕她呛着，提醒她慢点喝。他刚说完，于晚忽然剧烈地咳起来，水顿时洒了一身。

陆时熠手忙脚乱地一边拍着于晚的背，一边抽出纸巾擦于晚身前的水。然而陆时熠就像被丢进锅里的虾，越擦脸越红。

于晚出席正式场合，一般都会穿职业装，今晚也不例外。

她穿着一身经典英伦风格的纯色西装，西装上衣只有一颗扣子，里面的白色衬衫将她包裹得很严实，只露出小半截白皙的脖颈。

然而，那真丝面料的衬衫，因为浸了水变得有些透明，这会儿全贴在了于晚的肌肤上，于晚的内衣清晰可见，就连黑色的蕾丝花边都被他看得一清二楚。

居然是蕾丝的。

陆时熠没想到，外表强势又冷漠的于晚，居然会穿这么性感的蕾丝内衣。

更让他没想到的是，她身材居然这么好……

此刻，陆时熠手足无措，视线无处安放。

他继续擦着，似乎是在冒犯她。不过他若是不擦，那大片被水浸湿了的衬衫贴着肌肤，必然会让于晚感到不舒服……

于晚咳了一会儿，总算安静了下来。她软软地靠在椅背上，闭着眼，不知是睡着的还是醒着的。陆时熠小心翼翼地将自己的手从于晚的后背抽回来,却还是惊扰了她。

于晚感到不舒服,哼了一声,换了一个坐姿。她原本朝正前方坐着,这会儿整个身子连同脸,都朝他这边倒了过来。

而于晚呼出来的气息,也正好落在陆时熠的下巴上。一下一下,温温热热的,像是一股股电流,从他的表皮肌肤,直蹿心尖,让人酥酥麻麻的。

陆时熠高大的身躯僵在原处,不敢动弹。他之前好不容易克制住的歹念,这会随着于晚起伏的呼吸声又冒了出来,他的理智全乱了。那份炽热的情感,如同火山在心间爆发,再难克制。

他看着近在咫尺的红唇,眯着桃花眼。

他的头一点一点地朝她靠近。

这是今晚陆时熠第二次有吻于晚的冲动。

近了。

更近了。

近到唇齿间的呼吸都在肆意交缠着。就在两片唇即将贴合在一起时,陆时熠猛然抽身,抬手给了自己一记耳光。

"你是牲口啊,居然乘人之危!"陆时熠暗自咒骂自己。这一巴掌,打得有些重,疼得他嘴角抽了一下。好在于晚已经沉睡了,并没被他弄出的动静惊醒。

陆时熠恢复理智后,靠在驾驶座上,警告自己以后少跟于牧厮混,不然,便会被传染抽自己耳光这种傻子才会做的举动。

陆时熠觉得,自己再跟于晚独处下去,指不定还会抽自己几记耳光。他深吸一口气,压下心中的杂念,赶紧将车开往酒店。

02

于晚一觉醒来,已是第二天上午。

她脑袋昏昏沉沉的,睁开眼,发现环境很陌生,鼻尖还充斥着各种消毒水的味道,这并不是酒店的房间。

于晚撑着软绵绵的身子坐起来,耳畔传来陌生女人的声音,那人急忙制止她,说:"别动,快躺好。"

说话的是一位女护士,这会儿正在病床边替于晚换药水。

于晚环视了一周,眉心微皱着。她动了动嘴,发出沙哑的声音:"我……怎么在医院?"

她对自己进医院的事,一点印象都没有,只记得昨天是陆时熠来酒局将她接走的。

"你酒精中毒了,还好你男朋友送来得及时。还有,你以后不要再喝那么多酒了,差点喝出胃出血。"护士是个二十四五岁的小姑娘,看着虽年轻,说起话来却十分老到。

她告诫于晚不要仗着自己年轻,就肆意透支身体,钱永远挣不完,身体才是最重要的。

小护士喋喋不休地谈着各种人生大道理,又叮嘱于晚各项注意事项,让她三个月内一定不能再喝酒,饮食也要尽量清淡。

最后离开前,小护士还忍不住感慨了一句:"你男朋友对你可真好。昨晚一直寸步不离地守着你,你有一点不舒服,他就立马来喊医生……忙前忙后地照顾了你一宿。"

于晚才醒,脑子还不太清醒,好一会儿才反应过来,小护士嘴里说的她"男朋友",应该是指陆时熠。

"他不是我男朋友,是我弟弟。"于晚淡淡地解释道,"他人呢?"

是弟弟吗?小护士歪了歪脑袋,怀疑她的话。那帅气的男生昨晚照顾她的样子,根本不像在照顾姐姐,更像在照顾女朋友。

小护士没再深究,只道:"他出去给你买早餐了,应该一会儿就回来。"

小护士前脚刚出去,陆时熠后脚就拎着早餐进来了,身上还穿着昨晚的那一身衣服。虽然他一整晚没睡,但依旧很有精神,只是神情看起来有些闷闷不乐,像是有谁惹他不痛快了。

进门后,陆时熠将于晚的病床调高:"我给你买了一些早餐,你趁热吃。"说了这一句话后,便一声不吭地坐在旁边,照顾她用餐。

陆时熠买了一份养胃的砂锅粥,几份小菜,还有一些S市的特色小吃,分量很足,一个人根本吃不完。于晚瞅了他好几眼,陆时熠别说与她对视了,连眼皮都没抬一下,一脸心事重重的模样。

于晚从他手里接过粥,喝了两口,才说:"昨晚辛苦你了。"

陆时熠淡淡地说:"不辛苦。"

于晚说:"我进医院的事,别跟于牧说。"

陆时熠用鼻腔嗯了一声。

于晚又问他:"你吃过早饭了吗?"

"没有。"

"这么多我也吃不完,一起吃吧。"

"我不饿。"陆时熠懒懒地回复,"没胃口。"

这是在跟谁闹情绪呢?

于晚就算反应再迟钝,也觉察到了这家伙有些不对劲。

陆时熠跟着她来S市的这几天,不仅工作积极性高,而且对任何事都表现得极有兴趣。她有空的时候,他就跟一个好奇宝宝一样凑上来,和她讨论着各种工作上、生活上,甚至国家大事上的问题,话多得让人头疼。

而今天他的话却很少,少到她说一句他才答一句的地步,整个人跟霜打的茄子一样蔫蔫的,真是稀奇。

"小护士说你昨晚都没睡,是不是累了?要不,我让杨颂过来,你先回酒店休息吧。"

"不用。"这句话也不知触到了陆时熠哪根神经,他情绪忽然激昂起来,"我一点都不累,不用喊别人。"

于晚古怪地盯着他,问:"你怎么了?"

"没怎么,我好得很。"陆时熠口是心非地回答她。

他能怎么说?说他在门外听到了她跟护士说,他只是她的弟弟,不是她的男朋友吗?

这份还处在单恋阶段的感情,就像隔着千山万水,难以攀越;就像藏在万丈深渊,难以见光。甚至,他都不能光明正大地生气。

陆时熠现在还没法跟于晚表露自己的情感,他怕她一旦知道了,两人的关系就会越来越疏远,甚至,他连她的弟弟都做不了……

所以此刻,陆时熠只能自己跟自己怄气。无论于晚怎么问,也没能从陆时熠嘴里问出他忽然反常的原因,她只好作罢。她胃口也不是很好,喝了半碗粥就吃不下了。

于晚身上穿着医院的病服,昨晚穿的衣服也不在身边。她不记得她的手机是放在包里还是大衣口袋里了。于晚担心有人打电话找她,便问:"我的衣服……"

于晚还未说完,陆时熠忽然急切地打断她,解释道:"你的衣服不是我换的,是护士给你换的。"

昨晚,陆时熠快被于晚给吓坏了。

他把于晚送回酒店房间,正准备叫女服务员来替她把湿衣服换了。于晚忽然脸色煞白,身体蜷缩成一团,双手紧捂着胃在地上抽搐……他赶忙火急火燎地将她送到医院。

此刻,于晚见他原本白皙的脸突然红了,笑着说道:"我是问我的大衣在哪?"

陆时熠愣了愣,过了好一会儿才反应过来,他刚刚反应有些大,分明就是做贼心虚。

他神情不自在地说道:"在酒店。"

"我的包呢?"

"也在酒店。"

"你送我来医院时,没把我的手机一起带着吗?"

"没拿。"

"你手机呢?借我打个电话。"

每天都有很多重要的事情等着于晚处理,所以,于晚打算叫杨颂把她的手机送过来。

"没电了。"

于晚不知道陆时熠的手机是不是真的没电了。她这会儿也没什么力气多计较了,她看了一眼输液瓶,还有小半瓶的药,便让陆时熠去办出院手续,她一会儿就回酒店。

S市的峰会今天已经结束了,他们原本打算乘坐今天下午的飞机回B市。等回酒店后,她还能处理一会儿文件。

于晚的话刚说完,陆时熠忽然化身为被点燃的鞭炮,噼里啪啦地说:"你昨晚酒精中毒,你知不知道你差点没命了?你现在还想着工作?医生说你至少要住院三天才能出院!你身体都这样了,就不能乖乖地躺在医院里,好好休息吗?就算你是工作狂,也不带这样连命都不顾的!"

陆时熠说什么都不给于晚办出院手续。

于晚愣住了。

陆时熠和于牧从小就调皮捣蛋,闯祸无数,从来都是于晚教育他们。她从来没想过,陆时熠居然也会有教育她的时候。

于晚深吸了一口气,说:"我自己的身体,我很清楚。"

"你不清楚!"陆时熠情绪激动,语气更不好了,"你要清楚,你昨晚还会喝那么多酒吗?你要清楚,你还会为了工作,连自己的健康都不管吗?"

看着眼前的陆时熠,于晚心想:这小浑蛋真是有出息了,敢教训她?

陆时熠站在病床边,本就有身高优势,于晚坐着,还穿着宽大的病服,这一对比,便显得于晚格外娇小。哪怕她目光如炬地盯着陆时熠,但在气势

上还是输了他一大截。

陆时熠毫不退让地看着于晚的眼睛。

不知是陆时熠对她说话的态度,还是别的什么刺激到了于晚,她也发脾气了,把脸一沉说:"我自己的身体,我自己很清楚!你别忘了,你现在是RG的一名员工,你马上去给我办出院手续!"

言外之意就是,老板的命令你只能服从。

空气忽然静止。

于晚目光坚定,不容拒绝,陆时熠仍站着不动,两人就这样僵持着。不知过了多久,陆时熠深吸了一口气,没说好,也没说不好,直接转头出了病房。

"这家伙跟于牧一样,就知道气我……"于晚靠在病床上,揉了揉太阳穴,脑海里闪过昨晚在会所外的一幕。她想,她昨晚是真喝醉了,才会产生陆时熠想要吻她的错觉。

03

陆时熠离开病房后,就不见人影了。于晚等了许久,最后还是找护士借了手机,给杨颂打了电话,让他过来办出院手续。

杨颂上午去见了一位S市的客户,接到于晚电话,才知道自家老板进医院了。因为他是临时被喊来的,没回酒店,自然也没给于晚带干净的衣服来。

于晚正准备穿着病服离开时,陆时熠终于出现在了病房里。他手里拎着一个袋子,沉着一张俊脸,走到于晚眼前,抬起胳膊,像个闹脾气的孩子一样,嗯了一声。

他见于晚不接,这才说了四个字:"你的衣服。"

于晚刚接过袋子,陆时熠就头也不回地转身走了,背影还挺酷。

她打开袋子看了一眼,脸上露出一丝笑容。

他消失的这几个小时里,回了一趟酒店。这些衣服是他从她的行李箱里拿出来的干净衣服。只是看着看着,她脸上的笑容忽然僵住了。

袋子里，除了穿在外面的衣服外，陆时熠居然还给她拿了一套内衣……

于晚每次出差收拾行李，习惯把每套衣服单独装袋，这样整齐又好找，而内衣则是统一放在一个收纳袋里。

于晚是个非常喜欢买内衣的人。她在世界各地出差时，只要看到好看的内衣就会买。她的内衣风格多变，有成熟风、浪漫风、性感风，甚至还有少女风……这和她一贯示人的形象迥异。

即便于晚把陆时熠当成弟弟看待，但不管怎么说他都是一个成年男性。他这贴心的举动，让一向泰山崩于前而色不变的于晚也尴尬得脸红了。

陆时熠回 B 市的当晚，就被于牧等几个好哥们拉去酒吧喝酒了。

只不过，陆时熠一整晚都心不在焉。

陆时熠去 RG 当于晚助理的事，于牧知道了，其他人自然也就知道了为了这件事，他们没少嘲笑陆时熠。说他是国外逍遥快活的好日子过腻了要去于晚那遭受虐待，感受人间疾苦。

尤其是得知了他在 S 市的工作内容后，几个大男人捧腹大笑。

"你说你，堂堂陆家大少爷居然去当跑腿的，哈哈哈。"林洲洋笑得拍大腿，"于牧说得没错，你就是个受虐狂！"

"谁是受虐狂？我这是在工作！"陆时熠强调，接着又不服气地说，"天天游手好闲的人，没资格说话！"

林洲洋眉毛一挑，道："谁没资格说话了？"

沈卓尧看他们要争论起来，急忙转换话题："时熠，我听说你这次回国是为了追求真爱，追得怎么样了？"

"还在追求中。"

"到底是哪家姑娘，至于保密到现在吗？"他们都很好奇，然而，不管他们怎么问，还是没能从陆时熠嘴里问出名字来。

于牧恍然大悟，如同侦探附身，道："我知道了！我说你怎么忽然跑我姐那受虐去了，原来醉翁之意不在酒，一定是你的心仪之人就在我姐的公司，

对吧?"

陆时熠心里一惊,于牧不会猜到他喜欢的人是他姐了吧?他还不想这么早就跟自己的好兄弟摊牌,也不知道于牧对他喜欢他姐这事会是什么态度。

就在陆时熠不知如何回答时,于牧得意地说:"我知道上次我忘猜谁了,还有一个人没猜,就是唐宛晴。她现在就在我姐公司的宣传部实习。你的心仪之人是唐宛晴,我没猜错吧?哈哈!"

唐宛晴?这是哪号人物?陆时熠想了好半天,才想起是谁。

唐宛晴是南方人,长得挺漂亮,性格温柔,知书达理。她是他们高中时期,无数男生心目中可望而不可即的人。追她的男生若排成队,都可以绕操场好几圈了。然而却没人成功追到她。

于牧觉得,他们这几个人的长相应该都是不错的,尤其是陆时熠,若他出手,还有什么追不到的人?

于是,他们打赌,如果陆时熠在一个星期内能追到唐宛晴,他们就给陆时熠洗一个月臭袜子,还会喊他一个月"爸爸"。

陆时熠还真去追了,然而意想不到的是,他居然也失手了。

唐宛晴同学用一句话拒绝了陆时熠,她说:"陆同学,谢谢你喜欢我,不过我们现在还小,还不适合恋爱,应该以学业为主。"

当初,陆时熠没追到人,还被于牧几人笑话了好长一段时间,说他这张帅气的脸也不管用了。那段时间,他们私底下常常聊到唐宛晴,还感慨她眼光这么高,以后什么样的男人才能入得了她的眼。

不过没多久,他们就都忘记这号人了。因为在高二时,唐宛晴就跟着做生意的父母回南方了。

"这叫什么来着?越追不到手的越珍贵,越是令人念念不忘。"于牧得意地说,"当初问你喜不喜欢唐宛晴,你还说不喜欢。现在为了人家你都特意追到我姐公司去了,这不是口是心非吗?"

笑了一会儿,于牧嘲笑道:"看你这一脸感情受挫的模样,不会又被唐宛晴拒绝了吧？"

总裁办公室的文件堆积如山。

周三一早，于晚一来公司，便埋头专注地批阅起文件来。她端起手边的杯子，喝了一口，觉察到味道不对，皱了皱眉，不悦道："程秘书，我什么时候让你把咖啡换成牛奶了？"

于晚一边说着一边抬起头，这才注意到刚刚敲门进总裁办公室的人不是程秘书而是陆时熠。

她诧异地问："怎么是你？"

"空腹喝咖啡不好。医生说你要注意饮食，以后还是少喝些咖啡，多喝些牛奶比较好。"陆时熠脸上挂着笑，抬了抬手里拎着的早餐袋，"没吃早餐吧？今早我多买了一份，给你。"

于晚没说话，看着陆时熠将早餐从袋子里拿出来，摆到桌上。

她不是记仇的人，但她没忘记昨天陆时熠先是管教她，接着气恼地离开了病房，最后连回B市都没跟他们坐同一班飞机。

这才过了一个晚上，他又跟没事人一样，跟她说话了。

也不知道他葫芦里卖的什么药？

04

陆时熠用余光偷偷瞄了于晚好几眼，见她直勾勾地盯着自己，索性拉开椅子，在她对面坐下，笑得更加灿烂了，说："于总，还在生我气？"

陆时熠见她还不说话，又说："于总，你说你这聪明又能干的大总裁，跟我这个小助理生这么久的气，是不是不值当？"

于晚翻了一个白眼，谁有工夫生他的气？

她不说话是因为一想到陆时熠昨天帮她拿内衣的事，她就有些不自在。不过，陆时熠倒是坦荡。

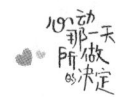

或许在他心里,她只是姐姐,而不是女性,帮她拿内衣也没什么,反而是她想太多了。

陆时熠收起笑脸,忽然向她道歉:"昨天的事,我深刻地反省了我自己。我觉得确实是我的错,您现在是我的顶头上司,我千不该万不该,不该忤逆您,惹您生气,我向您郑重道歉。"

于晚听着他一口一个"您",却怎么都没听出这道歉的诚意,问:"你真知道错了?"

"我真知道错了。"陆时熠点头,开始分析起自己的错误,还分析得头头是道,"我不该在领导喝醉住院后,劝她以后少喝酒;我不该在领导不顾自己身体健康一心想着工作时,还阻止她提前出院;我不该担心领导身体严重透支后,她那嗷嗷待哺的愚笨弟弟没人照顾;我更不该担心年轻有为的领导如此拼命工作,会英年早逝。"陆时熠就像背书一样,说得飞快,"我应该像一个冷血无情的动物,领导让我往东,我就绝不往西,更不该爬到领导头上,关心她的生活和健康。"

他还说知道错了?这都会拐着弯说她了,真是有出息了!

陆时熠见于晚沉着脸,反而更加嬉皮笑脸地说:"于总,我们都是大人了,不能因为一点小事就记这么久的仇,对吧?"

这小浑蛋就是欠揍!

都说伸手不打笑脸人,陆时熠对她没皮没脸地笑,就算刚刚拐着弯地说她不重视身体、不会照顾自己,于晚也不好反驳他,只能暗自憋着。

陆时熠笑着讨好道:"于总,不如我们握手言和吧?"

于晚看着伸过来的手,一把将他拍开,说:"把你的手给我拿开!"

还握手言和,谁跟他一样幼稚?

陆时熠见于晚神色缓和了些,他的眉心也跟着舒展开来,说:"好了好了,就当你跟我握手言和了,这件事就翻篇了。"

他将早餐盒打开,说:"来,再不吃,就要凉了。"

于晚看着陆时熠这一副大人不计小人过的模样,有些哭笑不得:"不吃,拿走。"

于晚嘴上说着不吃,但当早餐的香味扑鼻而来时,原本一点都不饿的她忽然就饿了。

"于总,在我面前你就别装矜持了,我都听到你肚子叫了。"陆时熠嘿嘿一笑,将筷子和勺子直接塞到了于晚手里。

于晚真想跳起来将他狠狠打一顿。不过她不想跟自己的胃过不去,也就不跟他一般见识了。

于晚吃早餐时,陆时熠也没有走,就这么盯着她一勺一勺地吃着,像个监工一样。最后,陆时熠见她吃完了,倒是很有做助理的自觉性,主动将餐盒装入袋子,还帮她把办公桌收拾干净了。

"于总,我买的早餐您也吃了,我也跟您赔这么久的不是了,您赏我一个笑脸呗?"离开前,陆时熠得了便宜还卖乖,提了一个要求。

一直沉着脸的于晚,终于被他逗笑了:"哪来那么多要求?"

"笑了笑了,我们冷酷的女总裁终于笑了,真不容易!"

"就你话多!"于晚拿起桌上的文件,直接砸在陆时熠身上,"给我麻利地滚出去!"

"遵命,领导!"陆时熠麻利地出去了。

走出总裁办公室,他吹起口哨,心情颇为愉悦。不知是因为于晚吃完了他带的早餐,还是因为看到于晚笑了。

总之,于晚嘴角上扬的弧度,美极了。陆时熠的嘴角不自觉地弯了弯。

接下来好长一段时间,陆时熠时不时地将于晚的咖啡换成牛奶。于晚生气,陆时熠也不跟她正面顶撞,反而嬉皮笑脸地跟她大谈养生之道,还时不时地拐着弯说她不能光顾工作,而不重视身体健康。

这一套一套的说辞,不知道的人还以为陆时熠是她的兄长,而她才是那个不懂事的孩子。

　　于晚几乎没有吃早餐的习惯。也不知从何时起，陆时熠每天都会给她带一份早餐，每次还都要看着她吃完才肯离开。于晚若是不吃，陆时熠就会跟一块橡皮糖一样黏着她，让她一上午都没法安心工作。

　　于晚头疼，却拿他一点办法都没有。不过，陆时熠每天带的早餐都很丰盛，几乎没有重样的。她知道陆时熠的母亲苏澜对美食很有研究，而且陆家的林妈也烧得一手好菜。这段时间陆时熠带来的早餐都不是在外面买的，都是他从家里带来的，倒是让人很有食欲。

　　眨眼之间，陆时熠在 RG 已经工作半个多月了。

　　于晚还是只让陆时熠做一些跑腿的杂活，陆时熠也做得高兴。对他来说，只要每天都能看到于晚，每天与她的距离更近一点，就够了。

　　至于刘一鸣，在私下以及工作上和他处处作对，他也懒得搭理。

　　这天上午，于晚带着杨颂去了邻市，查看量子计算与人工智能实验室研究的一项新成果。陆时熠则被留了下来，和程秘书一起整理明天开会的资料。刘一鸣入职以来，第一次独挑大梁，下午要接待一个从 Y 国 XD 公司来的考察团。

　　接到这项重任后，刘一鸣就跟打了鸡血一样，加班加点，整整熬了三个通宵。

　　前两天，陆时熠见他拼命加班，担心他猝死在工作岗位上，准备给他当个副手帮帮忙。结果，刘一鸣压根儿不领情，护宝贝似的，文件都不让他碰一下。

　　陆时熠也就不再自找没趣，忙完自己的工作后，就在办公室里和于牧、林洲洋几人打游戏。

　　刘一鸣和陆时熠都是总裁助理，他们没有独立的办公室，工位都在秘书办，他们俩中间就隔着一条走道。所以，刘一鸣每次经过陆时熠工位时，都能看到他打游戏，就特别鄙视他。

同时，刘一鸣对自己能被大老板委以重任而感到十分自豪，于是总是一副很神气的模样。

尤其在陆时熠面前，他即使顶着两个黑眼圈也恨不得鼻孔朝天地走路。

05

下午一点。

刘一鸣接到电话，说 XD 公司的考察团已经到了。

在下楼接待前，他特意从陆时熠身边走过，以职场前辈的口吻告诫误入"歧途"的晚辈，说："年轻人，机会是留给好好工作的人的。像你这种心思不纯正的人，就算了总不把你开了，她也只会让你整理一辈子的文件。你有时间打游戏，不如多看点专业书，提高技能，免得被开了都找不着工作！"

"行行行，谢谢前辈教诲。祝你顺利拿下这个项目，祝你胜利归来。"陆时熠手指快速地操纵着手机屏幕上的指示键，追杀敌方的游戏角色，头也没抬，回答得极其敷衍。

手机里顿时传出激昂的"五杀"音效。

陆时熠打开语音，指挥对面的人，道："人都死了跑什么跑？一起推塔！"

刘一鸣无话可说，摇了摇头，整了整领带，昂首阔步地离开了。他觉得陆时熠已经是个扶不起的阿斗了。

下午的接待事宜，刘一鸣做了百分之一百二十的准备工作。

可以说万事俱备，只差和 XD 公司签合同了。

然而，当刘一鸣下楼看到考察团时却傻眼了。此刻，来 RG 的根本就不是之前说好的项目经理和总监等人，而是 XD 总公司的大老板米特和几位副总。

XD 在 Y 国是一个特别大、特别知名的电子公司。按理说，对方老总亲自来 RG 考察，接待他们的也得是同等身份的人。

可不巧的是，于晚早上去了邻市，还不知什么时候能回来。刘一鸣一边

赶紧让人给于总打电话,一边只能硬着头皮上了。换了一拨接待的人,对刘一鸣来说,之前的功课都白做了。最要命的是,XD大老板米特和几位副总都是法国人,只会简单的英语。

刘一鸣不会法语,也没准备法语翻译,这无异于鸡同鸭讲,怎么谈合作?

今天只有一位王副总在公司,接到消息,他赶紧从办公室过来先替于总镇住了场面。今天与XD的合作能不能谈成倒是小事,RG偌大一个集团,连个会法语的人都找不出来,岂不是太丢脸了?

王副总急忙让手下在公司里寻找相关人才。他们很快就找到了一位会法语的员工,这个人正是宣传部的实习生唐宛晴。

唐宛晴法语说得还可以,但XD老总问到一些专业的知识时,唐婉晴虽然听得懂,却无法用法语精准地表达出来。

XD一行人在RG逗留了十几分钟,连公司都没参观完就准备走了,他们显然不想再浪费时间,也没兴趣再继续考察RG了。

刘一鸣心灰意冷地送他们下楼,就在XD老总准备去下一家公司考察时,大堂一旁传来一个清朗的男声:"米特先生,难得来一趟RG,怎么不喝一杯咖啡就走?"

说话的不是别人,正是陆时熠。

他说着一口漂亮又地道的法语,从容大方地上前打招呼。

王副总眼睛亮了,这还有一个会说法语的人才,太好了!

XD老总米特停下脚步,看到来人愣了愣,似乎颇为意外,道:"小陆先生,你怎么在这?"

刘一鸣听不懂陆时熠用法语说了些什么,但他看到XD老总从来RG起就很严肃的脸这会儿泛起了笑容。原本要走的一行人,不仅被陆时熠重新请上了楼,参观起了公司,最后还被带到了接待室,坐下来喝起了咖啡。

接待室很大、很豪华,还有丰盛的茶水和点心。陆时熠坐在米特身边,几人交谈甚欢,屋里时不时响起米特极有感染力的笑声。

王副总见陆时熠叫人把公司资料拿给米特看,便让唐宛晴也进屋给他打下手。

陆时熠样貌出众,哪怕五官没有了高中时的稚嫩,变成成熟男人的模样,唐宛晴还是一眼就认出了他。她没想到,陆时熠也在RG上班,更没想到陆时熠竟然和米特认识,两人似乎还是忘年之交。

陆时熠条理清晰,对着XD公司的老总侃侃而谈,举手投足间满是洒脱与自信。他在介绍公司和产品时,表达得既专业又老练,完全不像一个新手。这使得米特连连点头,眉宇间满是赞赏之色。

陆时熠的声音很好听,也很干净,尤其是说法语时,他嘴里说出来的每一个尾音都带着一种特别的味道,让人听得耳朵都酥了。

相对于陆时熠一口熟练又地道的法语,唐宛晴觉得她的法语水平还在学生阶段,实在让她有些难为情。

多年不见,没想到陆时熠已经优秀到让人无法触及的高度了。在唐宛晴眼里,此刻的陆时熠,如同他的名字一样熠熠生辉。

陆时熠越看越令人着迷,唐宛晴越看他心就跳得越厉害。

于晚赶回公司时,已是下午三点。

接待室里,虽然依旧是陆时熠在和XD一行人交流着,但还有公司其他人在,包括王副总、刘一鸣等人。不过这两个小时里,他们就像一块背景墙一样,说不上一句话,只能给陆时熠打下手。

他们虽然听不懂,但也知道陆时熠跟对方聊得很不错。这会儿,见于晚来了,纷纷站起身喊了声"于总"。

于晚点了点头,径直朝米特走去,说道:"抱歉,米特先生,让你久等了。"她说的是法语,同样熟练又地道。

米特站起来,同于晚握手,说:"早就听说RG的老板很年轻,没想到是这么美丽的一位女士,真是让人惊喜。"

外国人不爱说客套话,夸人都夸得很真诚。

于晚也同样真诚地将米特夸了一番,说他对工作的态度、领导公司的理念,都值得她学习。也许是跟陆时熠聊得投机,米特对RG以及RG老总的第一印象都很好。

陆时熠见于晚来了,主动站起来给她让位。

于晚示意他坐回原处,而她则在陆时熠身边坐下。她并没有因为自己是RG的总裁就抢了陆时熠的话语权,而是让他继续主导与XD的合作。

陆时熠和米特已经聊得差不多了,米特对RG的产品质量很认可,也很感兴趣。眼下,他们已聊到合同相关事宜了。于晚看了一眼桌上的合同,利润点竟比公司定的还高了百分之五。

她在心里称赞:陆时熠可以啊!

回来之前,于晚就已经知道陆时熠力挽狂澜留住了米特的事。这会儿,她亲眼看到了陆时熠和米特的谈判过程。陆时熠谈判很有技巧,也很讲究战术,在为公司争取更多利润的同时,还能给对方留下一个好印象。

他的表现完全不像初入职场的新人。

今天的陆时熠,倒是让于晚刮目相看了。

── 第五章 ──

他知道,此刻所有安抚的语言对她而言都没用。

01

双方确认了产品的生产周期以及交货时间后,米特当场就爽快地签了合同。

事后,米特看向陆时熠时,眼里满是感慨和遗憾。

他对于晚说:"于总能留住小陆先生这样的人才,真是厉害。不过,这么有能力的人,于总只让他当总裁助理,是不是太屈才了?"

米特说,他之所以和陆时熠认识,是因为他和陆时熠在M国的导师安格斯是好友。安格斯曾多次在他面前夸赞过陆时熠,说陆时熠是他教过的亚洲学生里成绩最优秀、头脑最聪明、业务能力最突出的一个。

为此,米特还专门对陆时熠做了一番调查,发现他在校期间跟过的每个商业项目都完成得极其出色。陆时熠还没毕业,就已经有很多著名企业给他发了邮件,都想让陆时熠去他们那里担任高管。

当时,米特也邀请过陆时熠。不过所有的企业都被他拒绝了。米特以为

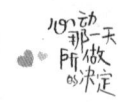

陆时熠是想留在 M 国自己创业，没想到他竟然回国了，还进了 RG 集团。

在米特嘴里，陆时熠就是个不可多得的商界奇才。

于晚都怀疑，米特说的是不是她所认识的那个陆时熠。

她看了一眼身侧的男人，他今天穿着一身简洁的浅灰色西装，系了一条深色的波纹领带。英俊的容貌依旧年轻，但眉宇间已有成熟男人的沉稳感与庄重感。面对赞赏，他脸上是荣辱不惊的淡然神色。

于晚越看越觉得陆时熠的变化真是大到让她惊讶。

同时，也让她感到陌生。

于晚对陆时熠的印象，始终停留在他十八岁之前，也就是他出国前。那时，他天天跟她弟弟厮混，不务正业，是一个只会闯祸、令人头皮发麻的人。

这几年，于晚忙着打理 RG，又有一个不省心的弟弟要她操心，她实在没多余的精力去关注旁人。

所以陆时熠出国以后的情况，于晚可以说一点都不了解。

也许是觉察到于晚打量的视线，陆时熠回过头，朝她一笑，凑近她耳边，谦虚地跟她说："没米特说的那么夸张，我就是一个普通人。"

这话听着怎么这么欠揍？

签完合同后，几人又闲聊了好一会儿。

"还是年轻又漂亮的女总裁才能留得住小陆先生啊。"最后，米特开着于晚的玩笑，又说陆时熠如果想跳槽，他们 XD 的大门会永远为他敞开。

"米特先生，当着我的面挖我的人，不太合适吧？"于晚佯装生气。

米特哈哈大笑起来。

这次合作谈得顺畅又愉快。

于晚原本想将人留下，邀请他们吃 B 市地道的私房菜。不过米特行程排满了，今晚就要飞回法国。

他们正准备离开时，杨颂急匆匆地来到接待室，在于晚耳边低声说了什么，于晚的脸色瞬间变了。

陆时熠离得近，正好听到了杨颂汇报的内容。

他说卢老太太忽然来了公司，现在正在一楼大堂，非要闹着见于晚。不让见，她就在地上撒泼打滚，保安赶都赶不走。

XD公司的人若现在下楼，恐怕会正面撞上这一幕，尤其是闹事的人还是RG总裁的奶奶……这势必会给RG的形象大打折扣，严重的话，说不定还会影响到合作。

于晚身为老总，XD大老板要走，她自然得下楼送行，这会提前离开不合适。就算于晚现在能抽身，以卢老太太的性子，她为了达到自己的目的，势必会闹得更凶。

陆时熠暗自握了握于晚冰冷的手，说："我去解决，你想办法再留他们几分钟。"

于晚望向他，陆时熠目光坚定，有着让人信任的魔力。

她点了点头，说："好。"

五分钟后。

公司大堂一片祥和，前台井然有序地接着来访、咨询的电话。穿着制服的保安精神抖擞地向进出公司的人行礼。

大堂外，于晚友好地抱了抱米特，随后将人送上了车。

直到XD的车从视线里消失，于晚才暗暗松了一口气。

于晚的目光在公司里外环视了一圈，既没看到卢老太太的人影，也没看到陆时熠。她从保安那了解到，陆时熠下楼后，不知跟卢老太太说了什么，老太太沉默了一会儿，非但不闹了，还跟着他走了。

卢春花这么难应付的人，于晚都没把握这么快就将人"请"走，陆时熠还真有点本事。

上楼后，于晚给人事部经理打了一个电话，让他马上把陆时熠的个人简历送上来。

陆时熠虽然来 RG 上了半个多月的班,但于晚不觉得他能很好地胜任总裁助理之职,也不觉得他能在 RG 长待。所以,于晚一直只给他分配那些跑腿的杂活,就是想让他知难而退,主动离开 RG。

此刻,于晚看着陆时熠的个人简历,神情是前所未有的复杂。

她忽然想起五年前,也就是她刚从国外回来接管 RG 那会儿,陆时熠和于牧一样,正面临着高考。有一天,陆时熠忽然来找她,问:"晚姐,你觉得我是在国内上大学好,还是去国外好?"

少年的脸上,有着对未来的迷茫之色。

那会儿,于晚刚得知母亲重病的消息,肩上又扛着接管 RG 的压力,正忙得焦头烂额,她给他的回答可以说是极其敷衍的。

她说:"看你喜欢。"

陆时熠那时长得高高瘦瘦的,体形很单薄,完全没有现在这样健朗挺拔。少年低垂着脑袋,思索了一会儿,又问她:"晚姐,如果再让你选择一次,你会留在国内吗?"

于晚的学业,从小到大都很优秀。读高三时,她不仅是国内名校的保送生,同时还收到了国外好几所名校的录取通知书。

于晚从小就知道自己的责任是什么,她做出的所有选择,都是为了将来能更好地接管 RG,让 RG 越来越强。

于晚很坚定地说:"不会。我会出国,那里有我的人生目标。"

陆时熠眼睛发亮,豁然开朗道:"我知道了。"

后来,陆时熠去了国外,这个于晚知道。但她没想到,陆时熠竟去了 M 国的三大名校之一,而且和她是同一所大学,就连专业都和她选的一样。所以说起来,陆时熠还是她的学弟。

于晚看到陆时熠优秀到堪称模板的简历,再回想自己的弟弟。于牧当初只上了 B 市的一所普通二本学校。她手扶额头,明明两个人是从小一起长大的,怎么这个人就悄悄变得这么优秀了?而她的弟弟到现在还是一个不懂事的孩子？

人比人，真是有些气人。

02

陆时熠再次出现在于晚面前时，已是半个小时后的事了。

于晚看着朝她走来的男人，心情依旧很复杂。她不动声色地将他的简历翻过来扣在桌面上，手指有一下没一下地转动着笔，忽然不知道该跟他说些什么。

陆时熠也不说话，那双桃花眼似笑非笑地望着她，像是要望进她的眼睛深处。

于晚目光闪了闪，错开他的视线，找了一个话题，问起卢春花的事："你怎么搞定她的？"

陆时熠在她对面坐下，神秘一笑，道："你猜？"

"不说算了。出去，把门带上。"于晚把脸一沉，说道。

"好好好，我说我说。"陆时熠立马举手妥协，"她今天来还是跟上次一样，想要你把 RG 的股份分给石箐的那两个孩子。"

于晚的脸这下是真的冷了，她扣在桌上的纤细手指一根一根慢慢收紧，最后握成了拳头。本以为之前在林家寿宴上，她的警告能让卢老太太有所收敛，没想到她还是不死心。

于晚深吸了一口气，情绪渐渐缓和下来，握拳的拳头缓缓松开。卢老太太若是为了这事来，恐怕没那么好打发。这反倒让她更好奇了，陆时熠到底用了什么方法让人离开的？

说到这事，陆时熠满脸春风得意，完全没有了在米特面前时的从容稳重。他嘿嘿一笑，道："我跟老太太说，你是个吃软不吃硬的人，今天这事闹得越大，以你的性子，就越不会满足她的要求。"

关于于晚吃软不吃硬的事，陆时熠深有体会。

就像之前在 S 市,他们为提前出院的事大吵了一架,最后闹得十分不愉快。后来,他终于想出了应对于晚的策略。

就拿这段时间来说,他不再用强硬的手段逼迫于晚喝牛奶、吃早餐,而是死皮赖脸地软磨硬泡,于晚反而拿他没办法。

说到这,陆时熠脸上出现一抹诡计得逞的笑容,他说:"所以我骗老太太说,这事得从长计议,我能给她出主意。"

卢老太太也是真好骗,他说请老人家去对面的咖啡厅聊聊,她还真跟着去了。

不过,陆时熠哪会真给她出主意?到了咖啡厅后,他便开始跟老太太长篇大论地讲道理,说什么于晚和于牧也都是他的亲孙女、亲孙子,不能只顾着石箐那两个孩子。说什么手心手背都是肉,做人不能太偏心,贪得无厌的人都没什么好下场,让她学会适可而止……

陆时熠拉着卢老太太说了一堆话。老太太发现自己被骗了,自然是把他骂了一顿,骂到整个咖啡厅的人都在围观他们,得亏陆时熠脸皮厚,受得了。

就算陆时熠没说结局,于晚也能猜到他骗人的下场。

陆时熠也知道,卢老太太的事说多了,于晚听着肯定不痛快,所以他十分机灵地转移了话题。他像个讨糖吃的孩子一样,问于晚:"今天我帮 RG 谈成了一笔大订单,要不要奖励我?"

于晚笑了。

真是成熟不过三秒!

她故意拿出总裁的架子,说:"好好工作难道不是你作为 RG 员工的分内之事吗?"

"于总,你未免也太小气了吧?"陆时熠一脸夸张的样子抱怨道,"一点奖品也不给,你这分明是打击员工的工作积极性!你这么吝啬,我以后可不给你拼命工作了!"

"我不管,你必须奖励我!"陆时熠忽然耍赖,高大的身躯瘫软在椅子上,负气般把双手往下一搭，仰着头，气呼呼地望着天花板，活像一只癞皮狗。

于晚被他夸张的动作逗笑了，不过她没时间跟他闲扯太多，直接承诺道："放心吧，这个月你的奖金少不了。"

陆时熠瞬间恢复人样，坐直身体，脸上露出他的招牌笑容，说："于总人美心善又大方，给你比个心！"

于晚看着陆时熠果真朝她举起双手，做出"比心"的手势。而那双望着她的桃花眼，不停地眨巴着，朝她一个劲儿地放电。

他还学会调戏她了？真是造反了！

"于总，接收到我的电流了吗？"陆时熠的眼睛眨巴得更厉害了，像患了眼疾的病人。

于晚笑了，真是不想看他。

本以为陆时熠会就此打住，没想到他再次厚颜无耻地讨赏，道："那我帮你解决卢老太太的事，你是不是也该奖励我？"

"不就谈了一个合同，又把人弄走了吗？瞧把你能耐的，尾巴都翘上天了！"于晚笑着拿起桌上的文件，作势要打他这个不知天高地厚又得意忘形到没边的人。

陆时熠赶忙从桌对面的座椅上跳起，一个箭步走了很远，还不忘说："卢老太太的事是私事，我不要奖金，我要你奖励其他的！"

"你还没完没了是吧？"

陆时熠见于晚不顾总裁形象追过来打他，很有眼力见地撒腿就跑。总裁办公室的门被陆时熠急匆匆地打开，又被他急匆匆地关上，而后他拉开一条缝，探进来一颗脑袋，郑重地提醒着："反正你今天欠我一个人情，以后记得还！"

"你再多说一个字，我就让你……"

砰！于晚话还没说完，房门就被快速地关上了。

她望着门口，嘴角的笑意许久都没有收回。

自谈下XD的项目后，于晚不再只给陆时熠一些跑腿的杂活了，陆陆续续地让他接手了不少重要的工作。陆时熠办事效率高，到手的工作每次都处理得又及时又漂亮。

就连杨颂也在于晚面前多次赞扬陆时熠的工作能力。

陆时熠每天忙完自己的工作，还会主动替于晚分担工作。这使得于晚最近加班的次数都减少了。

以往有什么重要的外出活动，于晚只会带着杨颂。不知何时起，陆时熠跟着她进出公司的次数变得越来越多了。

自从陆时熠力挽狂澜，以一己之力拿下XD的项目后，他的"英勇"事迹就在公司里传开了。一个又帅又有能力，还很年轻的单身男子，瞬间就成了全公司无数单身女性的暗恋对象。

"他就是陆时熠？这身材也太好了！这张脸也太帅了！"

"于总招总裁助理，是不是除了有能力，还必须长得帅？"

"你说，于总每天对着这样一张帅气的脸工作，心情会不会超级好？"

"帅哥肯定能让人赏心悦目！"

"你们有没有觉得，陆时熠跟于总站一起时，两人看起来超级般配。"

"还真是！我听说，陆时熠在M国时和于总念的是同一所大学，他还是于总的学弟！"

"两人天天待在一起，会不会擦出爱情的火花？"

"于总好像比他大四岁吧？"

"姐弟恋怎么了？只要是真爱，年龄都不是问题！不过算了，还是不要姐弟恋了，我希望偶像是我一个人的，哈哈……"

现在，公司里每天都有不少人聊着陆时熠和于总的事情。刘一鸣每次听到这些女同事对陆时熠的赞美时，心里又气愤又憋屈。

当初他准备了那么久，就因为来的人是XD的老总，结果所有努力都白费了。而陆时熠却不知走了什么运，就因为他会法语，便轻轻松松就签了一个大项目的合同。这让他在公司里大放光彩，连于总都对他刮目相看。

这世道怎么就这么不公平呢？

03

于牧听说了陆时熠在RG的事迹后，觉得不可思议极了。他一回国，就特意赶来RG。他倒是要看看，被RG员工传得神乎其神的陆时熠，到底是不是他认识的那个陆时熠。

这天下午，陆时熠特别忙。公司最近要举办一个公益活动，他给企划部和宣传部的人开了会后，又要协调这两个部门的工作，忙得脚不沾地。

于牧跟着陆时熠转悠了大半天，看着西装革履的陆时熠指点江山的模样，不得不承认他现在成了精英，也确实让人刮目相看。尤其是看到唐宛晴时，于牧就像发现了一件了不起的事情，在一旁看得乐呵呵的。

陆时熠瞅了一眼一旁笑了半天的于牧，道："别在这打扰我工作。"

"好，我不打扰你工作，这就告退。"说罢，于牧双手插在裤兜，找自家姐姐聊天去了。

他知道自家亲姐对工作一向过于苛刻，原本他想替自己的好兄弟问问，在他姐眼里，陆时熠的表现是好还是不好。

结果，于牧挨了一顿教训。

"你怎么不瞧瞧你自己什么表现？"

"我怎么了？"于牧一脸茫然。

于晚坐在椅子上，双手交握搭在桌上，看着自己不争气的弟弟，眉头忍不住蹙起，道："丢下HY不管，跑去国外疯玩了一个多星期，你还好意思问人家的表现？"

"你要觉得陆时熠那么好的话，你认他当弟弟算了，把我放了吧。"于牧扯了扯嘴角，气愤地说。

"你倒是想得美！"于晚一副恨铁不成钢的样子，从椅子上站起来，直

接把他赶了出去,"出去,别打扰我工作!"

同时被兄弟和姐姐嫌弃的于牧,走出 RG 大厦后望了望天。他开始回想,和他穿同一条裤衩长大的兄弟,到底是从什么时候开始超越他的?

他出国后?

好像是高中?

不,是初中?

不不不,于牧越回忆越心惊。这家伙好像从幼儿园起,智商就比他高。玩智力游戏,他都是第一名!一起上学的这十来年,于牧发现过很多次,明明会的题,他却故意答错。于牧当时还嘲笑他记忆力差得像得了老年痴呆症。

于牧从小到大,考试时的分数有无数次没有超过两位数;而陆时熠更过分,考过无数次零分。就因为有陆时熠垫底,于牧回家能少受一点责骂、少挨一顿打。现在想来,当初陆时熠就算瞎蒙都不至于得零分,他能完美地避开所有正确答案,分明是全都会做!

浑蛋!明明是尖子生,为什么要装成跟他一样的差生?

浑蛋!于牧忽然感觉自己被深深地欺骗了。这么多年,他似乎交了一个假兄弟!

浑蛋!大家明明说好的一起混日子,虚度光阴,他却不装了,自己一个人先变得优秀了,太过分了!

B 市的天气越来越冷,连风都透着一股刺骨的寒意。树木光秃秃的,已经找不到一丝绿叶的踪迹。只有无数的霓虹灯、高楼大厦,十年如一日地装饰着繁华的大都市。

卢老太太再次找上门的那天,陆时熠陪着于晚去天津出了一天的差。

他开车将于晚送到于家时,已是晚上九点多了。车窗外刮着冷风,空气里弥漫着雾霾。陆时熠提醒于晚,套上羽绒服、戴上口罩再下车。

奔波了一天,于晚虽然感到疲惫,但精神还不错。

她边穿羽绒服边笑他:"啰唆。"

笑着笑着,于晚不知看到了什么,嘴角的笑容渐渐凝固,变成这冬夜里的寒冰。

陆时熠顺着她的视线望过去,就看到于家别墅大门口的石梯上,坐着一个胖墩墩的身影。那裹着人造貂绒大衣、戴着人造貂绒帽、围着围巾的老太太不是别人,正是卢春花。

她显然是特意来堵于晚的。

陆时熠说:"你在车里等我一会儿,我去把她打发了。"

"不用。"于晚沉下脸,推开车门下了车。

看到于晚终于回来了,卢老太太赶忙站起身。

她这次来不为别的,还是为了RG股份的事。她一上来就朝于晚放出狠话,威胁她,下个月就是林少阳的生日,如果于晚不把RG百分之五的股份转到林少阳名下,她就一头撞死在于晚公司门口。

于晚被气笑了,脸上虽有笑意,却像沾了寒露,红唇弯了弯道:"跟我玩威胁?你的这条老命值那么多钱吗?"

"怎么,你以为我这个老太婆不敢死?"卢老太太气势汹汹地瞪着于晚,"少阳好歹是你的弟弟,你对于牧那么好,对少阳也得一碗水端平!你要是做得太绝,狗急了都会跳墙,不然……不然我真死给你看!"

于晚最讨厌被人威胁,说:"就算你现在死在我眼前,我也不会给你们一分钱!想死,随你便。"

卢老太太气坏了,不停地咒骂着于晚和于晚的母亲。

"你再骂我妈一句试试?"卢春花怎么咒骂她,于晚都可以当听不见,但母亲是她的底线。

"我就骂怎么了?你妈觍着脸踩着我们林家人的脸面坐上董事长的位置,让你爸一辈子都抬不起头!想跟我们林家撇清关系,你撇得清吗?你这个贱骨头,骨子里还不是流着我们林家的血……"

"你把嘴巴放干净了！"陆时熠高大的身躯挡在了于晚前面，他大声地警告卢老太太。

他都替于晚感到心寒。

卢老太太让于晚一碗水端平，那她呢？同样都是她的孙子孙女，她为了石箐那两个孩子，恨不得吸干于家的血，连命都能豁出去。

事实是，对于无耻的人，根本没法跟她讲道理！

卢老太太因为上次被陆时熠骗的事，本来就对他耿耿于怀。眼下，又看到他护着于晚，更气恼了，于是连同陆时熠一起骂，什么难听的话都往外说。

说于晚把陆时熠弄到她公司去上班，分明是不怀好意，想老牛吃嫩草，连自己弟弟的发小都下得了手，令人不齿。

说陆时熠好好的陆家少爷不当，跑来于晚这当小白脸，更令人不齿⋯⋯

"你们这两个人，合起伙来欺负我这个老太婆，你们会遭报应的！"

"你们两个贱骨头⋯⋯"

啪！于晚抬起手打了卢老太太一巴掌。于晚的脸紧绷着，浑身上下透着一股冷厉的寒意。

卢老太太当下就被打蒙了，愣了好几秒才反应过来。她捂着被打的脸，气急败坏道："我是你长辈，你居然敢打我？你这个畜生，反了天了，反了天了！"

这是于晚这辈子第一次动手打人，打的还是她的亲奶奶。对卢春花，她从来都是一忍再忍，可这人实在可恶至极，终于逼着她走到了忍无可忍的地步。

不得不说，这一巴掌打下去，她心里痛快多了。

而此刻，卢老太太如同发了疯的泼妇，她猛地扑上来，边骂边撕扯着于晚的头发，想将她撕个稀巴烂。

陆时熠占着身高优势将于晚紧紧地护在怀里，卢老太太所有的攻击都落在了他的身上。

早在于晚下车之前,陆时熠就给小区保安打了电话。这场闹剧,在保安匆匆赶来将陆老太太拖走后,总算渐渐平息了。

"你给我等着!少阳生日那天我要是拿不到股份,我绝不会放过你——"

卢老太太被拖走后,她尖锐的声音透过夜幕隐隐传来。

04

别墅外,于晚还被陆时熠护在怀里,她没动,他就一直抱着她。

陆时熠知道,此刻所有安抚的语言对于晚而言都没有用。他一手环着她的腰,另一只手隔着羽绒服轻轻地拍着她的背。

于晚呼吸沉重,她真的很累。每次卢春花在她面前出现,场面都堪比打仗,让她心力交瘁。

两个人站在别墅外不知抱了多久。直到冷风不停地灌入他们的衣领,把两个人耳朵都冻僵了,于晚才缓缓从他的怀里抬起头。

她望着眼前的男人,眨了眨眼睛,慢慢回过神。她这才意识到自己在他怀里似乎待得太久了,有些不自在地与他拉开了距离。

"那个……"陆时熠想说点什么时,于晚忽然叫了一声。

她指着他的脸道:"你流血了!"

"啊?哪里?"

"下巴这里。"

陆时熠顿时嗷嗷直叫:"我不会毁容了吧?你快帮我看看!"

于晚凑近看了看,显然是被卢春花用指甲抓伤的,冒出了一些血珠。她说:"不会。只是一道抓痕,过几天就会好。"

"不消毒,我这脸没法要了!领导,你家里有没有酒精,快帮我消消毒。"

于晚在陆时熠的强烈乞求下,只能将他领进了屋里。她去储物室找来了医药箱,给只破了点皮却非要消毒的人消毒。

陆时熠像个超大号的玩偶熊一样,双手搭在膝盖上,一动不动地端坐在

沙发上。他微微抬着下巴任由于晚给他消毒。

于晚的动作很轻柔,她虽然嘴上说他太夸张,但还是给他认认真真地擦了好几遍酒精。

此刻,两人离得很近,近到陆时熠能将于晚眼睛上的每根睫毛都看得一清二楚。她的睫毛很浓密,也很纤长,微微卷翘着,眼睛扑闪时这睫毛就像羽毛一样不停地挠着他的心。

尤其是陆时熠一想到于晚今晚是为了维护他才对卢老太太动手的,他心里忽然像裹了蜜一样甜,就连酒精刺激伤口时带来的疼痛都感觉不到了。

再一想到他今晚抱了于晚那么久,他的心荡漾得都快飞出来了。

陆时熠一脸享受的样子,真希望时间能停留在这一刻。

"好了。"于晚将棉签丢进垃圾桶,说道。

"这么快?"陆时熠抱怨一声,心有不舍。

他抬了抬下巴,故意撒娇道:"我忽然感觉好疼,你再帮我看看,伤口是不是又严重了?"

"是,特别严重,再不及时处理,它都要愈合了。"于晚翻了个白眼,丢给他一个创可贴,"自己贴着玩去吧。"

"别啊!我又看不到,你帮我贴呗。"陆时熠将站起的人又拉回沙发上,高大的身躯随之靠了过去。

于晚看他仰着修长的脖子,下巴都快凑到她脸上了,神情略微有些不自在,不动声色地和他拉开了一些距离。

他到底知不知道男女有别?凑这么近也不怕让人误会。

还是他把她当亲姐姐看待了,所以无所顾忌?

于晚快速地在他下巴上贴了一个创可贴,道:"贴好了,你可以回去了。"

陆时熠坐着不动,用那双迷人的桃花眼可怜巴巴地望着她,说:"我都受伤了,别这么急着赶我走,让我再坐会儿。"

"矫情。"于晚笑了一声,随后又想到什么,"卢春花今晚说的话你别放在心上。"

"哪句话？"

于晚瞪他，她怎么觉得，他是明知故问？

陆时熠凑近她，笑得很灿烂。不管是哪句话，陆时熠觉得只要把他和于晚放在一起，都是好听的话。

"算了，当我刚刚什么都没说。"于晚摇了摇头，之前还担心卢春花那些口无遮拦的话会伤害到他，看来是她想多了。

陆时熠被赶出门时正好碰到回家的于牧。于牧看到他，连个招呼也没打，重重地冷笑了一声，对他翻了一个白眼后就径直进屋了。

"你这什么眼神？"陆时熠一脸莫名其妙，对着他的背影喊，"我哪里惹到你了？"

于牧头也不回地说："你自己知道！"

陆时熠道："我不知道！你给我出来说清楚！"

于晚挡在门口，将兄弟俩隔开，对陆时熠说："别搭理他，他最近在发神经。"

"发神经"的于牧进屋后直奔健身房，嘴里还念念有词："学习好了不起啊！有八块腹肌了不起啊！我才不会被你超越！"

于晚关上大门，觉得世界清静了。

这周五是苏澜的生日。

苏澜好几天前就提醒了陆时熠，让他一定要把于晚带来参加她的生日宴。

下午五点多，看到自家儿子终于把人带来了，苏澜别提有多高兴了。她拉着于晚的手，问她的胃有没有好些？最近给她带的早餐合不合胃口？又叮嘱她要照顾好自己，还说自己儿子跑去给她当助理，真是给她添乱，让她操心了……

陆时熠发现，苏澜是真的喜欢于晚。有了于晚，她就完全将他这个儿子

抛之脑后了。她逢人便介绍于晚是她干女儿，每夸于晚一句，还顺带说他两句，这还是他亲妈？

"我这辈子最大的遗憾，就是没能生一个像小晚一样聪明、漂亮又能干的女儿。"苏澜哀叹连连，言语里尽是遗憾，"我真希望小晚就是我亲闺女。"

"有时熠这样优秀的儿子，你已经很有福气了。"友人笑着宽慰道。

"哪里优秀了？天天跟我对着干。从小到大都十分调皮，没有一天让我省过心！"

陆时熠听不下去了，装作吃醋道："妈，你就不能承认你儿子挺优秀吗？"

苏澜翻了一个白眼，说："那得你先变优秀了，我才好承认。你看看你今年多大了？小晚二十二岁就接管了RG，再看看你，都二十三岁了，过完年马上就二十四岁了，还一事无成！"苏澜毫不客气地把他和于晚进行对比。

陆时熠真是伤心了。

"男人三十而立，时熠将来一定会很有出息的！"亲朋好友们笑着替陆时熠说话。

"也不知他到了三十岁能不能立起来。"苏澜感慨道，"这小子从小到大主意就大得很，当初不让他出国，他非要出国留学。毕业了，让他回国他不回，非要搞什么投……"

"妈！"陆时熠赶忙打断她的话。

他在M国开了一家投资公司的事，一个字也没跟于晚说过。当初进RG，他只跟于晚说自己是个无业游民，想去RG磨炼磨炼，积累工作经验。

若是让于晚知道他在国外有自己的事业，说不定就不让他在她身边当助理了……

05

陆时熠见于晚并未察觉到什么，松了一口气，跟苏澜求饶道："今天是你的生日，不是我的批斗会。妈，给我留一点脸面。"

"你脸皮那么厚,还需要我给你留着?"

于晚见陆时熠被苏澜说得一副崩溃的样子,在一旁笑归笑,还是忍不住替他说了两句话:"苏姨,时熠很聪明,也很有能力。他在 RG 的这段时间,做了不少出色的项目,也替我分担了不少工作。"

陆时熠听见于晚当着众人的面夸他,心花怒放,立马得意道:"听见没?我领导都夸我了,你儿子优秀着呢。"

"瞧瞧你这点出息……"苏澜女士一副嫌弃他的样子,直摇头,"小晚啊,你可不能夸他,一夸他他的尾巴就翘上天了!"

苏澜生日,邀请了于晚,自然也邀请了于牧。派对开始后,跟陆时熠闹了好多天别扭的于牧才姗姗来迟。

于晚被苏澜拉去收藏室,看她最近在拍卖会上拍到的珍品。陆时熠早就被苏澜拉去看过了,没兴趣跟着她们。他见于牧来了,便大方地上前打招呼。

于牧看到他,双手插在裤兜,装作冷漠的样子,哼了一声:"我不跟骗子说话!"

"谁是骗子?"

"谁刚刚跟我说话,谁就是骗子。"

陆时熠也不知道这家伙最近怎么了,今天他非要从于牧嘴里问出个所以然来。

苏澜的生日派对,请的都是她最亲的朋友,以及和陆家走得近的亲戚。大家都很随意,小孩子们彼此相熟,相互追逐玩闹,气氛融洽又热闹。

"小祖宗们,别乱跑,小心撞到人!"那边的大人正提醒着,这边,在追逐嬉戏的孩子中,一个跑在最前头的小男孩忽然撞到了从收藏室走过来的于晚。

于晚眼疾手快地一把抓住了小男孩的胳膊,才没让他摔倒。而这时,一股凉意从腰间渗入了她的肌肤里。

她低头一看,小男孩手里拿着的那瓶葡萄汁,此刻全都洒在了她浅色的

衣服上。

"对不起对不起,我家孩子太不懂事了。"小男孩的家长见状,急忙赶过来给于晚赔不是。

于晚笑着说没事,家长还是将小男孩批评了一顿。

于晚的衣服脏了,自然不适合再穿,但她没带干净的衣服过来。苏澜让于晚上楼洗个澡,先穿她的衣服,也省得还要回家一趟。而且今天她亲自做了几道大菜,一定要让于晚留下来尝尝。

听她这么说,于晚也不好拒绝。

"苏姨,你不用陪我,我自己上去就行了,您招待他们吧。"

苏澜也没把于晚当外人,她还得去厨房忙活,叮嘱道:"上楼左转第二个房间,一会儿我让林妈给你送衣服。"

苏澜有很多新衣服,连标签都没拆,她身材保持得很好,她的衣服于晚自然也能穿。

"好。"于晚不知道苏澜女士有一个毛病,时常左右不分。这会儿她说的左转第二个房间并非客房,而是陆时熠的房间。

"于牧,你想死吗?"热闹的客厅里忽然响起一声怒吼。

此时,陆时熠坐在大厅中央的沙发上,他的脸上、头发上全是奶油蛋糕。始作俑者于牧又重新取了两块蛋糕,接着向他砸去。

陆时熠飞快地站起身躲过了,抹了一把脸上的奶油,说:"还敢偷袭我?我跟你有什么仇什么怨,你非要毁我容、破我相?"

于牧说了八个字:"深仇大恨,不共戴天!"

陆时熠觉得于晚说得没错,于牧最近在发神经!

他刚刚心平气和地找他聊天,想帮他解除心结,恢复兄弟之间的友谊。结果,于牧不仅拒绝跟他交流,还用蛋糕砸了他!

岂有此理!

小朋友们听到这边的动静，纷纷跑来凑热闹。看到陆时熠的造型，一个小孩伸出胖嘟嘟的手指着他，笑弯了腰，道："陆哥哥好搞笑！"

"快来看，陆哥哥变成蛋糕了！哈哈哈……"

"谁砸中他，每人奖励一千块。"于牧和颜悦色地朝小朋友们伸出食指，让他们跟他一起攻击陆时熠，给他出气。

"好啊！"客厅里一片混乱。

"于牧，你给我等着，今天你完蛋了！"陆时熠被小朋友攻击得满屋子跑。

小朋友们玩得起劲，派对上好几个三层蛋糕都被他们用来攻击陆时熠了。家长们赶来拦住孩子将陆时熠解救出来时，他浑身上下已经沾满了各种颜色的奶油，整个人就像一个七彩的巨型棉花糖一样，真是相当狼狈。

苏澜听到动静，从厨房走出来，看到自己儿子的样子也笑得合不拢嘴。她还拦住了要上楼洗澡的陆时熠，说："别动，快让我拍个照，留个纪念！"

陆时熠只能停下脚步。

陆时熠被大家当作背景墙挨个合影，等他上楼回到自己房间，已经是十分钟后的事了。他一进屋，便赶紧将沾满奶油的衣服脱掉，不到三秒，浑身上下就只剩一条四角短裤了。

陆时熠光着腿朝浴室走去，边走边用衬衫擦着脸上和头发上的奶油。

陆时熠很气愤，他将于牧从里到外咒骂了好多遍。

走着走着，他忽然停下脚步，他听到浴室里有水声。想到于牧拿蛋糕攻击他时，于牧也被他用蛋糕打中了……陆时熠眉毛一扬，怪不得刚才找不着人，原来躲到他房间来洗澡了！

水流声停止，里面的人像洗完澡，准备出来了。

陆时熠将手里的衬衫狠狠往地毯上一丢，搓了搓手，弯了弯嘴角，笑道："还想出来？今天就把你活剥在浴室里！"

"敢整我，我看你往哪……"最后一个"跑"字还没说出口,声音戛然而止。

陆时熠推开浴室的门时，里面的人正好将门打开。湿润的热气扑面而来，但是，差点与他撞个满怀的人，并不是于牧，竟然是于晚？

怎么就变成于晚了？

陆时熠被吓了一跳，上扬的嘴角僵在脸上，高大的身躯像被人定住了。

于晚同样被吓了一跳，她刚刚听到外面有动静，还以为是给她送衣服的林妈，结果是陆时熠……

于晚的视线下意识地从陆时熠的脸上往下移，白皙却有肌肉的结实胸膛，线条感十足的腰腹，再往下，就看到那双修长有力的腿部上方只有一条紧身的四角短裤……

于晚的脸一下就红了，她立马抬手抓住身前的浴巾，向后退了半步。再开口说话时，她的声音里满是羞怯和戒备："你怎么进来了？你想干什么？"

第六章

某些原则一旦被打破,就很难再立回来。

01

"我……我没想干什么,这……这是我房间。"陆时熠话都说不利索了。

他虽然不知道于晚为什么会跑到他房间来洗澡,但为了证明自己不是个登徒子,还是手忙脚乱地解释道:"楼下那群小调皮鬼,砸了我一身奶油,所……所以我回房间洗个澡。"

只是这样?她半信半疑道:"这是你房间?"

"嗯。"陆时熠点头如捣蒜。

于晚分明记得,苏姨跟她说客房是在左边第二个房间,她不可能搞错……怎么就成了陆时熠的房间了?

见于晚在打量自己,陆时熠的目光也不自觉地从她的脸上往下移……

于晚浑身上下只裹了一条浴巾,高高盘起的墨发将她的肌肤衬得更加莹白如玉,她的脖颈修长,锁骨迷人,若是穿上裹胸式的晚礼服,必然风情万种。

此刻,她的发尾还在滴水,水珠顺着她的脸沿着身子往下滚落。虽然于

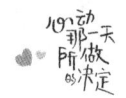

晚用手挡着胸口，但依旧无法完全遮住，陆时熠顿时不敢再看她了。

这时他却忽然想到，上次在 S 市的酒店里，他替于晚拿干净的衣服时看到的那些风格多变的内衣。陆时熠只觉得脑子里嗡嗡作响，血液逆流，他用力地吸了吸鼻子，强忍住想要喷鼻血的冲动。

于晚发觉陆时熠在偷偷瞄自己，涨红了脸说："你眼睛往哪看？"

"是你先看我的……"陆时熠嘟囔了一句。

他说什么？他这是在强调，是她先占他便宜的？

陆时熠的话说得很轻，不过于晚还是听到了，她的脸涨得通红。这人偷看她还有理了？于晚想生气，却没法理直气壮地生气。

两个人一个站在浴室里，一个站在浴室外，同样面红耳赤、进退两难，气氛尴尬又诡异。

最终还是于晚先开了口，她强装镇定地说："你先让开，让我出去。"

"哦，好。"陆时熠乖巧地点点头，目光落在于晚光洁纤细的小腿上，眼珠子转了一圈。他往后退时，忽然叫了一声，高大的身躯就这么冷不防地向身后笔直摔了下去。

于晚看到陆时熠朝她伸出手，下意识拉了他一把。结果，她不仅没将人拉住，还被陆时熠拽着跟他一起笔直地摔了下去……

于晚摔在陆时熠的胸膛上，疼得眼冒金星，只觉得这一摔，骨头都快摔散架了。

他的胸膛，硬得跟铁一样！

于晚疼得倒吸了好几口凉气，陆时熠皱着眉头也跟着她倒吸着气，听起来好像比她摔得还疼。

但在于晚看不到的地方，陆时熠望着头顶的白炽灯，弯了弯嘴角，一副计谋得逞的样子。

陆时熠的腿不动声色地蹭了蹭她光洁的腿，他和于晚算是有过肌肤之亲了吧？陆时熠越想越兴奋。

于晚缓过神来,发现自己不仅压着陆时熠,双手还搭在他的胸膛上,这姿势看起来……怎么看都像她在对他投怀送抱。

陆时熠的胸膛很热,心跳强劲有力。

于晚的鼻尖不仅萦绕着陆时熠身上特有的阳光般的味道,还有奶油的香甜味。他滚热的气息落在她的脸上,于晚只觉得自己仿佛被丢进了蒸锅里,心跳突然加快,呼吸越来越不顺畅。

于晚不知道自己怎么了,从前从未有过这种心律不齐的感觉。

他跟于牧一样,是她弟弟,她在胡思乱想什么?

于晚尴尬得想要起身,却发现裹着身体的浴巾似乎散开了……她要是现在起来,恐怕就要在陆时熠面前裸着身子了。

陆时熠像觉察到了什么,问她:"你没事吧?"

"有事!"于晚气恼道。

她不知是在气他,还是在气自己,几乎是用命令的语气说道:"你把眼睛给我闭上!"

陆时熠非常配合地闭上了眼睛,还抬起手挡住眼睛,一副正人君子的模样。于晚爬起来后,陆时熠也从地上爬了起来,他没再看于晚,而是径直朝更衣室走去,打算拿他的衣服给她穿。

一到更衣室,陆时熠哪里还有半点正人君子的模样,嘴角的笑意都要蔓延到耳边了。

他跟于晚的关系终于更进一步了!

而且,他刚刚清楚地看到于晚脸红了!

她脸红了!哈哈哈……陆时熠太高兴了,这是好兆头,今晚他肯定会兴奋得睡不着觉!

陆时熠想给于晚拿他的睡衣,转念一想,穿他的睡衣显得有些暧昧,于晚肯定不会穿。陆时熠更想让她穿他的衬衫,但女人穿男人的衬衫,似乎显得更暧昧。最后挑来挑去,陆时熠给于晚拿了一套他的家居服。

他从更衣室出来,侧着头不去看于晚,说:"你先穿这个吧,我洗完澡就去给你拿我妈的衣服。"

陆时熠说他洗澡很快,然而,于晚等了五分钟、十分钟、十五分钟……浴室里的水流声还没有停,里面的人完全没有要出来的迹象。

陆时熠的卧室连着他的书房,于晚也不想干等,于是参观起了他的书房。

这一参观,于晚才发现,原来她从不曾真正地了解过陆时熠。

书房很大,有一面墙是打通到顶的书架,上面整齐地摆放着各种古今中外的名著,有些还是珍藏版。有一些书是她曾经想买而没买到的,他这里竟然都有。书架上还有很多关于金融管理方面的专业书籍,几乎都是英文版。

于晚随手拿出一本,里面贴着很多便笺,是他做的一些笔记和他的感想。她粗略看了一下,发现他见解独到,很有自己的想法。

还有一面墙,是精致的玻璃柜,上面摆放着陆时熠的各种奖杯和证书。除了他在国外参加各种项目获得的奖外,竟然还有高中、初中、小学,甚至幼儿园时所得的奖……这些奖杯,真是彻底颠覆了于晚对陆时熠的看法。

她一直以为,他跟于牧一样不学无术。原来不学无术的人,从来只有她弟弟一个人。陆时熠不是大学以后才变得优秀,而是从小就很优秀,只是她的目光一直在于牧身上,从不曾关注过他。

02

陆时熠从浴室出来,找了一圈,发现于晚在他的书房里。他的衣服被于晚穿在身上,看上去大了很多,她将裤腿和衣袖卷了好几圈。这样的她,看上去倒是有一种居家小女人的可爱。

陆时熠眯着漂亮的桃花眼,情不自禁地欣赏起她来。

于晚听到动静,回过头说:"洗了半个小时,在里头绣花呢?"

陆时熠嘿嘿一笑,说道:"头发沾太多奶油了,怎么洗都洗不干净,就多洗了几遍。"

此刻的气氛终于没那么尴尬了。

陆时熠见她刚才盯着自己那些奖杯和证书看了半天，得意地说道："是不是发现我比你想象的还要优秀？"

苏姨说得没错，陆时熠不经夸，她还没夸他，他的尾巴就翘上天了。于晚双手环胸，斜倚在桌边说："跟我比，你差多了。"

"那是，晚晚永远是我学习的榜样。"陆时熠拍于晚的马屁已经拍得相当得心应手。

"叫姐！"于晚蹙着眉，不知道这是第几次纠正他了。

"好，领导。"陆时熠喊她"于总""领导"，却始终不肯叫她"姐"。

于晚忽然不说话了，若有所思地盯着他。

"干吗这么看着我？"陆时熠被她看得有些心虚。

"之前……"于晚沉吟了一会儿，还是将自己的想法说了出来，"你是不是故意摔倒的？"

浴室外铺着地毯，地上又不滑，按道理来说陆时熠不会摔倒。而他摔倒时，似乎也是故意拉上她的。于晚现在觉得，他有一肚子的坏心思。

"我怎么可能是故意的？我屁股都摔肿了，现在还疼得厉害，不信你看看。"陆时熠朝她撅起臀部，作势要扒下裤子以证清白。

"走开，谁要看你！"

陆时熠见她还是怀疑他，立马举起手，道："我发誓，我真的不是故意的！我是……我是不小心踩到自己的拖鞋了，才会摔倒！你要误会我，那我真是比窦娥还冤！"

陆时熠一脸真挚的表情，难道真是她多疑了？

不过，她刚刚怎么看到，他飞快举起又飞快放下的那三根手指，有一根像骨折了，没伸直？

周末在家休息了两天，再去上班时，陆时熠发现，于晚对他的态度变了。

除了交代日常工作，于晚几乎不怎么跟他说话，就连外出，她都只带着杨颂而不再带着他……

一天、两天……一个星期过去了，于晚对他的态度还是如此，这让陆时熠越来越焦躁不安。他想是不是那天做得太过分，让于晚生气了？

中午，饭点。

唐宛晴和宣传部的几位女同事端着食盘在餐厅里找位子，看到陆时熠一个人在吃饭。她犹豫了一下，对身旁的人说了几句话。

同事顺着她的视线看过去，笑着打趣道："宛晴，原来你也喜欢陆时熠，不过喜欢他的姑娘很多，你可得加把劲！"

"别误会，我们是高中同学，我正好找他有点事。"唐宛晴红着脸解释。

同事自然不相信，也没拆穿她，笑着说："行了，快去吧。再不去人家就要吃完了。"

这会儿，陆时熠一边不徐不疾地吃着饭，一边玩着手机。他一脸认真地在网上搜索"追女友攻略""哄人秘诀"，连唐宛晴来到他面前都毫无察觉。

"你这有人吗？"

"没有。"陆时熠头也没抬，继续看手机。

唐宛晴在他对面坐下，见他神情专注，以为他在看工作上的文件，只觉得认真工作的男人就是有魅力。于是，她对陆时熠的好感度再次提升。

唐宛晴一直没出声打扰，见他快吃完了，这才找了个合适的机会开口："陆时熠，你为什么会来 RG 工作？"

这个问题，从她在公司里第一次见到陆时熠起，就一直盘旋在她心里。

陆时熠曾经追求过她，加上这段时间陆时熠经常去宣传部，唐宛晴不是一个相信巧合的人，她觉得所谓的巧合，绝大多数都是对方用心为之。

唐宛晴觉得她也到该谈恋爱的年纪了，公司里喜欢陆时熠的人那么多，如果陆时熠还喜欢自己，那她不想再错过这么优秀的男人。

听到有人喊自己名字，陆时熠这才抬起头。

原来是老同学。

面对唐宛晴,他的心思简直比矿泉水还纯净。也许是今天心情太糟糕了,也许是暗恋一个人太过压抑,也许是他正好需要一个倾诉对象,于是,在面对这个在公司里没见过几次面的老同学,他反而不会顾忌什么,说:"这里有我喜欢的人。"

一说出来,陆时熠顿时觉得心情轻松了不少。

而唐宛晴看着对面的人,脸却慢慢地红了,他喜欢的人,说的是她吗?

于晚和杨颂进餐厅时,老远就看到陆时熠和唐宛晴坐在一起用餐,两人有说有笑,看起来聊得很开心。

陆时熠还真受女生欢迎!

看到这一幕,于晚的心情突然有些低落。

"于总,怎么了?"杨颂见于晚停下了脚步,开口询问。

"没事。"于晚收回目光,"去点餐吧。"

唐宛晴和陆时熠聊了不少高中时的事,尤其是聊到于牧的糗事时,两人都忍不住笑了。也正因为于牧,两人的话题才多了起来。

唐宛晴来B市工作的事,有不少高中同学都知道。当年的班长打算年后,也就是下个月举办一场同学聚会,昨天还给她发了信息,让她一定要去。唐宛晴犹豫了一下,想问陆时熠会不会去,又怕问得太直接,便说:"到时候你和于牧会来吗?"

"看情况,有空就过去聚聚。"

又过了两天。

陆时熠郁闷地发现,于晚好像彻底不跟他交流了,就连工作上的事,她都不再当面跟他说,而是让杨颂转达给他……

快下班时,陆时熠终于忍不住了,敲响了她办公室的门。

于晚正在穿外套,准备离开公司,看到来人怔住了,道:"你有事?"

03

陆时熠径直朝于晚走去,不过走到离她两米远的位置时,他停下了脚步。他现在对于晚不敢有半点越界之举,怕再让她反感。

他笑着说:"我今天发工资了,所以我想请你吃晚饭,感谢一下我的领导给我发了那么一大笔奖金。"

"不用,奖金是你应得的。"于晚直接回绝了,拎过桌上的包,准备走人,"你回去吧,我也要走了。"

陆时熠看着于晚冷漠的背影,直接问了出来:"你还在为那天的事生气,对吗?"

于晚停下脚步,没有回头,说:"你想多了。"

"你要是没生气,那为什么这一个多星期以来要刻意疏远我?为什么这两天连话都不跟我说了?为什么刚刚要拒绝我?"陆时熠不依不饶地追问着,然后又一本正经地说着他的歪理,"你拒绝了我的饭局,说明你还在生我气,还觉得那天的事是我故意的。你这样单方面误会我、疏远我,对我不公平!"

于晚被他这番话弄得哑口无言。

于晚最近确实在刻意回避他。那天在陆时熠房间里发生的事,说不在意自然是假的。就算陆时熠不是故意的,他可以拿她当姐姐对待,可以当作什么事都没发生,但于晚做不到。

哪怕是和自己的亲弟发生了那种意外,她都会尴尬,更何况对方还是陆时熠。他是个成年男人,和成年男子保持适当距离是她一贯的处事风格。陆时熠从小放荡不羁,她作为姐姐就该拿捏好分寸,主动保持距离,以免引起不必要的误会。

所以,她索性回避陆时熠,眼不见心不烦。

这会儿,于晚只觉得头疼。陆时熠这番话的意思是说,她要是不答应去吃饭,就是她不够大度,是她小题大做。

于晚转过身,说:"我真没生气,最近工作太忙,没有刻意疏远你。"

陆时熠立马露出一口大白牙,反而向她道歉:"是,都是我以小人之心度君子之腹。于总那么忙,怎么可能揪着这点小事不放!既然没生气,那就是答应我了。我已经订好餐厅了,就在今晚。"

陆时熠订的餐厅倒是离公司不远,是一家纯正的意大利餐厅。餐厅装修很有设计感,巧妙结合了简约风格与工业元素。

餐位订在二楼,靠窗边。落地窗外是繁华的中央商务区,车水马龙,显得餐厅有一种闹中取静的优雅感。

每一道菜摆盘都很精致,看着就让人想吃。

陆时熠坐在于晚对面,见她胃口不错,心中连日来的阴霾一扫而空,他的胃口也跟着好了不少。他边吃边找各种话题,和于晚有一搭没一搭地闲聊着。

也许是这个环境让人很放松,也许是香醇的红酒能够让人暂时忘却各种顾虑,于晚的话也变得渐渐多了起来。

陆时熠说着这些年在国外的所见所闻。他风趣幽默,举手投足间皆是自信。

说到有趣的事,于晚也被逗乐了。

这小子没皮没脸的,还真是会哄女人开心。于晚忽然想起那日陆时熠在公司餐厅里不知说了什么,也把唐宛晴逗乐了。

于晚开口道:"你现在有喜欢的人吗?"

陆时熠愣住了,他没想到于晚会忽然问这个问题。一时之间,他不知该回答有还是没有。

"怎么,还要跟我保密?"于晚脸上挂着笑,端起酒杯喝了一口红酒。

于晚的手指纤细白皙,她端着高脚杯仰头喝酒的模样很美。陆时熠看着她抬起下巴,心情忽然变得紧张起来,犹豫了一会儿,他才谨慎地说:"有喜欢的人。"

于晚点了点头,又问:"追到手了吗?"

陆时熠暗自松了一口气,还好于晚没问他喜欢的人是谁。

今晚,他和于晚的关系缓和了不少。若他就这么直接跟于晚告白,还不知道会被拒绝成什么样。在对这件事没有一点把握之前,他绝不敢轻易向她表白。

陆时熠看着她,说:"特别难追,我还在努力中。"

于晚扬眉,道:"还有你追不到手的人?"

"你不知道,她真的特别难追,我都不敢跟她表白。"陆时熠直接把眼前的果汁当酒喝了一大口,这才敢在于晚面前隐晦地吐露心声,"在她面前,我常常紧张得像个小学生。会因为她的一句话或者一个神情一整天心神不宁,怀疑自己是不是又惹她生气了;也会因为她对自己的一个笑容、一句鼓励,而激动得整晚都睡不着觉。只要她靠近我,我的心跳就快得不像话……"

他用一双漂亮的桃花眼凝视着于晚,接着说:"她对我来说,就像天上的月亮,而我就像她身旁一颗渺小的星星,我努力发着光,希望她注意到我,却始终得不到她的关注。"

于晚皱着眉头,说:"你这么怕她,她是母老虎?"

"才不是,她很温柔!"陆时熠不敢细说,怕露馅。

暗恋一个人的心酸,谁能懂?

于晚笑了一下,暗自道:还挺护短。

谈起爱情,陆时熠就跟一个情痴一样,也不知他对那女孩的爱意能坚持多久?不过,以于晚对陆时熠感情史的了解,他这份爱意,恐怕最多不会超过一个月。所以,于晚并没将陆时熠的这番话放在心上。

既然聊到了情感问题,陆时熠也礼尚往来地问她:"那……你现在有男朋友吗?"

"没有。"

"有喜欢的人吗?"

"没有。"每一个字,于晚都回答得很干脆。

陆时熠暗自窃喜，太好了，没有喜欢的人，他还有机会！

他又问："那你有想过，自己会在什么年纪结婚吗？"

"问这个做什么？"

"我……我好准备准备。"

陆时熠暗自想，他一定要在于晚想结婚之前，将她追到手，然后来一场感人肺腑的求婚仪式。在她想结婚的年纪，给她一个完美又浪漫的婚礼，让她终生难忘。

一想到那个画面，陆时熠瞬间热血沸腾，干劲十足。

于晚笑道："给我准备份子钱？"

当然不是！

陆时熠的毕生目标是成为于晚的老公，他才不要给她和别的男人准备份子钱！

不过这会儿陆时熠没解释，继续跟她闲扯："说说吧，你想在什么时候结婚？"

这一次，于晚回答得更干脆："没想过，我不准备结婚。"

04

为什么？陆时熠还没来得及问出口，于晚忽然起身，说她去趟洗手间。

于晚和陆时熠在用餐时，看到了一个老熟人。其间，这位老熟人还朝他们这桌看了好几眼。于晚早就想会会她了，今天正好碰上。

石箐洗了手，从洗手间出来，一转身就看到了不远处正等着她的于晚。迟疑了一会儿，随即她脸上露出温柔的笑，道："小晚，这么巧，你也在这里吃饭吗？"

"我们聊聊吧。"于晚没时间跟她假客套，直接开门见山。

"现在吗？我还有朋友在等着我……"

"我长话短说。"于晚不给她拒绝的机会，"你该得到的都得到了，别

再把卢春花当枪使。就算你们再闹，股份也绝不可能给你们。"

石箐脸上的笑容僵住了，随即恢复自然，说："小晚，你是不是对我有什么误会？我可从来没有指使过老太太做什么。老太太喜爱少阳和果果，那都是她的事。她让你把股份给那两个孩子，那也都是她的个人行为。"

于晚冷笑着，心想她将自己撇得还真干净！

"行了，别在我面前装了。你能骗得了卢春花和林启明，但你骗不了我。卢春花虽无耻，但若没有你这个幕后主谋在一旁煽风点火，为她出谋划策，她哪会想到跟我们于家人闹？不过我得承认，你确实有点本事，也很有毅力。"

于晚这一番话说得异常直白，石箐彻底笑不出来了。

"人心不足蛇吞象，而人呢，往往是聪明反被聪明误。我劝你，还是见好就收！"于晚点到为止。

石箐望着于晚离去的背影，身侧的手慢慢握成了拳头。

她低声抱怨道："见好就收？我贪心？呵呵，还不是因为你妈做得太过分，临死前还摆我一道！百分之十的股份本来就是我应得的！"

没有她石箐做不成的事，RG的股份她要定了！

车行驶在高架桥上，车窗外的景色如流水般飞快地倒退。

陆时熠开着车，用余光瞥了于晚好几眼，见她一路都在望着车外发愣，也就没急着送她回家。下了高架桥，陆时熠拐了一个弯，直接开去了另一个地方。

二十分钟后，车停下，于晚这才回过神来。看着周围陌生的环境，她眉心微蹙："这是哪？"

陆时熠边解安全带边回答她："游乐场。"

"多大的人了，还来游乐场玩，你幼不幼稚？"

"大人怎么就不能来玩了？来都来了，我们进去随便逛逛！"陆时熠热情地邀请她。

于晚一脸抵触的模样，说："我不去！"她从记事起就没来过这种地方。

"就逛一下，十分钟后就出来！"陆时熠将一张帅气的脸凑到于晚面前晃个不停，还摇着她的胳膊，像个讨糖吃的孩子，很有耐心地磨着她。

最终，于晚在陆时熠的软磨硬泡下，心不甘情不愿地进了游乐场。

其实陆时熠在西餐厅里看到了于晚和石箐见面，也知道她后来情绪不太好，猜想她多半是想起她母亲了。这件事，陆时熠一个字也没提。他把于晚带到游乐场，是希望她好好放松一下，暂时忘却烦恼。

B市人多，哪怕是寒冬的夜晚，来游乐场玩的人也数不胜数。除了带着孩子来玩的夫妻外，还有不少来此约会的情侣。

此刻虽气温低，让人感觉寒冷，但游乐场却被装饰得温暖又梦幻。

成双成对的情侣们戴着各种可爱的卡通头饰，手里不是拿着奶茶就是拿着棉花糖。他们的脸上都洋溢着幸福的微笑。

陆时熠见于晚好奇地打量着他们手里的东西，凑到她耳边笑着说："想要吗？我给你买。"

"谁要这些幼稚的东西。"于晚嫌弃他，直接将他推远。

陆时熠没皮没脸地再次凑上来，说："我要啊，我喜欢，那你给我买。"

"你干什么呢？"于晚冷不防地被陆时熠拉去了不远处的摊位。他在一堆五花八门的头饰中，挑了两个闪闪发光的猫耳朵，又抓了一把五颜六色的荧光棒在手里。最后，他十分不客气地让于晚买来送他。

"真是一个长不大的小孩子。"于晚笑着摇头，最后还是付了钱。

"是，我是小孩子！"陆时熠计谋得逞，坦率地承认。而后，他又拉着于晚去另外一边，买了两个超级大的彩色棉花糖。

在等棉花糖的过程中，陆时熠趁于晚不注意，直接将刚刚买的猫耳朵戴在了她的头上。于晚脸色骤变，如临大敌，一边骂着陆时熠，一边飞快地抬手去摘头上的头饰。

陆时熠阻止她，说："别摘，你戴上特别好看。"

"什么乱七八糟的东西，拿回去！"于晚一脸嫌弃，将头箍塞回他怀里。

"戴上特别好看，你就试试嘛。"

这小子，还学会跟她撒娇了。

陆时熠的声音很干净，尤其是刻意撒娇时，让人听得又酥又麻。就算是一颗钢铁铸成的心，也能被他的声音化成一汪春水，让人完全招架不住。

特别是陆时熠当着她的面，无所顾忌地戴上猫耳朵，冲她摇头晃脑，还学着猫喵喵叫了两声，问她是不是很可爱、很好看时，于晚真是彻底被他逗笑了。

最后，陆时熠又用一副长者的口吻告诉她："你呀你，都下班了，就不要再想着自己是集团的大总裁了。如果一天二十四小时都保持着这种形象，是很累的。私下，你就应该跟我一样放飞自我。"

说着，陆时熠忽然朝着天空张开双臂，无所顾忌地唱了起来："这是飞一样的感觉，这是自由的感觉……"

嘹亮激昂的歌声，顿时引得路人纷纷侧目。

"你别唱了，你以为这是你的演唱会啊！"于晚被陆时熠幼稚又夸张的举动逗笑了，抬手在他胸口上捶了一拳，让他赶紧别再丢人现眼。

陆时熠才懒得顾忌别人的目光，把于晚哄开心了，比什么都重要。

"你呢，现在就当自己是一个普通人，是来感受快乐的。"他重新将猫耳朵戴在于晚头上，又把比脑袋还大两倍的彩色棉花糖塞到于晚的手里，"快尝尝这棉花糖，很好吃！"

于晚头戴闪闪发光的猫耳朵，手拿棉花糖，瞬间就变成了一个可爱的姑娘，与她平日里的风格迥异，这让于晚的脸都红透了。

不过，于晚实在拗不过陆时熠，也只能舍命陪他了。

05

某些原则一旦被打破，就很难再立回来。后来，于晚又被陆时熠拉着去坐了旋转木马、摩天轮，还去鬼屋体验了一把被吓到的感觉。

说到鬼屋，于晚再次刷新了她对陆时熠的看法，他胆子居然比一个三岁的孩子还小。在鬼屋里，陆时熠全程躲在她的身后，一直都在说"好恐怖"，让她保护他……

于晚一想到陆时熠那么大一个人，却全程将整张脸埋在她的后背，不敢抬头看一眼周围，恨不得拴在她背上的模样，就觉得好笑。

今晚，于晚没少嘲笑他。

快到晚上十一点时，游乐场的项目都停止营业了，来玩的人也陆续离开。

从鬼屋出来后，陆时熠说要去洗手间洗把脸压压惊，让于晚在外头等他。不过，她等了好一会儿也没见人出来。正怀疑他是不是掉进厕所里时，她的身后忽然传来了音乐声。

于晚回头，就看到身后的喷泉灯骤然亮起，整晚没开的喷泉随着音乐，喷出五颜六色的水雾。

水光交汇，如梦如幻。

这时，一只高大的、戴着绅士帽的布朗熊出现在她面前，朝她弯腰行了个绅士礼，而后跳起了舞。

这舞跳得就跟触电了一样，毫无美感。

于晚看了后，笑得完全没了形象，还差点笑出了眼泪。

直到音乐声停止，布朗熊才表演完毕，终于瘫软在地上停止了抽搐，于晚的笑声才渐渐地停了下来。她擦了擦眼角边笑出来的眼泪，朝地上的布朗熊伸出手，将他拉了起来。

陆时熠摘掉厚重的熊脑袋，深吸了一口新鲜空气后，喘着气开口道："今晚……有没有开心一点？"

于晚看着陆时熠满头大汗，心里忽然说不出是什么滋味。

她到现在才知道，原来他是看出了她今晚心情不好才特意带她来游乐场。而他今晚的所作所为，也全都是为了哄她开心……

这么多年来，就连于牧都从未像陆时熠这样哄过她这个姐姐。

于晚的人生从来都过得规矩、无趣又严谨，但今晚，却是她二十几年来过得最放松、最特别的一次。

于晚想，陆时熠这么会哄女孩开心，将来也不知道是哪个幸运的姑娘能和他厮守终生？

于晚说："我很开心，谢谢你。"

临近年底，通常是公司最忙碌的时候，RG 也不例外。

这段时间，于晚加班已成常态。

作为总裁助理的陆时熠，自然也是勤勤恳恳地陪着她加班。那晚和于晚从游乐园回来后，于晚便不再疏远他了，有外出活动，也会像之前那般带上他。两人的关系虽没有更进一步，但也没变坏。

陆时熠已经很满足了。

另一边，在这个年底，林家也即将迎来一个重要的日子——林少阳的十八岁生日，也是林家勒令于晚送上股份的最后的日子。

RG 集团现在掌握在于晚手里，转让股份的事，自然要她同意。卢老太太知道想从她手里拿到股份很难，可她不甘心就这么放弃。

最近，她去了 RG 不下十次，每次都被保安拦在公司外。而于家别墅那边似乎也跟小区保安特别交代过，不准她进去，这可把她气坏了。

而石箐还在一旁煽风点火，说："明天就是少阳的生日。您连她这个亲孙女的面都见不上，我看，她根本就没打算认少阳这个弟弟，也不打算认您这个奶奶了。股份的事，我觉得还是算了吧。"

"怎么能算了？"卢老太太将茶杯重重地放在桌上，一副怒火中烧的模样，道："石箐啊，你就是太善良了，才会让于敏知爬到你的头上，欺负你！这件事要是算了，你就等着吃一辈子哑巴亏吧！"

石箐故意说："妈，我们人微言轻，斗不过于家，更斗不过于晚。只是可怜我那两个孩子，原本下半辈子可以过得衣食无忧，却摊上我这样的母亲，也只能是个穷苦命了……"

"少阳明天生日,如果于晚不把股份拿出来,我就豁出老命去跟她闹!"卢老太太斩钉截铁地说。

卢老太太和石箐如此觊觎RG的股份,除了RG这几年蓬勃发展带来的巨额收益多到让她们眼红外,还有一个原因便是她们觉得五年前林家被于敏知算计了。

于敏知本来就要死了,却故意隐瞒病情,非要从林启明这里拿走百分之十的股份才愿意办离婚手续。如果他们没离婚,林启明不仅可以在她死后名正言顺地娶石箐,而且还不会损失他的股份。

百分之十的RG股份,那是多少钱?

足够他们林家安享荣华富贵好几辈子了。

林少阳生日这天,于晚忙得连轴转,一个会连着一个会,忙得昏天黑地,连饭都顾不上吃。别说她压根儿不记得这件事了,就算记得,股份也绝不可能给他们。

林家人等了一天,股份的事一点影子也没有。而于家姐弟就跟约好了一样,别说露面,连一份简单的生日礼物都没送给林少阳。

这可把卢老太太气坏了,说:"这两个浑蛋,简直太不把我们林家人放在眼里了!"

第二天一大早,天都没亮全,卢老太太就裹着貂毛大衣风风火火地去了RG。

她还不信了,来这么早,会堵不到来上班的于晚。

巧的是,这天早上于晚还真没来上班。

昨天开了那么多会议,就是因为于晚要去国外出差一个星期,这会儿她人已经在机场了。

VIP候机室里。

陆时熠早早就到了,他等了快二十分钟于晚才到。见于晚来了,他立马

招呼她坐下。就算出差，他也没忘记从家里给她带早餐。

于晚看着陆时熠轻车熟路地从身旁的手提袋里拿出银色的保温盒，将精致的早餐细心地拿出来摆在她面前的小桌上，又将带着水汽的银勺、银筷拿出来，细心地用餐巾纸擦干净后，才放到她眼前。

这一系列动作，他做得既娴熟又麻利。

正如每个早上，他将早餐带进她的办公室，给她准备好一样。

于晚看着他，心里划过异样的感觉，说："都要出差了还带早餐，多不方便。"

"我妈非让我给你带的，她说飞机餐不好吃，出门在外也得照顾好自己的胃。吃饱了，到时候在飞机上才能好好地睡一觉。"陆时熠一点都没透露，给于晚带的每份早餐，都是他头天晚上千叮万嘱，让家里阿姨做的。

于晚上次喝到酒精中毒住院后，她的胃就一直不太好。不过，在陆时熠每日的监督下，她已经很久没犯胃病了。

这段时间，陆时熠在生活的方方面面，将她照顾得十分周到。这让于晚常常会忘记，其实应该是自己照顾他。

陆时熠用手撑着下巴看于晚吃早餐，看着看着，那双漂亮的桃花眼不禁泛起了柔光。

这次去国外出差的有十来号人，但多数人昨晚就先过去了。这一趟航班就他和于晚两个人。

这种感觉不像去工作，更像双人游，陆时熠想想都很兴奋。

── 第七章 ──

所以,这个吻……是什么意思?

01

这趟航班上午九点半起飞。

然而在他们快登机时,陆时熠忽然接到公司保安部打来的电话,对方声音听起来很着急,问于总在不在他身边。

"找于总有什么事?"

对方虽然急得语无伦次,陆时熠还是听懂了前因后果。于晚见他脸色逐渐变得凝重,放下银筷,问:"公司出什么事了?"

陆时熠挂了电话,简短地总结道:"保安部的经理说卢老太太在公司出事了……"

卢老太太一大早堵在公司门口,闹着非要见于晚。保安告诉她,于总今天没来公司上班,卢老太太不信,从包里拿出一把水果刀威胁保安,说如果不让她进,她就死在他们面前……

在和保镖争执时,卢老太太从石阶上摔了下去,而她手里的水果刀,正

好刺中了她的腹部，流了很多血，当场就昏迷了。

听完，于晚的脸色也沉了下来，问："保安将她推下去的？"

"没有，是她自己摔下去的，监控室有视频能够证明。"

"她现在在哪？"

"保安已经拨打了急救中心的电话，救护车已经将她接走了，目前还不清楚什么情况。"陆时熠一五一十地说。

今天出事的人是于总的亲奶奶，又是在集团门口，引来不少围观的路人。保安部自然乱了阵脚，实在不知道这件事该如何善后，所以他们只能打电话找于总，希望她能给个指示。于晚借用陆时熠的手机，起身去了外面的走廊，给保安部经理回了一个电话。

五分钟后，于晚回来，陆时熠担心她，问："需要我现在改航班吗？"

"不用，死不了，我们登机。"于晚脸色十分难看，拿起椅子上的包直接出了候机室。

医院里。

卢老太太命大，那一刀没刺中要害。她虽然保住了命，但摔折了腿，至少要在病床上躺一两个月才能康复。RG保安部的经理接到于晚的指示后，和几个保安一直守在她的病房外。

卢老太太醒来后，得知自己腿断了，差点又晕过去。她情绪激动，又是哭又是闹，一直嚷嚷着要见于晚，说都是于晚将她害成这个样子的……

无论卢老太太如何咒骂，保安全程不接她一句话。

"我可是RG集团总裁的亲奶奶，你们殴打我、刺伤我，还软禁我！我要报警把你们这些坏人统统抓起来！"卢老太太不管怎么威胁，门外始终无人搭理她。

卢老太太情绪波动太大，扯到了伤口，疼得哎哟哎哟直叫唤，叫到最后没了力气，才终于消停了。

到了下午，石箐姗姗来迟。

病房外站着几个穿着制服的身材魁梧的男人，她一副警惕的样子，看了他们好几眼才进去。

石箐走到病床边，瞅了一眼屋外，凑到卢老太太耳边，低声说："妈，我在来的路上打听过了。于晚今天去国外出差了，好像要去一个多星期。"

卢老太太啊了声，道："原来她真的不在公司？那我岂不是白闹了？"

"妈，我还听说她手底下的人第一时间就跟她汇报了您在公司受伤的事，那会儿她还没上飞机。不过，就算知道了也没用，她压根儿就没打算回来看您。她根本就懒得管您的死活……"

这一番话，让老太太心中的怒气达到了极点，她恨不得立刻将于晚生吞活剥了。她骂道："贱骨头，真是比她妈还冷血无情！"

卢老太太今早在RG闹事，本想拿刀吓吓那些保安，没想到脚底踩空，从石梯上摔下去，还刺伤了自己……这真是赔了夫人又折兵。于晚如此绝情，卢老太太实在不知道还能用何种手段对付她。

"妈，我可不能让您白白受伤，我心疼。所以我找了一个人，就算要不回RG的股份，她也能帮您出这口恶气。"

卢老太太立马来了兴趣，问："怎么出恶气？"

石箐凑到她耳边嘀咕了一阵："到时候，您只要照着做就行了。"

卢老太太连连点头。

万里高空。

于晚望着舷窗外的云海，她白皙的脸庞紧绷，神色冷漠。自从上了飞机，她就没再开口说过一句话。陆时熠知道，不管发生什么事，于晚都习惯了一个人强撑着。哪怕天塌下来，她也会像个铁人一样顶上去硬扛着。

他心疼身边的女人，他能感觉出来，于晚没有她外表看上去的那么绝情冷漠。从知道卢老太太出事后，她的身体就一直紧绷着。

她是在紧张和不安吗?

一只骨节分明的手伸过来将舷窗窗帘拉下来,外面刺眼的光线瞬间被阻隔。于晚回过头,陆时熠朝她弯了弯唇角,说:"你看得太久了,伤眼睛。"

他又说:"还要飞十来个小时,现在什么都别想了,闭上眼睛睡一会儿。"

"我睡不着。"于晚抬手揉了揉突突直跳的太阳穴。

"睡不着?我有办法。"陆时熠拿出他的耳机连上手机后,递到于晚面前,"快戴上。"

"我没兴趣听歌。"于晚现在很烦,不想听那些嘈杂的音乐。

"放心吧,不是歌。只要你戴上耳机,绝对能让你身心放松,不出十分钟,就能美美地进入梦乡,一觉睡到F国。"陆时熠这一连串话,说得就跟广告词一样。

他直接将耳机塞进了于晚的耳朵里,又朝她抬了抬下巴,说:"快闭上眼睛,好好享受。"

有这么神奇?于晚深表怀疑,脸上露出一副被销售员缠上后无可奈何的表情。

十分钟后。

陆时熠叫来空姐,要了一张毯子,轻轻地盖在了于晚身上。她原本紧蹙的眉心已经舒展开来,呼吸平稳,显然已经睡着了。

陆时熠弯了弯唇角。

于晚睡得很沉,她已经睡了快十个小时。而陆时熠的肩膀也一动不动地给她枕了快十个小时。

飞机快要降落时,陆时熠见于晚还在睡,便拿出手机,悄悄地拍了许多张于晚靠在他肩上睡觉的照片。陆时熠的胆子越拍越大,他把自己的脑袋挨向于晚的脑袋,又偷拍了几张两人的合影。

然而他觉得还不够。于是他噘着嘴,凑到于晚的额头前,举着手机对着自己左脸的上方,准备用借位的手法,拍一张他吻于晚额头的照片。

"三、二……"

手机定好时了，他正要拍下这幅画面时，于晚忽然睁开了眼睛，用沙哑的声音问："你在干吗？"

陆时熠吓得手一抖，手机哐当一声掉在了地上。

那噘着的嘴一时之间还没有收回来。

02

于晚看到陆时熠的嘴往左噘一下又往右噘一下，接着又看到他鼓起左脸颊又鼓起右脸颊，最后张开嘴啊啊啊地叫着。等做完这一套动作，他才说："我正在做嘴部运动操，要不要一起？"

"幼稚！"于晚微眯着眼，还带着困意，打了一个哈欠道，"你刚刚是不是有什么东西掉了？"

陆时熠磕磕巴巴地说："有……有吗？"

于晚说："是不是手机？"

"我……我看看。"陆时熠飞快地弯下腰，捡起手机的一瞬间，以闪电般的速度关闭了相机。然后他坐直身体，抬了抬手里只显示了屏保界面的手机，镇定地笑着说道，"还真是手机掉了。"

于晚没觉察到陆时熠反常的举动，或者说，陆时熠平日里就有很多奇怪的举动，她已经习以为常了。于晚问他飞机还要多久降落，却得知自己竟睡了将近十个小时，她觉得十分神奇。

她从未在飞机上睡过如此长的时间。

于晚看了一眼身旁的陆时熠，他还在夸张地做着嘴部运动操，她不禁弯了弯唇角。

或许是因为有这个能逗她开心、工作能力又强的陆时熠在身边，让她觉得安心；或许是因为陆时熠给她听的那些奇怪的声音，让她全身放松下来，暂时忘记了烦心事。所以，她才会连自己何时睡着的都不知道。

当然,烦心的事只是暂时忘记,而不是真的消失了。

一下飞机,于晚便往国内打了一个电话,跟保安了解卢春花的情况。她现在不在国内,留人看着卢春花自然是为了防止卢春花再整出什么幺蛾子。

一到F国,还来不及倒时差,于晚和陆时熠就立马进入了忙碌的工作中。

他们忙完工作回到酒店时,已是晚上十点多了。于晚住的是商务套房,回到酒店后,她召集出差的一行人到她的房间,针对明天工作的重点开了一个简短的会议。

于晚办事效率高,会议不到十分钟就结束了。

散会后,她将陆时熠单独留下。

于晚虽忙,但还是注意到陆时熠时不时就会揉两下肩膀,她问:"你肩膀怎么了?"

陆时熠笑了笑,道:"可能是昨晚睡觉时不小心扭到了。没事,明天应该就好了。"

他没透露自己在飞机上一动不动地给她当人形枕头的事。因为被她靠了十来个小时,他的肩膀才会又酸又疼。

"你等我一下。"于晚转身走进了卧室。

陆时熠在客厅等她,听到屋里传来拉开箱子的声音,不知于晚在找什么。过了一会儿,她拿来一个棕色的小瓶子,递给了他。

陆时熠问:"这是什么?"

"精油。你洗完澡以后,倒一些在肩上,揉二十分钟。这能够促进血液循环,舒缓疼痛。"于晚没带膏药,这个时候去药店买也不方便,正好她带的这款精油的活血效果很不错。

"领导,你忽然这么关心我,真是让我受宠若惊。"陆时熠将小瓶子紧紧握在手心里,嘴角的笑意都要蔓延到耳朵根了,他毫不吝啬地赞美道,"你是这个世界上我见过的最好的领导!领导,我爱你!"

于晚见他说的话一句比一句不正经,赶紧抬手打断他,道:"行了,别拍马屁了！我不是关心你，只是不想你因为肩膀疼而影响明天的工作。"

陆时熠嘿嘿一笑，明显不信她的话。他将他那张帅气的脸凑到于晚眼前，桃花眼微眯着，嘴角含着笑，说："别找借口了，你就是在关心我！"

陆时熠突如其来地靠近，让于晚心跳漏了一拍。她脸色一变，装作冷漠的样子，抬手就要推开他。

"好好好，你没关心我！"陆时熠立马走远，嬉皮笑脸地说道，"就算你没关心我，你在我心目中也是最好的领导！"

"哪来那么多话？赶紧回你的房间去！"于晚将他赶了出去。

房门快关上时，又被门外的陆时熠用脚顶开一条缝。门缝里，他那双迷人的桃花眼朝她眨了眨，眼中满是魅惑。他故意压低声音道："要不，我洗完澡你过来帮我揉一下？"

"想得美！"于晚直接砰的一声将房门关上。

她靠在门板上，心跳有些不正常。

随后，于晚越想越不对劲，陆时熠这小浑蛋，刚刚是在调戏她？

太放肆了！

因为高强度的工作和F国这边忽冷忽热的气温，一起出差的一位女高管感冒了，她感冒后又因高烧不退被送去了医院。其他几个和她走得近的同事也被传染了，这已经严重地影响到了工作。

这两天，于晚让几个生病的员工留在酒店休息。因为行程之前都已安排好了，所以于晚只能自己去。少了人手，她自然增加了不少额外的工作量。

今早出门，陆时熠拉开后座车门，见于晚已经坐在车里了。看到她手里拿着的咖啡，陆时熠皱着眉道："又喝咖啡？昨晚又没睡？"

于晚嗯了声，边喝咖啡，边看手里的平板电脑。

陆时熠眉头皱得更紧了，他知道于晚已经连着两晚没睡了，心疼道："我不是跟你说了，有什么要处理的工作都交给我来做吗？"

于晚抬起头,看着他眼睑下淡淡的黑眼圈,心情复杂。眼下,几个同事接连病倒,他这几天跟着她也没少熬夜。

"你手上的工作已经够多了。"

"我是男人,我身体能扛得住。你看你,脸都瘦了。"陆时熠真的十分关心她。

于晚避开他的视线,淡淡地说:"没事,我能扛得住。咳咳……"

嗓子忽然有些疼,她掩唇咳了两声。最近不知怎么了,她发现自己越来越无法直视陆时熠了。

"你嗓子怎么了?"陆时熠那张满是担忧的脸再次凑了过来,"我看看。"

后座空间原本很宽敞,但不知是不是陆时熠个子太高、块头太大,他往她这边凑过来时,空间忽然变得好狭小,于晚只觉得连呼吸都不流畅了。

她抬手降下车窗,清新的空气扑面而来,这才觉得呼吸顺畅了些。于晚清了清嗓子,说:"可能是这两天话说得太多了,嗓子有点哑。"

陆时熠说:"我让司机在附近药房停一下,我给你去买药。"

于晚说:"不用,来不及了。戴维已经在 JO 公司等我们了。"

于晚的嗓子从半夜开始就有些干疼,不过这点小病对她来说不算什么。中午,和 JO 公司老总戴维吃饭期间,陆时熠出去了一趟,也不知去了哪里。

饭局结束,于晚和戴维告别后,陆时熠来到她身边,忽然说:"给你一个东西。"

于晚说:"什么?"

陆时熠就像变魔术一样,一边把自己的手伸进口袋里掏,一边当当当地给自己搭配魔术音效。最后,他掏出一盒润喉片,摊在掌心递到她面前,说:"给你的。"

于晚看了看药盒,又看了看他。陆时熠一上午都跟她待在一起,也就吃饭的时候出去了一会儿。她心情复杂,问:"你特意去买的?"

"正好看到附近有药店,就顺手买了。"在于晚的注视下,陆时熠不好意思地挠了挠头。

而后,他又弯了弯唇角,骄傲地说:"你不用感谢,也不用感动,我就是个优秀、温暖,又贴心的'暖宝宝',只属于你一个人的'暖宝宝'。"

于晚笑了笑,道:"还'暖宝宝'……你怎么不说你是闪闪发热的'小太阳'?"

"'小太阳'太热了,靠得太近容易将人烧伤,'暖宝宝'的温度刚刚好。"陆时熠说得一本正经,他高大的身躯忽然凑近于晚,说,"有没有感受到'暖宝宝'舒适的温度?"

"一边去!"于晚将他推开。

她笑,陆时熠也跟着笑。他的笑容干净灿烂,仿佛能融化冬雪,让人怦然心动。

03

于晚正要开口说话,手机铃声响起,是杨颂打来的电话。杨颂说,卢老太太私下找了媒体,将那天在公司外发生的事颠倒是非地说了一通。

说 RG 集团的总裁于晚多次让保安将她拦在公司外,拒绝见她这个亲奶奶;还说于晚让保安对她动粗,不仅将她推下楼梯,还用水果刀刺伤了她……这个新闻,不仅严重抹黑了 RG 集团的形象,还影响了于晚的个人形象和名誉。

于晚脸上的笑容消失了,她早就料到卢春花不会善罢甘休,只要老太太还有一口气在,就不会停止闹事。

"于总,虽然我已经把新闻压下去了,但我实在担心卢老太太还会做出别的事。"毕竟是于总的亲奶奶,即便关系不好,他们也拿捏不好这件事的分寸。

"直接报警。"于晚目光冰冷,每一个字都说得理性又干脆,"不用顾及她是谁,不管是我还是公司,和她都不存在任何私人交情。有人来公司闹

事,你就按照正常的法律流程走。明白吗?"

"于总,我明白了。"

国内。

医院的病房里,传出各种污秽难听的咒骂声。

"这个贱骨头,仗着自己有钱有势,居然把我们的新闻压下去了,真是气死我了!"卢老太太骂得满脸通红。

石箐找了她的一个记者朋友,她这个朋友所在的公司在媒体界很有影响力。但她没想到,于晚能如此轻而易举地将新闻压下去……她们折腾了半天,就像一粒浮尘,落在了大海上,激不起半点涟漪,想想都令人气愤!

婆媳两人正在病房里想着对策,房门忽地被敲响,进来了两个穿着警服的警察。其中一个警察看了一眼屋里的人,严肃地问:"谁是卢春花?"

石箐看了一眼病床上的人,站起身远离床边,问:"警察同志,您找我妈干什么?"

"卢春花涉嫌持凶伤人、诽谤他人、侵害他人名誉权,跟我们去一趟警察局,接受调查。"

卢老太太听了后,顿时吓得六神无主,一脸恐慌,道:"石箐啊,你赶紧给启明打电话,让他马上回国来救我!"

卢春花的事对忙碌的于晚来说,只是她要处理的众多事中的一件小事而已。她每天要去不同的地方、见不同的人、谈不同的项目,她没时间为这份残破的亲情分散太多的精力。

一个星期的高强度工作,于晚终于扛不住了,在回国的前一天,她病倒了。

这天傍晚,于晚难得早点回了酒店,因为没有胃口,便一个人先回房间了。晚上七点多,陆时熠给她送晚餐,敲了许久的门,里头都没有动静。

陆时熠觉得不对劲。他知道于晚没出门,这么早也不可能在睡觉。就算睡觉,门铃声这么大,她不可能听不见。况且在这之前,陆时熠不管什么时候来找她，于晚都会很快开门。

陆时熠按了五六分钟的门铃，里头始终没反应，他已经心急如焚了。就在他打算找前台来开门查看情况时，眼前的门终于咔一声开了。

"怎么这么久才开……"陆时熠推开房门，就看到于晚身上裹着毛毯，脸色苍白得吓人。她用手撑着墙，仿佛一阵风就能将她吹倒。

"你怎么了？"

"没事。"于晚摆了摆手，身体忽地一个虚晃，险些摔倒。

陆时熠眼疾手快地将她扶住了。

她都这样了还说没事？

他十分担心她，急切地追问："你到底怎么了？"

"我只是有点……头晕，睡一觉就好了。"于晚推开陆时熠的手，踩着虚弱的步子继续往屋里走，"我没胃口，你出去的时候把门带上。"

于晚的手触到陆时熠的肌肤时，陆时熠感到从她的指尖传来滚烫的温度。陆时熠快步上前，绕到于晚面前，抬手摸了摸她的额头，果然烫得吓人。

"你生病了，我现在就送你去医院。"陆时熠脸色都变了，直接将于晚拦腰抱起，往门外走。

"我不去，放我下来。"于晚虽然身体虚弱，但她的态度却很坚决。

陆时熠看着她抓着门不放，急切地说道："你都这样了，为什么不去医院？"

"我不喜欢医院的味道。"每次一进医院，于晚就会想起自己的母亲。于敏知病危的那段时间，于晚一直在医院里陪着……她不喜欢医院，那是一个令人伤感的地方。

于晚舒了一口气，道："我就是发烧了，体温有点高。你没必要小题大做，快放我下来。"

也许是生病的缘故，于晚难得在陆时熠面前露出一副脆弱的样子。她的眼里有一层水雾，沙哑的声音听起来令人心疼。

  陆时熠的心脏像被一只无形的手揪住了，一阵一阵地疼。他终究拗不过于晚，不过他没有将她放下，而是直接将她抱进了屋里。

  床头柜上有温度计，也有一些感冒药。陆时熠不敢乱给她吃药，拿了温度计帮于晚量体温，又去给她倒了一杯水。

  于晚躺在床上，立马就昏昏沉沉地睡着了。

  十分钟后，陆时熠帮她取出体温计。

  都快四十度了，还只是体温有点高？

  陆时熠脸色阴沉，立刻打了一个电话。半个小时后，医生来到了于晚的房间。一番仔细地检查后，医生说，于晚是疲劳过度造成免疫力下降，又受了点风寒，才会引起发烧。

  医生留下了一些退烧药，临走前还提醒陆时熠，这段时间一定要让病人多卧床休息。

  于晚这几天时不时会咳几声，陆时熠一直以为她只是嗓子不舒服，原来是感冒的征兆。这两天，于晚脸色不太好，他也以为她只是工作太累了……

  到现在才知道于晚是生病了，他真是太粗心大意了！

  陆时熠自责。

  这一晚，他寸步不离地陪着于晚，照顾她。

  "你说你，这么大个人了，怎么就不知道照顾好自己？"

  "上次喝酒喝到酒精中毒，这次发高烧烧到差点一个人晕倒在房里，你可真有本事！"他不忍心在于晚清醒时教训她，也只能在她睡着时说她几句顺顺气。

  他虽然嘴里一直念叨着，但是看着床上那张毫无血色的小脸，却又心疼又气恼。他坐在床边一次又一次地把湿毛巾拧干，再把毛巾放在于晚额头上给她降温。

  于晚睡得迷迷糊糊的，觉得有个人在她耳边絮絮叨叨了一整晚，让她不能好好地睡个安稳觉。她很想睁开眼看看是谁在说话，可是眼皮太重怎么都睁不开。过了一会儿,她想到此刻离她这么近的人只能是陆时熠。

听到那些话,她很想开口反驳,可是她似乎连动一动嘴唇的力气都没有。

"你这么漂漂亮亮的一个女孩,就该被人好好疼着、宠着、爱着,你这么拼命工作干什么?再这样下去,你会嫁不出去的!下辈子你就嫁给工作得了!"

于晚很想说:我又不嫁给你,我嫁不嫁得出去用不着你操心。

她张了张嘴,却怎么都发不出声音。

04

终于,世界安静了。于晚正做着梦,耳边再次传来陆时熠的声音——

"晚晚?晚晚,晚晚……"

叫什么叫?她又没死,他没完没了的,叫她干什么?

于晚挣扎着想醒来,想抬手将这扰人清梦的声音狠狠地拍飞。忽然,她的脸上传来一股温热的气息,那气息离她越来越近……最后停在她的唇边。

于晚的心跳在这一瞬间骤然停止。

一秒、两秒、三秒……

陆时熠盯着于晚的唇,紧张到心脏都快跳出来了。他因为有过差点被抓包的经历,所以才会在于晚耳边喊了她许久。即使她现在没反应,他还是不敢轻易地吻下去。

不知盯着于晚的唇盯了多久,陆时熠屏住呼吸,头缓缓上移,最终停在于晚光洁的额头上。他闭上眼睛,深情地吻了下去。

额头传来湿热的温度,于晚的睫毛颤了颤。这个吻,没有停留太长时间。很快,她便感觉床边的人站起身,渐渐走远了。

而于晚的心,却被搅乱了。

这个吻……是什么意思?

是弟弟对姐姐的关心之吻?还是男人对女人的动情之吻?

于晚全身无力,脑袋昏昏沉沉的,她无论怎么努力也清醒不过来。她现在满脑子都是陆时熠,结果这一整晚,她都在做着各种和陆时熠有关的梦。

于晚一觉醒来已是下午两点了。

床头柜上放着一杯水,还有香甜可口的粥。一看时间,于晚暗自说了一声"糟糕",赶忙掀被下床。行程的最后一天,她约了BO公司的老总一点半在酒店见面,商谈两家公司明年续约的事。

结果,她睡过了头。

而这时,穿着笔挺西装的陆时熠正好走进来,说:"醒了?"

于晚边去衣柜拿衣服,边问:"BO的老总来了吗?"

陆时熠说:"来了,刚走没多久。"

"你怎么不帮我再留他一会儿?"于晚皱着眉,一旦涉及工作,她比谁都较真,"你明知道今天有工作,却不早点将我叫醒?你太失职了!"

"对不起领导,确实是我失职了。"陆时熠态度诚恳地接受她的批评,而后轻松地说,"不过你放心,人我已经替你见过了。BO的老总年后会来我国,他说了,到时候会特意来一趟RG,和你好好商讨续约的事。"

陆时熠朝于晚走过去,说:"所以,你就别操心了。医生说你这几天要卧床静养,快躺到床上休息吧。"

于晚说:"我已经好了。"

"好了才怪!"陆时熠把于晚的肩扳过来,直视着她,"你是打算自己躺到床上去还是让我抱你上床?"

听了这话,于晚瞬间就不自然了,身体僵在衣橱边。

这话听着怎么这么暧昧?

她忽然想起,昨晚半睡半醒间感觉到的那个吻,神色复杂地看着眼前离她仅有半米远的陆时熠,她想问他"昨晚你对我做了什么",可动了动唇,话到嘴边,就变成了:"昨晚,你是不是说我了?"

"我有吗?"陆时熠朝她眨了眨眼,一副无辜的模样。

"你有没有说我，你自己心里清楚！"于晚看着陆时熠的眼睛，他的眼尾微微上挑，一双桃花眼仿佛有着诱惑人心的魔力。

于晚想起昨晚与陆时熠有关的梦，只觉得无地自容。

这会儿，她都有些不确定昨晚那个吻到底是她的梦还是真实的了。

晚上八点，机场。

于晚在飞机上休息了十来个小时，一回到RG，就得知她的父亲林启明早已在她的办公室等着她了。

当年林启明和于敏知离婚时，虽然归还了百分之十的股份，但他名下还有百分之五的RG股份。作为公司股东之一，他虽然不在集团上班，但也没真正离开过RG。这几年，他一直负责公司在南北美洲的市场，很少回国。

因此，父女俩这些年也没见过几面。

程秘书送了两杯咖啡进来后识趣地关门离开了。

林启明看到于晚就像一个许久未见到女儿的父亲，目光里满是关切之色。他和蔼地说："这几天你一直在出差，累坏了吧？"

于晚看着这个名义上的父亲，眼里满是抵触。

"林总，我很忙，如果不是工作上的事，请您离开。"于晚说道。

林启明的神情中有一丝失落，随即，他放低姿态，说："小晚，我不会耽误你太多时间。我今天来是希望你能高抬贵手，放你奶奶一马。她毕竟这么大年纪了，身上还有伤，经不起折腾……你别再起诉她了，行吗？"

于晚笑了。

林启明忽然回国来找她，她就知道是因为他们林家那些破事。

于晚站在办公桌前，背对着林启明，她闭了闭眼睛，强压下心里对身后这个人的复杂情绪。

再睁开眼时，于晚又恢复了一贯的冷漠表情。她回过头，弯起薄薄的唇，冷冷地反问："她年纪大了，经不起折腾，是我逼着她来公司闹了？是我逼

着她拿刀伤了自己？还是我逼着她找媒体抹黑RG、诽谤我了？她是一个成年人，就该为自己的行为负责！"

林启明说："小晚，你奶奶也是人老了，糊涂了，才会做傻……"

于晚心口有些疼，直接打断他的话："你有工夫在这里跟我求情，还不如回家管好自己的老婆和母亲！"

林启明走后，于晚在窗边站了许久。最终，她还是打了一个电话，撤销了对卢春花的指控。

陆时熠出差回国的这一天，正好是林洲洋的生日。林洲洋在郊外别墅办了一个生日聚会，跟他玩得好的兄弟早早就去了，唯独陆时熠姗姗来迟。

兄弟们忍不住感慨，说陆时熠可真厉害，居然能在于晚手下干那么久，还天天加班加点拼命地工作，连兄弟的生日聚会都能迟到。

陆时熠坐下后，笑着替于晚说了不少好话，说她没有于牧说得那么可怕。

"你居然说我姐的好话？你不会是被她下了药吧？"于牧跟陆时熠闹了一段时间后，在林洲洋生日聚会上，终于和他说话了，"我知道了，你这是爱屋及乌。爱情的魔力真伟大！"

"于牧，什么情况？"有人好奇地问。

"陆时熠的心仪之人就在我姐的公司上班。你们以为他起早贪黑真是拼命地工作？他那都是为了追人！"

"陆少的心仪之人是谁？"

"唐宛……"

于牧还没说完，就被陆时熠打断了："上次就跟你说了，我喜欢的人不是她！"

"你骗谁啊！"于牧翻了一个大白眼，完全不相信他，"你每天在RG都跟打了鸡血一样，不是为了唐宛晴，难不成是为了我姐？真是太好笑了！"

"我真是为了你姐，好吗？"陆时熠真想跟于牧说实话。但他知道，他要是说了，于牧这个大嘴巴说不定转身就会告诉于晚……

所以，陆时熠只能再次强调，说："不管你信不信，反正不是唐宛晴。"

于牧回应了一声，明显不相信他说的话。

05

大家聊起陆时熠，免不了就会聊到他的老板于晚。于牧听得一个头两个大，嚷道："你们能不能别再聊我姐了？一提起她，我就头疼！"

"你姐又怎么了？"林洲洋问。

"你不知道又到年底了吗？RG又要开年会了！"于牧有些烦躁。

陆时熠出国的这几年，林洲洋和于牧走得最近，所以，屋里头也就他知道于牧在烦躁什么。林洲洋拍着大腿笑出声，说："你姐今年不会又要拉着你，让你跟她跳开场舞吧？"

于牧一脸生无可恋的模样，点点头。

"每年都拉着你跳开场舞，你姐就不能换换人吗？"

每年年底，RG集团都会举办一场盛大的年会。

每年跳开场舞的人自然是集团最高领导人——于晚。

她跳就跳吧，可是每次非要拉上他这个弟弟。姐姐和弟弟一起跳开场舞，在外人看来很奇怪。谁也不知道他们心里会想些什么。于晚可以不要面子、不要男朋友，可他要面子、要女朋友！

"换人？就我姐那冷冰冰的模样，别人都不敢跟她多说一句话，生怕被她生吞活剥了。除了我，谁又愿意、谁又敢跟她一起跳开场舞？"

于牧又一次在外面将自家亲姐彻底数落了一番。

和于晚一起跳开场舞？陆时熠像发现了一个难得的商机，整个人都热血沸腾了。他和林洲洋换了一个位子，坐到于牧身边，抬手揽住他的肩，露出一脸想替他排忧解难的表情，说："你不想跳，那我替你上。"

"真的假的？"于牧转头看着他。

"当然是真的，你既然这么痛苦，我上刀山下火海也得替你顶上。"

"你会这么好吗?"

陆时熠拍了拍于牧的肩,笑得一脸真诚,道:"谁叫咱俩是穿一条裤衩长大的好兄弟!我不对你好,对谁好?"

"患难见真情,你果然是我的好兄弟!"于牧太感动了!他忽然觉得自己这段时间对陆时熠的所作所为,简直是太过分、太小肚鸡肠了。

春节将近。

RG集团一年一次的年会也将在这周五如期举行,集团上下热闹非凡。

员工们都十分兴奋。不仅因为年会后,他们即将迎来春节长假,还因为今年抽奖的奖品里有好几辆价值百万的车。

于总在福利这方面,真是一年比一年大方!

大家兴奋地摩拳擦掌,都希望自己是那个幸运儿,能够抽到大奖。

集团的宴会厅很大,可容纳上千人,场内布置得十分大气。除了请来了知名主持人主持年会外,还邀请了著名的钢琴家、当红乐队、歌手……阵容强大得堪比颁奖晚会。

在这场年会上,最大的主角无疑是集团掌舵人——于晚。除了各个分公司的老总会来和于晚交谈外,还有不少前来参加年会的艺人借此机会和于晚套近乎。

于晚其实并不喜欢每年的年会。年会虽然热闹,但每次到了这个时候,她都要被无数人缠着,一点清净的时间都没有。

这会儿,她正被一个男艺人缠住脱不了身。

"于总,下个星期有我的演唱会,我给您留了最前排的VIP位置,您一定要来听,好不好?"不知这位男艺人是没眼力见,还是太想引起注意,竟没觉察出于晚已经很不耐烦了,还一直寸步不离地跟着她。

就在于晚不知如何将人甩开时,陆时熠及时出现,给她解围。

陆时熠说:"于总,王总有重要的事找您,让您现在就过去一趟。"

"好，我这就过去。"于晚终于解脱了，离开前给了他一个表示表扬的眼神。

陆时熠唇角不动声色地弯了弯，朝她挑了挑眉，像在说："这些人我替你搞定。"

这段时间相处下来，他们已经有默契了，不用言语，一个眼神就能明白对方的所思所想。

那位男艺人还想追上去，陆时熠一个侧身将人拦住，问："去哪里？"

他抬手搭上对方的肩膀，将人拽到一边，压低声音，半恐吓半威胁道："年纪轻轻的学什么不好，非学人家献殷勤，我们于总是你能巴结得了的吗？于总最看不惯小白脸，惹怒了她，别说开演唱会，以后你连唱歌的机会都没有！"

"谁……谁献殷勤了？"那位男艺人被陆时熠当面揭穿，虽然觉得难堪，但还是强撑着面子，"我听说于总还没男朋友，我这是正当追求。"

陆时熠笑了，带着一丝嘲讽的意味。

他拍了拍那位男艺人的胸脯，说："你这种连块肌肉也没有的小白脸，能追得上于总？跟你说吧，我们于总素来脾气暴躁，最爱动粗！你把她缠得烦了，看你这单薄的身子，一脚就能被她踹飞。"陆时熠学着于牧，在外人面前将于晚抹黑了一通。

都说有钱人怪癖很多，那位男艺人经不起吓，浑身上下哆嗦着，下一秒就溜了。

在主持人风趣的言语中，年会如火如荼地进行着。大奖陆续被人抽中，幸运的人拿到车的钥匙后当场就激动得哭了。

于晚穿着一身高级的职业装，做完年会总结后，便回休息室换装去了。

宴会厅，舞台华丽，灯光璀璨。艺人们在舞台上卖力地表演，将年会的氛围推上一个又一个高潮。表演结束后，就是 RG 一年一度的舞会了，大家都是盛装出席。据说，每年的舞会，都能让不少人找到对象。

"于总来了!"

有人激动地提醒道,大伙纷纷朝入场口望去,一个个眼睛都亮了。

于晚再次出现在宴会厅时,已不是之前那身职业装了,她换了一袭蓝色修身长款的露背晚礼服。于晚很少穿裙子,也极少笑。在大家心目中,她就是雷厉风行的职场女总裁的形象,让人敬佩又畏惧。

此刻,礼服将她的身型勾勒得凹凸有致,一扫之前的强势,看上去又高雅又有气质,简直美得让人窒息。

据说每年的开场舞都十分精彩,今年有不少新入职的员工,早就期待着舞会的到来,想大饱眼福。

"对了,于总为何每年都只跟自己的弟弟跳开场舞?"有新员工好奇地问。

"据说于总有洁癖,不喜欢跟其他异性有太多亲密接触。"

"你们说像于总这么优秀的女人,什么样的男人才能配得上她?"

"那肯定要家世背景跟于总旗鼓相当,执掌着偌大集团的霸道男总裁!"

员工们私下小声又欢快地闲聊着。

灯光师已调好舞池的灯光,四周渐渐地变暗了,一束暖白色的灯光打在了舞池中央。

背景音乐缓缓响起,于晚眉头越皱越紧,她刚刚环视了一圈,压根儿没看到于牧的身影。就在她准备让音乐暂停时,一个穿着深蓝色修身燕尾服、打着黑色领结的高大身影,款款朝她走来。那男子带着神秘面具,缓缓停在了光束中央。

他朝于晚弯腰,行了一个绅士礼,落落大方地伸出手,邀请她共舞。

于晚松了一口气,于牧总算没掉链子。

她提起裙摆朝舞池中央走去,走近后,问:"你戴面具干什么?"

"不喜欢吗?那我摘掉好了。"

听到这个声音,于晚猛地愣住了。

第八章

真希望这首曲子永远不停,能和你一直跳下去,跳到天荒地老。

01

这并不是于牧的声音,于晚细看才发现,面前的男人不仅比于牧高,身材也比于牧结实多了。男人摘下面具,露出一张于晚再熟悉不过的脸。

不是陆时熠又是谁?

灯光太亮,亮得有些晃眼,于晚眯了眯眼,道:"怎么是你?于牧呢?"

陆时熠身体微微前倾,俯到她的耳边低声说着只有两人能听见的悄悄话:"他拉肚子了,我救场及时吧?"

"他是故意的吧?"于晚咬着牙,"看我一会儿修理他!"

"跟我跳开场舞不开心吗?"陆时熠低头看见于晚微微皱着眉,故意说,"你要是不开心,那我现在就去帮你把于牧找回来……"

前奏马上结束,舞蹈即将开始,他们都站在舞池中央了,哪里还来得及找人?

"别啰唆,赶紧跳。"于晚往前走了一小步,主动将手搭上陆时熠的肩

膀。陆时熠顺势把手搭在她纤细的腰上,那双迷人的桃花眼,在于晚看不见的地方,闪过一抹计谋得逞的笑意。

前奏最后一个音落下,舞池中央的两个人开始跳舞。

"天啊,和于总跳舞的人居然是陆时熠!于总今年怎么换人了?"有人惊呼道。

陆时熠和于晚虽然之前没有彩排过,但两人十分默契,两个人的开场舞瞬间惊艳了全场,也引来了无数人的猜测。早就听说于总很器重陆时熠,去哪都带着他,尤其是这段时间两个人成双入对,形影不离。

"于总不会跟我抢男朋友吧?"

"大家别慌,小于总不知跑哪去了,陆助理好像是来救场的。"有人眼尖,安抚着众少女的心。

跳着跳着,于晚总觉得哪里不对劲。那只原本搭在她腰上的手,不知是有意还是无意,都不知滑到哪里去了。

"手往哪里放呢?"于晚冷冷地说道。

陆时熠看着于晚的眼睛,重新搭上她的腰,朝她弯唇一笑,一脸无辜的模样,道:"你的裙子有点滑。"

这小浑蛋,他自己不老实,还怪她裙子滑?

于晚懒得在众目睽睽之下和他争辩,提醒道:"给我搂紧了。"

"好!"陆时熠非常听话,搭在她腰上的手忽地用力,将她整个人往他身前一带。

两人本就挨得近,这会儿于晚整个人都贴在陆时熠的胸膛上了。

这一搂,那是相当紧!

陆时熠低沉的声音在她耳边响起:"够紧吗?"

他真是没大没小、毫无分寸。

于晚磨着牙,瞪着他,说:"我是这个意思吗?"她明明是让他搂紧她的腰,手不要乱摸。

陆时熠装作不知道,说道:"啊?不是这个意思吗?"

两人随着音乐继续跳舞,于晚还来不及教育他,陆时熠搂住她腰间的那只手忽地松开,原本和她握在一起的另一只手也松了松,改成牵着她的手。他长臂一伸,于晚裙摆飞扬,在光束下优雅地转了一个圈后,再次被他拉回怀里。

这一拉,陆时熠故意用了几分力道,于晚突然以"投怀送抱"的姿势,撞进他的怀里。

陆时熠胸膛结实有力,这一撞,让于晚微微倒吸了一口凉气,也让她的心脏开始剧烈地跳动。这一来一回的工夫,陆时熠再次环住她腰的手,比之前搂得更紧了。

两人的身体,也比之前贴得更近了。

今天陆时熠喷了点香水,于晚鼻尖全是这淡淡的香水味。

于晚感受到他落在她脸上的温热气息,心跳得越来越快。她抬起头,正好看到陆时熠的目光。这会儿,他正凝视着她的双眼,那双含情脉脉的桃花眼,像一汪清泉,将她包围其中,让她无处逃遁。

于晚被他看得呼吸有些不稳,只觉得再这样看下去,就会被对方迷了心智。

终于,陆时熠的目光移开了,却停留在了于晚的红唇上,他的喉结不自觉地上下滚动了一下。

唇上传来炽热的气息,于晚动了动唇,脸颊似乎很烫。于晚的礼服是露背的,开衩开到了腰间,陆时熠搭在她腰上的手正好能碰到她腰间敏感的肌肤。

于晚只觉得后背酥麻,这种感觉从尾椎骨一路传到头皮,如同触电。

音乐还在继续,于晚的肢体还能随着节拍舞动,但她所有的感官都集中在了身前这个男人的身上。

陆时熠的视线落在于晚的唇上后,就再也没移开了。

这是于晚第二次感觉陆时熠想吻她。

  这一次,她很肯定,绝不是错觉。

  炽热的气息朝她逐渐靠近,于晚的心跳漏了好几拍,全然忘了她之前想说什么,她慌乱地侧过头,避开了他贴上来的唇。

  陆时熠的唇碰到了于晚的脸颊,他轻声道:"今天,你好美。"他的声音很低很低,像在情人耳边低吟。

  陆时熠又说:"我喜欢你穿裙子的样子,很有女人味。真希望……这首曲子永远不停,能和你一直跳下去,跳到天荒地老。"今天的于晚,让他十分着迷。哪怕在众目睽睽之下,有那么一刻,他也想不管不顾地吻她。

  "你……你胡言乱语什么?"这一句又一句的话,听得于晚耳朵都红了。

  他知道他说了一些什么浑话吗?

  他知道这些浑话代表什么意思吗?

  音乐声停止,两人正好跳完最后一个动作,宴会厅里顿时传来如雷般的掌声。接着舞池的音乐再次响起,人们一对又一对地步入舞池。也有不少人鼓足勇气,想邀请于晚共舞一曲,却被她一一拒绝了。

  于晚现在所有心思都在陆时熠身上。

  刚刚两人跳舞时,那种不清不楚的暧昧感,让她如鲠在喉。于晚觉得自己很有必要找他问清楚。

  可她一转身,却发现陆时熠早没了人影。

  阳台上,陆时熠双手搭在护栏上,一脸茫然地望向远处。吹了一会儿冷风,他的脑子渐渐清醒了,随之他也越来越紧张和不安了。

  他刚刚做了什么?

  于晚一定觉察到自己想吻她了吧?

  他真是太心急、太不会控制自己的情感了!他居然还说了"希望和她跳到天荒地老"这么直白的话。

  陆时熠抬手揉着突突直跳的太阳穴,他没忘记上次故意摔倒占了于晚便宜后,被她冷落了一个多星期的事。

完了，这次肯定引起于晚的反感了……

02

陆时熠正烦恼着不知该如何是好时，身后传来高跟鞋的嗒嗒声，他猛地僵住了，不会是于晚来找他算账了吧？

"陆时熠，你怎么在这里？"

听到声音，陆时熠顿时松了一口气，不是于晚。他转过身，就看到了朝他走来的唐宛晴。他说："出来透透气，你怎么没在里面跳舞？"

"没找到合适的舞伴。"唐宛晴笑了笑，走到陆时熠身边，与他肩并肩站着，一边欣赏着集团外的夜景，一边同他闲聊。

唐宛晴说："今晚小于总忽然不见了，害得你上去救场。那么多人看着，和于总跳舞压力很大吧？"

陆时熠想解释，他代替于牧和于晚跳开场舞不是为了救场，而是特意让于牧把这个机会让给了他。他想了想，觉得没必要跟她解释，毕竟他们也不算太熟。

他心不在焉地说："还好。"

于晚找了一大圈，终于在宴会厅一侧的阳台外看到了陆时熠的身影。正要上前找他说话，却看到他身边还站了一个人。那人正好侧过脸，她望向陆时熠时，笑得甜美可人。

这人，正是于晚之前见过好几次的唐宛晴。

如今是二月份了，B市的夜风冷得刺骨。唐宛晴穿得单薄，冷风吹来，她不由得裹紧了肩上的丝巾。于晚看到陆时熠看了她一眼后，细心地将窗户关上了。

那双桃花眼，望着别人时，似乎也是温柔又多情。

于晚停在了不远处，脑子里乱糟糟的。而这时，她忽然看到一个熟悉的身影躲在不远处的窗帘后，正鬼鬼祟祟地举着手机拍着阳台外的人。

于晚朝那人走过去,直接掀开帘子,拎住对方的后衣领,问:"你在偷拍什么?"

像小鸡一样被于晚拎住的人不是别人,正是于牧。

于牧吓了一跳,看到来人是自己亲姐后,拍了拍胸脯,说:"吓我一跳。"

于晚说:"你鬼鬼祟祟地在这里干什么?"

"嘘——"于牧赶忙做了个噤声的手势,示意于晚不要出声。

于牧不知拍到了什么,盯着手机屏幕,忽然嘿嘿一笑,自言自语道:"我就知道有奸情!"

于晚眉头紧蹙,又转头看向阳台。此时,唐宛晴手里正拿着两张薄薄的纸,看起来像电影票。于晚虽然听不见他们在说什么,但多少能猜出,唐宛晴在约陆时熠看电影。

"心仪之人主动约他看电影,小熠熠今晚做梦都得笑醒了吧!"于牧还在自言自语,正在录着视频的手机忽地被人抽走,于牧抬头,道:"姐,快把手机还给我!"

于晚把脸一沉,问:"你到底在偷拍什么?给我说清楚。"

在于晚的逼问下,于牧神神秘秘地将她拉到宴会厅外无人的角落,左看右看,见没人注意到他们,这才将陆时熠两个多月前忽然回国的秘密如实地说了出来。

"你说他是因为唐宛晴才回国、才进RG的?"于晚听后,眉心皱得更紧了。

"对啊。"于牧点头,"他亲口说的,说他爱上了一个姑娘,对她一直念念不忘,所以特意回国追求她。林洲洋也听到了,他可以作证。"

于牧又说:"当然了,陆时熠那家伙一开始还神神秘秘的,不跟我们说是谁。还好老……"看到于晚冷厉的目光,于牧咳了一声,赶紧改掉口头禅,"还好我聪明,有一双充满智慧的眼睛和一个堪比侦探的大脑,一一排除跟他接触过的所有异性后,最后锁定了唐宛晴!"

"他真是为了唐宛晴才来给我当助理的？"于晚再次确认道。

于牧靠在墙边，摆出一脸"我天下第一聪明"的模样，说："当然了！不然他一个大少爷，不去继承他外公的家产，跑你这里来受苦，图什么？他当然是因为唐宛晴了，难不成是为了你？你信吗？"

于牧见自己亲姐一脸困惑的模样，继续把陆时熠高中时没追上唐宛晴的事也说了。

"小熠熠从小到大都是姑娘们追着他跑，何时被人拒绝过？他的自尊心受不了，所以这么多年都过不了唐宛晴这道坎……这就叫越得不到，越令人爱得死去活来。"

于牧说了一堆话，最后还不忘替自己兄弟说好话："姐，今天我跟你说的这个秘密你就当不知道，行吗？虽然说小熠熠到你这工作是有别的目的，但怎么说，他也没因为追唐宛晴而耽误工作，对吧？"

年会过后，于晚一天到晚都忙着参加各种聚会，过年这几天好不容易才静下来。李嫂回老家过年了，家里就于晚一个人，虽然家里冷清得没有一点年味，但她难得休假，自然也不想出门。

而陆家，相比于家来说就热闹多了。

过年这几天，陆家每天都有好几拨亲朋好友上门拜年。

初三这一天，苏澜在家招待完一拨好友后，终于得空，上楼敲响了陆时熠的房门。

自从放假后，苏澜就发现自己儿子的情绪很不对劲。他整天愁眉不展，盯着手机发呆，像遇到了什么世界性难题，就连他那一群兄弟找他出去玩，他都懒得去。

这非常不对劲。

而现在都快中午了，他还颓废地窝在床上没起来。

苏澜来到卧室，在床边坐下。可无论她怎么询问，床上的人始终将脸埋

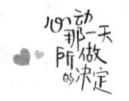

在被子里，跟一根木头一样一言不发。

好在后来于牧来了，苏澜索性就把谈心的任务交给了于牧。

待苏澜走后，于牧拉过一旁的椅子，在床边坐下，说："这几天叫你出来玩你也不出来，生病了？"

他们这些天的聚会少了陆时熠，于牧怎么玩都觉得没劲，因此，他特意上门来看看陆时熠怎么了。

陆时熠确实生病了，但他是心病。

年会后，于晚既没找他算账，也没有不理他。至少除夕那一晚，他给于晚发新年祝福时，她很快就回复了。在舞会上，他对于晚说了那么直白的话，还对她做了那样的举动，于晚却一点反应都没有，这让陆时熠很不安。

这几天他一直在想，于晚对他是不是一点感觉也没有，所以无论他对她说什么、做什么，她都只当是弟弟的玩闹之举？

又或许，于晚已经知道他对她的心思了，但她只当他是弟弟。所以，她故意装作什么事也没发生，好让彼此不尴尬？

陆时熠心里乱糟糟的。

他自然没跟于牧说这些事，只说自己最近有些累，没精力去玩。然后，又装作不经意地打听起于晚的情况。

03

"我姐还能干吗？看文件、回邮件、打电话、开视频会议……放假在家跟在公司压根儿没区别。在她眼里，除了工作就是工作，一点意思都没有。"于牧叹了一口气，一脸愁意，"我姐再这样下去，我担心她一辈子都嫁不出去。"

于牧没觉察到陆时熠在听到于晚的事后情绪上有变化。他也没耐心跟陆时熠谈心，直接将人从床上拽起来，说："身体比我还好，装什么累？赶紧给我起来参加今晚的同学聚会！"

陆时熠说："不去！"

于牧说:"我背都要把你背过去!"

今晚的高中聚会一共来了二十多号人。

饭桌上,大伙聊着各自的工作和这几年的经历。

有已经结婚生子的,有自己创业的,有读研考博的,有定居国外的……当然大部分是普通人,大学毕业后就进了公司,拿着普通的工资,上着朝九晚五的班。

毕竟像于牧、陆时熠、林洲洋这种等着继承家业的人不多。

唐宛晴今晚也来了,在聚会上她有些拘谨,毕竟她在高二时就转学了。后来和她还有联系的同学也没有几个,屋里的大部分同学和她都不算太熟。

不过毕竟她是大美女,在哪都是焦点。

有男同学说:"唐宛晴你和陆少居然在同一个公司上班,缘分啊!"

于牧瞥了一眼陆时熠,直接接话,道:"那是,缘分天注定!哈哈!"

唐宛晴也跟着看了陆时熠一眼,被调侃得脸颊有些泛红。

"瞎说什么呢!"陆时熠在桌底下踹了于牧一脚。

"好,我闭嘴!"于牧做了个封嘴的手势,只当某人是在心仪之人面前害羞了。

饭局结束后,于牧又组织大伙去唱歌。同学们献出十八般武艺,各展歌喉,兴奋得不行。中途,于牧暗自去点了一首男女对唱的情歌。

轮到这首歌时,他将一个话筒塞给唐宛晴,另一个话筒塞给了陆时熠,起哄让他们一起唱这首情歌。其他同学再愚钝,也发现了于牧今晚一直在撮合这两个人,看来陆时熠和唐宛晴有情况。

于是大伙也跟着一起起哄:"唱一首!唱一首……"

唐宛晴的脸涨得通红,不好意思地说:"这首歌我不太熟。"

"看吧,人家不会唱,你乱点什么?"陆时熠脸上带着笑,放在于牧腰间的手却狠狠地掐了他一把。

于牧疼得叫了一声,却没明白陆时熠掐他的含义。他还以为是因为他没点对歌,所以陆时熠生气了,他赶紧说:"那我再重新点一首歌!"

"点什么点?这首歌最适合咱俩唱了!"陆时熠在他腰上掐得更狠了,于牧疼得嘴巴都张成了O形。

陆时熠从唐宛晴手里拿过话筒,直接塞到于牧怀里,说:"你唱女声的部分!"

在陆时熠的压迫下,于牧掐着又尖又细的嗓音,跟他唱完了一首情歌。唱完后,两人都起了一身鸡皮疙瘩。

同学聚会自然少不了游戏环节。

今晚他们玩的游戏和以往玩的略有不同。每个人抽一张扑克牌,牌数最大的那个人,可以向牌数最小的那个人提一个问题,或者让他按照命令做一件事。对方必须执行,如果不执行,男的穿裤衩在KTV外跑一圈,女性就放宽一点,罚酒三杯。

这一晚,牌数最小的人,被问到的问题也是五花八门,也有些少儿不宜的话题。当然,牌数最大的那个人让牌数最小的那个人做的事也很奇怪,比如让两个男同学亲一口、闻对方臭袜子五分钟……

参与的人多,抽到牌数最小的概率还是很低的,前几把陆时熠的牌数都在中间。而这一次他运气不好,抽到了一张黑桃四,抽到牌数最大的人是林洲洋,他抽到了一张大王。

于牧和林洲洋对视一眼,立马明白了对方的小心思,两个人相视一笑。

陆时熠觉得林洲洋不会轻易地放过他,果不其然,他给陆时熠提的要求是——让他当场给喜欢的人打电话并表白。

屋里的人纷纷看向唐宛晴,立马跟着起哄。

"陆少快打电话!当然了,我们也不介意陆少穿着裤衩在外面狂奔,哈哈……"

穿裤衩狂奔是绝对不可能的!

陆时熠拿起手机,十分紧张。而另一边,唐宛晴的目光时不时地看向她放在桌上的手机,同样很紧张。

"快打快打,你要是没人家电话,我现在就去给你问!"于牧坐到陆时熠身边,一个劲地催促着。

终于,他看到陆时熠按亮了手机屏幕,点开了通信录,手指向下滑,停在了某个名字上。于牧眼尖,看到"领导"两个字时,忍不住吐槽:"这还没在一起,就称呼人家领导了,可以啊,有'妻管严'的潜质!"

陆时熠没搭理于牧,手指停顿了许久,深吸了一口气,终于拨了出去。

嘟嘟——

"通了,通了!"于牧耳朵贴在陆时熠手机背面,给大伙现场直播。

一时间,所有人的视线都落在了唐宛晴的手机上,一秒、两秒、三秒。不对啊,她的手机屏幕怎么还没亮?

过了一会儿,电话终于接通了。

陆时熠将手机换到另一边,熟悉的声音也随之传入耳里:"喂?什么事?"

"我……"陆时熠这辈子从没这么紧张过,紧张到甚至不敢呼吸。他"我"了好几声,那几个字仍旧卡在喉咙里,怎么也说不出口。

于晚在电话那头等了一会儿,也没听到什么下文,她再次开口道:"你怎么了?要没事我就挂了。"

"等一下!"陆时熠一脸豁出去的神情,大声表白,"我喜欢你!"

这几天,陆时熠过得实在太难受了。

他对于晚的感情,就像雨后破土而出的春笋,很难再长回土里。或许今晚的游戏就是上天给他的一次机会,好让他彻底捅破这层窗户纸,让于晚知晓他喜欢她。

只不过,陆时熠虽趁着游戏大胆表白了,可他实在没胆量知道他表白后于晚会有何反应?

所以话一说完,陆时熠就飞速地将电话挂断了。

此时此刻,包厢里一片寂静,静得仿佛掉根针在地上都能听得一清二楚。屋里的人面面相觑,都有些不敢去看唐宛晴的脸色。

闹了一场乌龙事件,这太尴尬了!

于牧和林洲洋两个人挤眉弄眼交流了一会儿,凑到一起,嘀咕道:"你不是说你的大脑堪比侦探,绝不会弄错?这下尴尬了吧?"

"我怎么知道他喜欢的人不是唐宛晴。"于牧一个劲地揉眉头。

他看看陆时熠,又看看唐宛晴。这会儿他总算反应过来,今晚陆时熠又是在桌下踹他,又是暗中掐他腰,到底是何意了。

04

唐宛晴垂着头,两侧的长发遮挡着她的脸颊。此刻,她感觉脸上火辣辣的,很难堪。她咬着唇,白皙的手指紧紧地抓着衣摆,如坐针毡。

原来,一直都是她在自作多情。

年会那晚,她在阳台上以部门发了两张电影票为借口,邀请陆时熠和她一起看电影。陆时熠当时就婉拒了她,他说:"明晚我还要留下来加班,手上还有一些工作要收尾,真不好意思。"

那时,唐宛晴还傻乎乎地以为他是真的工作太忙,没空跟她一起去看电影。原来人家压根儿就对她不感兴趣。

当初两个人在食堂一起吃饭时,她问陆时熠为什么会来RG上班,他说因为这里有他喜欢的人。原来,他说的不是她。

那他喜欢的那个人又是谁?

同学们一个个都是人精,为了缓解尴尬的气氛,赶紧又开始玩新一轮的游戏,装作之前的事没发生过。不一会儿,包间里就恢复了热闹。

有句话说得好,出来混迟早都要还的。

两轮过后,于牧抽到了最低的牌数,抽到最高牌数的人是班长。班长征集大伙意见，该如何"命令"于少？

于牧素来玩得开，让他回答问题肯定没劲，况且这位大少爷女朋友多到恐怕都记不住那些小事了。

要玩自然要玩得尽兴，这些高中同学几乎都知道，于牧怕他姐姐是出了名的，于是，有人出馊主意，让于牧给他最怕的人打电话，说一句"宝贝，我爱你"。

于牧当场怒吼道："让我跟我姐说这么肉麻的话，你们是想害死我！"

"不会吧，于少，这么多年了你还怕你姐？连打个电话都不敢？"大伙唯恐天下不乱，故意刺激他。

于牧说："我天不怕地不怕！不就打个电话，有什么好怕的！"

于是众人就看到于牧快速地掏出手机，拨通电话后还特意将屏幕转过来，晃了晃，给大伙看他的胆量有多足！

"对自己亲姐的备注，居然是'祖宗'，哈哈哈……"大家笑疯了。

于晚坐在沙发上，眉头紧锁，陆时熠那句"我喜欢你"如平地一声雷，让她久久难以平静。

她想不明白，他喜欢的人不是唐宛晴吗？为何会忽然跟她打电话告白？喝多了？可她并没从电话里听出陆时熠有喝醉的迹象，那他忽然跟她说"我喜欢你"，到底是什么意思？更可恨的是他一说完不仅挂了电话，还关机了。

于晚想到这段时间，在和陆时熠相处的过程中，那暧昧的情愫难道真不是她的错觉？如果真不是，他居然脚踩两只船，一边喜欢唐宛晴，一边又来调戏她，真是够坏的！

于晚越想越气，脑子里乱如麻。

就在这时，放在茶几上的手机铃声响起，是于牧打来的电话。她了解她的弟弟，他出去玩多半都会拉着陆时熠。

于晚接通电话，正要问问于牧关于陆时熠的事时，就听到电话那头的于牧朝她表白："宝贝，我爱你！"

听到这话,于晚的脸瞬间变得冷冰冰的。

短短十分钟之内,连着两个人跟她打电话"告白"。一个是陆时熠,另一个是她弟弟于牧,于晚隐隐猜到了什么。

她厉声问道:"你给我打这个电话是什么意思?给我说清楚了!"

于牧说:"别激动,别激动,我就表达一下对亲姐的爱意,没别的用意。"

于晚警告他:"于牧,你现在在哪?在干什么?你最好都给我说清楚了,不然,这个家你就别回来了,HY的总裁,你也别当了!"

于牧被这番话吓到了,他没想到自己那一句话会在亲姐那里有这么大的影响力,都严重到要将他逐出家门、撤他职位了。

于牧立马解释道:"姐,你千万别生气,你听我说……"

于是,同学们就看到威风不过两秒的于牧,紧张得跟个小学生一样,跟他亲姐一五一十地汇报着他参加同学聚会的事。就连他玩游戏玩输了,被别人惩罚,让他给最怕的人打电话都招了……

于晚深吸了一口气,问:"今晚参加同学聚会的人都有谁?"

"张列、祁其、何铭……"于牧点名一样汇报着。

于晚打断他,问:"陆时熠是不是也在?"

"在!林洲洋也在!我们都玩了这个游戏,姐,你别生气,只是一个游戏而已。"从小到大,于牧只要一犯错,都会拉上陆时熠和林洲洋给自己垫背。这样,他就不是主犯,顶多是一个共犯。

果然!于晚之前还以为陆时熠那个电话是真跟她告白……原来他也是把她当成玩游戏的对象!他居然敢玩弄她的感情,于晚除了愤怒之外,还有一种说不清道不明的情绪在心口泛滥。

于晚说:"马上把地址发给我。"

于牧说:"啊?姐,你要过来?"

"这么有意思的游戏,我怎么能不亲自参与?"于晚声音冷冰冰的,"地址,马上!"

于牧还想说什么，电话已经被挂断了。

完了，他姐要来修理他了……于牧顿时如一条死鱼一样，瘫软在了沙发上。

陆时熠给于晚打完电话后就去屋外透气了。一回来，就看到于牧这一副要死不活的样子，问其他人："他怎么了？"

其中一个同学对他说："陆少，你刚刚出去那一会儿工夫，真是错过了一出好戏。"

陆时熠说："什么好戏？"

大伙将于牧刚刚玩游戏输了被惩罚的事告诉了他，陆时熠听后，如临大敌。这一回，轮到他像一条死鱼般瘫软在沙发上了。

他有一种被架上断头台等着处决的恐惧感，紧张到手心都在冒冷汗。今晚他大胆地表白了，一会儿于晚来了，他该怎么面对她？

KTV包房很大，闪烁着五颜六色的彩灯，屏幕里女歌手唱得深情又投入。茶几上，瓜子、果皮、空酒瓶扔得到处都是，原本喧闹的包间这会儿只剩几个人了。

突然，房门被推开，一道清脆的高跟鞋声传了进来，正在善后的班长和另一个男生转过头，看到来人呆住了。

他们不仅被来人的容貌所惊艳，更被来人的气场所震慑。

于晚浑身散发出一股强势的气场，她扫视一圈，问："于牧和陆时熠呢？"

班长指了指角落的沙发，道："他俩喝醉了。"

于晚走到沙发边，一人踹了一脚，两人都像死猪一样，毫无反应。

于晚双手抱胸，居高临下地看着他们，弯了弯唇角，冷笑。每次都用这一招，很好！陆时熠也有出息了，居然学她弟弟用醉酒来躲避问题。

都给她等着！

05

于晚说："那就麻烦你俩帮忙把他们抬上我的车。"

其中一个男同学说:"好的,于总。"

一个小时后。

于晚从驾驶座下来,砰的一声关上了车门。那两个男同学也跟着下了车,并将车里的两个醉鬼背上了楼。

在于晚提出送他们回去时,两个男同学赶忙拒绝,道:"不用,我们打车回去就行。"

于晚点头道:"辛苦了。"

"不辛苦。"两人赶紧撤退,一出于家,他们擦了擦额头上的冷汗。刚刚一路上,于晚无形中透出来的强大气场,让他俩拘束得都不敢出声。

于牧的房间。

于牧和陆时熠正横躺在一张大床上,于牧酒劲上来了耍酒疯,正在床上手舞足蹈,鬼哭狼嚎。比起于牧,陆时熠就好多了,只是在床上安静地躺着。

于晚进屋,踹了不安分的于牧一脚,道:"闭嘴!"

她像以往一样,忍着脾气、耐着性子给于牧脱了鞋,拧干湿毛巾,给他擦了擦脸,又给他盖上被子。做完这些事,于晚看了一眼躺在于牧身边的男人,想到了他今晚的"告白",被戏弄的愤怒感仍在心口翻涌。

于晚收回目光,狠下心不管他,直接关了床灯,准备走出去。

陆时熠等了许久,也没等来同等待遇。他感觉于晚要走,终于装不下去了。他从床上坐起,从后面一把抱住了于晚的腰,脑袋埋在她的后腰上,闷闷地问:"你……你就没什么要和我说的吗?"

于晚猛地僵住了,脸上的神情冷了下来。

陆时熠果然在装醉!

他们两个人一起工作了这么长时间,陆时熠跟她出去应酬过那么多次,于晚知道他的酒量,他不可能这么容易醉。于晚忍着脾气,压低声音道:"把手松开。"

陆时熠不仅没放,反而抱得更紧了,脸在她的后腰上蹭了又蹭,像一只缺乏安全感的癞皮狗。

炽热的气息,透过衣服渗入肌肤,如燃起的火苗直蹿于晚心底。她被蹭得怒气噌噌往上蹿,也被蹭得有些委屈。

于晚冷着脸,警告他:"立刻把你的手拿开!"

陆时熠就像耳朵失了聪一样,她的话一个字也没听进去,依旧重复着那句话:"你就没有要和我说的吗?"

他的胳膊强壮有力,于晚被他搂得太紧,呼吸都不顺畅了。她微微侧过头,盯着他毛茸茸的头顶,说:"怎么没有?当然有了!你现在就跟我出来!"

正好,今晚的事,她要跟他好好算算账!

"我不出去,你不许赶我走!"也不知哪句话让陆时熠受了刺激。他猛地抬起头,看到于晚冷厉的目光时,他虽然缩了缩脖子,但举动却更过分了。

原本坐着矮一截的人,忽然站起身来,像一座大山一样覆在她身后。陆时熠原本只是圈着她的腰,现在却将她整个身子圈在了他宽大结实的怀里。

陆时熠的下巴搭在于晚的肩膀上,侧脸紧贴着她的脖颈,滚烫的气息落在她肌肤上。他语气里带着一丝醉意和孩子气,说:"就算你打我,我也不走!"

她什么时候说要赶他走了?

这如情侣般亲密的姿势,让于晚全身僵硬,浑身不自在。

若说陆时熠醉了,不太像;若说他此刻是清醒的,就更不像了。

于晚深吸了一口气,道:"发什么酒疯?放开我!"

"我没发酒疯,我清醒着。"不知想到什么,陆时熠说,"我喝醉了,我好难受、好不安……"

陆时熠一会儿说自己清醒着,一会儿又说自己醉了,反反复复,俨然一个醉鬼!

于晚发现,陆时熠发起酒疯来,简直比她弟弟还难缠,根本没法沟通!

她花了不少力气,也没能将圈住她的如铁般结实的双臂掰开。她甚至用

脚踩他的脚,他像完全感觉不到痛,连眉头都不皱一下,依旧紧贴着她的背,纹丝不动。

陆时熠见于晚不说话,越来越不安,又低声乞求着:"你别不理我好吗?好歹也跟我说句话。"

"陆时熠,你闹够了吗?"于晚原本心里就不痛快,他又这般无理取闹,她生气了,激动地说,"把我当作玩游戏的对象,跟我打电话说'我喜欢你'来耍我玩,好玩吗?"

于晚胸膛剧烈起伏,陆时熠能明显感觉到她在生气,他赶紧说:"今晚我们是玩游戏了,可我没把你当成玩游戏的对象,我是真的喜欢你。"

生怕于晚不相信,陆时熠又无比郑重地强调了一句:"很喜欢!非常喜欢!"

喜欢?这句话,让于晚感到更加委屈了。

她没忘记于牧跟她说的话,陆时熠回国是为了追求唐宛晴。就算不是玩游戏,这"喜欢"两个字从花心的陆时熠嘴里说出来,怎么听都刺耳。

于晚说:"毛还没长齐的小屁孩,你懂什么是喜欢吗?"

"居然说我毛没长齐……"陆时熠嘀咕道。

她说的重点是这个吗?

陆时熠在她耳边又说了一句:"我早就成年了,我现在是个成熟的男人。"

于晚的脸色跟调色盘一样。

她也是服了自己,居然有耐心跟这个醉鬼说这么多话。

她深吸了一口气,道:"我不需要你的喜欢,你专心喜欢你的唐……"

"你别急着拒绝我好吗?"陆时熠急切地打断她的话,这会儿他借着醉意,将以往不敢跟于晚说的话一股脑地都说了出来,"我真的很喜欢你,我不想你再把我当弟弟了,我想当你的男人,我想做你的男朋友。"

陆时熠害怕听到她拒绝的话,又赶紧说:"你现在什么话都不要说!我给你三天的时间,你好好考虑,到时候你再给我答复。"

说完，陆时熠立马松开了于晚，撒腿就跑，跑了两步又跑回来，在于晚还没反应过来时，吧唧一声重重地在她的脸上亲了一口，亲得于晚差点没站稳。

陆时熠一亲完，看都不敢看于晚一眼，以闪电般的速度往门外跑去。

这一切都发生在短短几秒钟之内，于晚反应过来时，脸瞬间红透了，她捂着脸，对陆时熠的背影怒道："你找死啊——"

陆时熠居然还敢偷亲她！

陆时熠跑得太急，脑门砰的一声撞在了门板上，他捂着额头爬起来，继续跌跌撞撞地往门外跑。

楼梯传来响声，像有什么重物滚了下去，紧接着，楼下又传来了开门关门的声响。

B市这两天又降温了，寒流夹杂着冷风，风像刀子似的刮着皮肤。陆时熠跑得急，忘了拿他放在于牧房间里的外套。

于晚想起他身上只穿着单薄的毛衣，这气温绝对能冻得他感冒。再说他醉得连路都走不稳了，恐怕跑出去也分不清东南西北……

今晚，陆时熠种种过分的举动，固然让于晚恼怒，可她终究狠不下心不管他。

于晚拿着陆时熠的外套追出去，然而小区里早就没了他的身影。

于晚找了一圈也没找到人，只能自我安慰：他身体那么好，也冻不坏。再说了，他这么一个大男人就算喝醉了，睡在大街上也出不了什么事。

于晚回到家，直接上楼洗澡去了。

热水哗啦啦地流着，那被陆时熠偷吻过的半边脸颊依旧滚烫。手指抚上被他吻过的地方，他留下的温度和气味像烙在了她的脸上，怎么冲都冲不散。

于晚素来是个冷静理性的人，除了林家和于牧的事，就算天塌了下来，她也能面不改色。自从母亲死后，她便心如止水，情绪上很难再大起大落。

可她最近不知怎么了，常常会因为陆时熠的一个举动，久久难以平静。

就像今晚一样。

　　那个吻，还有他说的那句话："我不想你再把我当弟弟了，我想当你的男人，我想做你的男朋友。"

　　洗完澡，于晚给苏澜打了一个电话，得知陆时熠已经到家了，才终于放下心来。

第九章

他的眼眶瞬间红了,
一颗滚烫的心像被人从高空抛进了冰寒刺骨的深渊里。

01

三天时间,说长不长,说短不短。

对陆时熠来说,每一天都过得度日如年。这三天,他的手机被他开机又关机,摁了不下数百次,手机都快被他摁坏了。

陆时熠现在的心情很复杂,一方面,他害怕于晚提前给他打电话拒绝他;另一方面,他又隐隐期待,说不定于晚会答应他,担心手机关机了她联系不上自己。

"发什么呆呢?"苏澜打完电话,朝坐在沙发上的陆时熠走去。

陆时熠回过神,说:"妈,你刚刚跟谁打电话?什么相亲?你可千万别给我介绍对象,我是绝不会相亲的!"

他刚才无意间听到母亲跟别人打电话时多次说到相亲的事。

"谁给你介绍对象了,想得美。"苏澜翻了一个白眼,问,"霍沉还记得吗?"

陆时熠说:"沉哥怎么了?"

"他今年刚好三十岁,听他妈妈说他现在还是一个人。霍沉长得又高又帅,还是国际金融精算师,很厉害。他今年准备回国发展了,我寻思着,他不管在外形上还是在工作能力上都算配得上小晚……"

苏澜还没说完,陆时熠已经激动得从沙发上弹了起来,说:"你要给于晚介绍对象?"

苏澜说:"你激动什么?"

陆时熠说:"我不准你给于晚介绍对象!"

苏澜问:"为什么?"

他跟于晚八字还没一撇,他母亲又添乱。

陆时熠说:"你又不是她妈,你操什么心?"

"你这孩子……我跟敏知感情那么好,她不在了,我就是小晚的妈妈。小晚今年都二十七岁了,不小了。她天天忙于工作,都没时间找男朋友,我不给她操着点心,谁给她操心?"

陆时熠拿着手机,胸腔上下起伏着,情绪激动地说:"不就是二十七岁,哪里大了?她才没兴趣相亲,你就别掺和了!"

"我给小晚介绍对象,你生什么气?"苏澜看着忽然生气走上楼的陆时熠,有些莫名其妙,心想:这小子,管得还挺宽!

陆时熠终于熬到第三天。

下午六点,陆时熠收到了于晚发来的信息,约他晚上八点在酒吧见面。陆时熠提前半个小时就到了约定的酒吧,报了于晚名字,便有专人领他进去。

"陆先生,这就是于总订的位置。"值班经理领着他来到一个僻静、视野开阔的小二层的卡座。

来酒吧玩的人逐渐增多,陆时熠焦躁不安地等到八点,又从八点等到八点半。他从卡座上站起来,站在护栏边,往底下来往的人里看了一遍又一遍,还是没见到于晚的身影。

陆时熠担心于晚在路上出了什么事,正准备给她打电话,几个穿着短裙、化着精致妆容的女郎朝他这边走来。

其中一个女郎说:"陆先生,不好意思,让您久等了。"

陆时熠看着站在他面前一字排开,朝他搔首弄姿的四个女郎,眉头微皱,道:"你们来错地方了吧?"

"怎么会?你长得这么帅,我们绝不会认错。"其中一个女郎伸手拍了一下陆时熠的胸膛,笑得一脸灿烂。

陆时熠脸色瞬间冷了下来,桃花眼犀利地扫向她们,说:"谁让你们过来的?"

"陆先生,你这么凶,我们好怕哦。"另一个女郎嗲声嗲气地说,作势要靠到他怀里。

陆时熠侧身避开那女郎的触碰,毫无耐心,冷冷地说:"不说就滚!"

那几个女郎见他动怒了,终于有所收敛,这才说:"一位姓于的女士让我们来的。她说你最近缺女人,让我们今晚好好陪陪你。"

于晚给他安排女人?陆时熠简直难以置信,道:"你们没搞错?"

"怎么会搞错,她刚刚去老板那里特意选的我们,说我们都是你喜欢的类型。这会儿人应该还没走。"

这些是他喜欢的类型?陆时熠无语至极。

面前这一个个搔首弄姿的女郎,多看一眼都令他反胃,于晚到底知不知道他喜欢什么类型的?还有,他什么时候缺女人了?她自己不出现,给他安排四个女郎又是什么意思?

陆时熠的俊脸越绷越紧,他给于晚打电话一直没人接,他不厌其烦,一遍又一遍地拨打着。他烦躁又着急地在酒吧里再次找寻于晚。终于在三楼的某处看到了于晚的身影。

他和于晚离得很远,一个在最左边的小二层,一个在最右边的三层,约莫隔着十米的距离。酒吧中间悬空挂着好几个舞台灯,五颜六色的彩灯下,

有一个很大的舞池，周边是吧台、卡座。

于晚所在的位置光线昏暗，她站在护栏边，陆时熠看不清她脸上的神情，但隐隐能感觉到，她的目光似乎在看着他这边。

而于晚身边，似乎还站着一个男人……

陆时熠搭在护栏上的手越收越紧，脸色也越来越阴沉。

三层。

于晚望着某处，手里的手机一直在震动着，在这热闹的酒吧里，这震动声微弱得几乎让人难以察觉，唯有屏幕的光亮点亮了昏暗的某处。

孔臻看了一眼她手机上显示的电话，叹息道："你不打算接？"

"没必要。"于晚嗓音很冷淡。

孔臻是这家酒吧的老板，也是于晚的朋友。相交多年，他知道于晚性子素来冷淡，除了她弟弟于牧，对于其他人她都不怎么上心。尤其是对待她的追求者，从来都是冷处理。

他更没见过她像今晚这般，为了拒绝某个人而大费周章。

孔臻看着远处的小二层，笑道："那小伙子好像看到你了，你给他选的姑娘，他似乎不太满意。你这么拒绝追求者，这手段会不会太过分了？"

"他哪是在追求我？"于晚自嘲道，"不过是小孩子三分钟热度，他就是寂寞、空虚、缺女人了，我给他选的正是他需要的。"

孔臻扬眉，他怎么觉得那小伙子对于晚不像是在开玩笑。

陆时熠看到于晚手里明明拿着手机，却始终不接他的电话，就在他没了耐心准备下楼冲过去找于晚时，他的电话被掐断。三秒后，手机响起信息的提示声音。

于晚给他发来一条信息——

"和她们好好享受今晚的时光吧。"

陆时熠看到这一条短信，眼眶瞬间红了，一颗滚烫的心像被人从高空抛进了冰寒刺骨的深渊里。

02

让他和那几个女郎好好享受今晚的时光，这就是他等了三天，于晚给他的答复？

于晚今晚约他见面，他有想过她多半会拒绝他。但他从没想过，她竟然会用这种方式羞辱他……

这比直接拒绝他还让他难受。

陆时熠看着远处无动于衷的于晚，心像被刀子剐了一样疼。他将拳头握得咯吱咯吱响。

好！好得很！

让他好好享受是吗？如她所愿，今晚他就好好"享受"给她看！

陆时熠不知是在跟自己赌气，还是在跟于晚赌气，他叫来服务生，点了三十几瓶酒，坐在卡座中央，左拥右抱。

他学着于牧的口气，轻佻地说："不是说要好好伺候我吗？都给我主动一点、热情一点！把我伺候开心了，今晚小爷通通有赏！"

孔臻从远处收回视线，他了一眼身旁身体越绷越紧的人，淡淡地笑了，道："如你所愿了，怎么反而不开心了？"

于晚转头看向他，也洒脱地笑着，道："老孔，你哪只眼看到我不开心了？你要是眼睛有毛病了，得抓紧去医院治。"

她没兴趣再继续看陆时熠，拍了拍孔臻的肩，道："走了，下次再聚。"

"慢走，不送。"孔臻挥了挥手，看着于晚走得干脆利落的背影，笑着直摇头。

没想到，素来果断的女强人也会有口是心非的一面。

他站着没动，饶有兴致地继续看着对面的小二层。对面的人觉察到于晚走后，脸上的笑容和轻浮的举止瞬间消失了。他一把推开坐在他腿上的女人，冷着一张帅气的脸，毫不留恋地起身走了。

孔臻一副看戏的模样,笑了。

这两个人还真有意思。

第二天,陆时熠睡到下午才顶着一个鸡窝头无精打采地从楼上走了下来。

经过客厅时,正好看到苏澜女士在别墅外送霍沉母亲离开。

在得知于晚已经答应今晚和霍沉见面后,陆时熠有一瞬间崩溃了,他强压下复杂的情绪,问:"妈,他们今晚约在哪里见面?"

苏澜女士一脸防备的模样,问:"你要干吗?想去搞破坏?我跟你说,你敢破坏小晚的好事,我就把你的腿打断!"

陆时熠知道,若他和母亲对着干,只会事与愿违。

他一改常态,揽着母亲的肩,脸上扬起笑容,说:"妈,你这是误会我了。前几天是我态度不好,说的话也让您误会了。我没说不让于晚去相亲,你应该听说过,现在相亲会上奇怪的男人特别多,我只是觉得相亲不太靠谱,也担心于晚会被骗。"

苏澜说:"霍沉怎么不靠谱了?霍家我们知根知底……"

"妈,你听我说。"陆时熠打断情绪略微有些激动的苏澜女士,"于晚对你来说亲如女儿,对我来说,何尝不是跟亲姐一样?她的终身大事,我跟你一样重视。没错,霍家我们是知根知底。但是霍沉这几年一直在国外,我们都快十几年没见过他了,谁知道他现在变成什么样了?"

陆时熠又说:"妈,你没在国外生活过不知道,三十来岁还没女朋友的男人,多半是性格有问题……"

苏澜说:"不会吧?"

陆时熠说:"真的。所以,你把他们约会的地址告诉我,我晚上悄悄去盯着,好帮你把把关,看看霍沉的人品,省得你'亲女儿'遭人欺骗了。"

陆时熠将母亲哄得一愣一愣的,终于将地址问出来了,立马去了于晚和霍沉见面的地方。

昨晚于晚那么对他，今晚她还想相亲？门儿都没有！

霍沉和于晚约在晚上六点半在一家法国餐厅见面，陆时熠不到六点就到了餐厅。

六点十五分。

霍沉穿着海蓝色条纹衬衣，外搭深蓝色西装，出现在了餐厅。他同迎上来的服务生低声说了几句，服务生很快就将他领到了预约的餐位。

霍沉虽没陆时熠帅，但他身上有种沉稳的气质，给人一种很踏实的感觉。他气质儒雅，举手投足之间也极有风度。从他进餐厅起，就有不少女客人有意无意地将视线落在他身上。

于晚也会喜欢这种男人吧？陆时熠知道于晚素来守时，既不会早来也不会晚到。距离他们相亲的时间还有不到十分钟。

所以，他必须在于晚到来前搞定一切。

陆时熠主动上前和霍沉打招呼。

霍沉抬起头，看到来人微微有些吃惊，而后露出颇感意外的神色。

两人闲聊了几句后，陆时熠装作无意间听到他和于晚的事："我下午才听我妈说，你今晚要和晚姐相亲，没想到我正好和朋友约在这吃饭，还能这么凑巧地碰到你。"

霍沉笑了笑，道："那还真是巧了，我和于晚就约在这里见面……"

"霍沉哥，不好意思，我打断一下。"陆时熠一脸抱歉的模样，"为了避免你跟晚姐过会儿见面产生误会，有件事，我觉得有必要提前跟你说一下。"

霍沉点了点头，做了一个"请"的手势，说："有话不妨直说。"

陆时熠也点了一下头，说自己现在就在 RG 上班，正好担任总裁助理。所以，于晚个人感情方面的事，他比谁都了解。

陆时熠又说："不瞒你说，她已经有男朋友了，就是我们公司的。他男

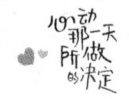

朋友吧……"

陆时熠微微眯了眯桃花眼,像是在回忆,说:"长得特帅、特年轻,晚姐和他男朋友才在一起没多久,两人感情特别好。你懂的,就是他们还在热恋当中。所以,哪怕别的男人再优秀,晚姐也不可能会为了别人跟她现在的男朋友分手……"

他又说:"我妈对晚姐的实际情况不了解,就在那乱点鸳鸯谱……我替我妈跟你道个歉。我跟你说这情况,也是担心一会儿你俩见面了,晚姐要是跟你说她有男朋友的事,会让你尴尬。"

霍沉低头,抿着唇笑了笑,说:"谢谢,我知道了。"

03

六点半。

于晚准时到达约会的餐厅,看了一圈,并没看到霍沉,反而看到陆时熠坐在他们的餐位上……于晚停住脚步,眼睛里闪过一抹古怪之色。

陆时熠从于晚进餐厅起,目光就一直落在她身上。她今天穿了一件浅蓝色高领羊绒衫,外面搭了一件深蓝色暗格纹长款大衣,脚上穿着一双细高跟鞋,显得既干练又有范儿。

她这一身着装和霍沉一样都是蓝色系的,落在陆时熠眼里,俨然是情侣装。他视线上移,落在于晚的脸上,她化了淡妆,带着精致的耳环。陆时熠怎么看都觉得于晚比以往多了几分女人味,看来她为了这次相亲还特意打扮了一番。

他真是越看越气!

她还真是重视今晚的相亲!

此刻餐厅的某处,一个站着,另一个坐着,隔着一张桌子的距离,于晚和陆时熠无声地盯着彼此。

昨晚的事,加上今晚的事,陆时熠心里一直憋着一股气。他咬紧牙关,目光深沉地盯着于晚,一句话也不说,仿佛在和她暗自较劲。

当然,他对刚才破坏了于晚相亲这件事情,还是感到十分开心的。

两人沉默了一会儿,最后还是于晚先开口,说:"你怎么在这里,霍沉呢?"

"他有事,先走了。"陆时熠敷衍了一句。他靠在椅背上,下巴微仰,完全是一副"昨晚你不让我舒坦,今天我也不让你快活"的倨傲神情。

于晚点了点头,不再说话,看了他一眼就干脆利落地转身走了,背影看起来十分冷酷。

于晚一走,反而是陆时熠不镇定了,他急切地推开旋转门追了出去,喊住就要上车的于晚,气呼呼地问:"就这么走了?昨晚的事,你就没什么要跟我解释的吗?"

于晚动作微顿,抬头看他,淡淡地反问:"有什么需要我特别解释的吗?"

陆时熠被她的话气到了,胸膛剧烈起伏着。她怎么能问得如此理直气壮?难道于晚一点也没觉得,她昨晚的行为有伤害到他吗?

陆时熠的那双桃花眼中闪过一丝郁闷,他感到十分委屈,有一肚子的怨气要宣泄,却不知如何做才能解气。最后,他摆出一副极其骄傲的模样,说:"今晚的相亲,我给你搅黄了!"

隔着一辆车的距离,于晚站在驾驶座这边的车门旁,陆时熠站在车的另一边。他直勾勾地看着于晚,想从她平静的脸上看出一些不一样的表情。

然而于晚脸上依旧毫无波澜,语气淡淡地说道:"相亲?和谁?"

陆时熠有些没反应过来,过了一会儿,说:"我妈没跟你说,你今晚跟霍沉见面,是在相亲?"陆时熠转念一想,以他对于晚的了解,她确实不会如此轻易地就来相亲,一定是苏澜没跟于晚说实情,将她骗来和霍沉相亲的!

这么一想,明白于晚今晚并不是为了相亲而来,陆时熠的心里总算好受了一点。

另一边,于晚并没多说什么,只道:"没事,我和他下次再约。"

下次再约是什么意思?她还要跟霍沉相亲?陆时熠又崩溃了,还没等他说什么,于晚已经钻进车里,白色的车在夜色中扬长而去。

车开出去没多久,于晚给霍沉打了一个电话。

今天苏澜给于晚打电话让她和霍沉见面时,确实没说相亲的事。于晚答应见面是因为她和霍沉原本就认识,而且两人多年没见了,如今得知他回国了,两人见面一方面是叙旧,另一方面于晚知道霍沉现在是国际金融精算师,正好有业务要向他咨询。

林家这个年过得相当不太平。

卢老太太在家养病期间,伤口恶化了一次,大年三十,连夜被送去了医院,一把老骨头没少被折腾。

林果果过年期间和同学出去玩时,从单车上摔了下来,擦伤了腿。林少阳也没让人省心,和家里闹着不想参加高考,非要进娱乐圈当大明星。

石箐和林启明也没少因为卢老太太的事吵架。林启明让石箐照顾好母亲,别让她总去招惹于晚。这次能将卢老太太保释出来,林启明知道是于晚手下留情了。

石箐每次都会将自己撇得很干净,说:"你母亲是个大活人,她想干什么,我怎么拦得住?"

战火一次次升级,每次吵架,最后都是不了了之,然而夫妻俩的感情已经出现了巨大的裂痕。

年后第一天上班,公司各部门还贴着新春对联,到处都洋溢着新年的欢喜气氛。

一大早,陆时熠像以往一样拎着保温盒来公司,一出电梯就直奔总裁办公室。

不知是不是心里还在生气,他连门都没敲,就直接推门进去了,动静极大。于晚并没像以往一样,一来公司就伏案工作。

这会儿,她正端着杯咖啡站在窗边。

听到动静,于晚转过头。

晨光落在她的脸上,勾勒出她线条清晰且漂亮的侧脸。在晨光下,她的目光似乎没以往那么锋利,此刻她有些失神,像藏着什么心事。

"你的早餐。"陆时熠冷漠地走进屋里,走到沙发区,将保温盒放在茶几上。他的每个动作,都像在故意制造出一些声响,不知是在表露自己的情绪,还是在刻意引起于晚的注意。

陆时熠虽然不高兴,但他还是像以往一样将保温盒打开,将早餐摆在茶几上。

早餐诱人的香气瞬间在办公室里弥漫开来。

陆时熠将带着水汽的银筷擦干,语气生硬地说:"好了,过来吃。"

于晚的视线从早餐上转向陆时熠紧绷的侧脸上,他的薄唇紧抿着,满脸都写着"我在生气,快点来哄我"几个大字。于晚眨了眨眼,垂下眼睛,神色复杂,道:"我吃过了,以后……你不用再给我带早餐了。"

陆时熠啪的一下,重重地将银筷放在餐盒上。

他盯着于晚,桃花眼里翻涌着各种情绪。他都不计较她给他找女郎的事了,于晚这是因为昨天他破坏她相亲的事,生他气了?

陆时熠赌气道:"吃不吃是你的事,带不带是我的事!"

于晚的心像被什么狠狠地抓了一下。她暗自叹息了一声,来到办公桌边,将咖啡杯放下,又让陆时熠去沙发上坐着。

她不徐不疾地说:"有件事,我需要跟你好好谈谈。"

陆时熠面无表情地在沙发上坐下,以为于晚终于愿意跟他谈那晚的事了。他倒要看看,她会如何解释。

于晚在他对面的沙发上坐下,沉默了一会儿,说:"从今天起,你不要再来上班了。"

04

听到这话,陆时熠就像被抢了狗骨头的恶霸犬,瞬间就想发脾气了。他立马站起来,居高临下地盯着于晚,心里的情绪再也藏不住了,说:"就因为我破坏了你和霍沉相亲,你就要把我辞了?你就那么喜欢他?"

"你先别激动,坐好。"于晚看着他,朝他抬了抬下巴。

陆时熠不为所动,整个人紧绷着,握拳的双手插在裤兜里,胸膛剧烈起伏着。

"让你不要来上班并不是因为霍沉。"于晚语气十分平静,"前几个月你的工作能力我都看在眼里,你很优秀,让你当我的助理实在是大材小用了。你继续跟在我身边,既学不到什么东西,也耽误你的前程。你完全可以去你外公的公司独当一面。或者,你想自己创业,我也会尽我所能帮助你……"

于晚每说一句话,陆时熠心里的火就往上冒一丈。

她脸色平静,看起来理性极了,完全是一副老板在和下属谈问题的模样,好似同他毫无情分可言。

陆时熠隐忍了好几天的情绪,这会儿彻底爆发了。

他点了点头,冷笑道:"什么为我好?什么不是为了霍沉?说来说去你就是对我有偏见,想把我轰走!"

于晚说:"不是……"

"什么不是!我都还没为那晚的事跟你生气,你倒先生我的气了?"陆时熠心里很不爽。

这两天他都没睡好,眼睛下能看见淡淡的黑眼圈,那双一向温柔似水的桃花眼里都有了猩红的血丝。

他绕过茶几,笔直地朝于晚走去。他高大的身影将窗外的晨光挡住,笼罩着她。于晚想从沙发上站起来,但已经来不及了。

陆时熠停在她面前,忽然俯下身,单臂撑在她身后的沙发背上,如一张无形的网,将她困在沙发与他的胸膛间,让她无处可逃。他阴沉着一张俊脸,不断地朝她逼近。

"陆时熠,你要干什么?"于晚看着眼前不断放大的脸,心里敲响了警钟,她微微仰着头,紧绷着身子,"都说了,我没有因为霍沉的事跟你生气。"

陆时熠在距离于晚的脸不到一拳的距离时,终于停下。

他弯起唇角,显然是不信她的话,嘲讽道:"是,你心胸宽阔,你没跟我生气。是我心胸狭隘,我生气了,不,我是要被你气疯了!"

后面三个字,陆时熠几乎是咬着牙说的。

从小到大,他第一次在于晚面前情绪如此失控。

对她,他从来都是小心又小心,生怕自己的某个举动会让她反感、惹她讨厌。他藏着心事,收敛着情绪,就连生气都极力克制着。

他爱得卑微又胆怯。

他借着同学聚会上的游戏,终于鼓足勇气向她表白,又借着酒劲向她袒露心声,之后三天,他又焦躁不安地等着她的回复。

最后呢?

"你不喜欢我,可以直接告诉我。为什么要找几个女人来敷衍我、羞辱我?"陆时熠终于将自己憋了好几天的话问了出来,"我对你的这份感情,在你眼里是不是什么都不是?"

于晚张了张嘴,想要说什么,看到他眼睛里闪动的亮光,喉咙忽然像被一只无形的手掐住,很疼,什么话也说不出来。

他盯着于晚,一字一句无比清晰地说:"我从来都不缺女人,我的生命里,从来只缺一个叫'于晚'的女人!"

每一个字,都像一记重锤,捶得于晚心头一阵震荡。

陆时熠又说:"你可能忘了,在上班的第一天我就说了。以后就算是你赶我走,我也不会走。所以,你想让我从此消失在你眼前,门儿都没有!"

陆时熠说完这些话,仍旧觉得不解气。他目光深沉地看着于晚,突然低

下头，在于晚的脖子上重重地咬了一口。

杨颂拿着几份文件，正准备去总裁办公室跟于总汇报工作。在门外的走道上，程秘书和刘一鸣正从茶水间走过来，他喊住两个人，想着正好有工作要交代给他们。

三个人正说着话，忽然听到总裁办公室里传出于总一声惊呼。

刘一鸣扭头疑惑道："于总是不是出什么事了？"

三人对视一眼，赶忙推门而入："于总您没……"

话音戛然而止。

他们往里冲的步伐也跟着紧急刹车，屋里的一幕让他们纷纷睁大了眼。

此刻，陆时熠正将于总压在沙发上，头埋在她的颈窝间。而于总双手撑在陆时熠的胸膛上，咬着唇、红着脸……

他们是不是不该进来？

程秘书在于总转过头看向他们时，眼疾手快地将另外两个人拉走，又急急忙忙地将门关上。

半个小时后。

杨颂开着总裁的车，从公司停车场缓缓开了出去。

于晚今天并没外出活动，但在五分钟前，杨颂接到她的电话，让他马上安排外出。他有些琢磨不透于总的心思，但还是很识趣地一句话也没问。

从上车起，于晚就一直望着车窗外失神。

她今天依旧是一身干练的职业装，只是不同于早上来时，她穿的真丝衬衫里面现在多了一条丝巾，那条丝巾将她白皙的脖子裹得密不透风。于晚抬起手，隔着丝巾摸了摸脖子，那块被咬的肌肤还隐隐泛着疼。

陆时熠咬得还真用力！

于晚出来前，在更衣镜前看了一眼她的脖子，看得她心惊肉跳。陆时熠虽没将它咬破，但他留下的红痕又深又大，恐怕没一个星期是消不掉的。

最要命的是,这红痕无论怎么看都像吻痕。

于晚忽然不懂陆时熠了,在她记忆中,他明明是一个花心的公子哥,他以往的那些女朋友,没一个让他走心的,最多在一起一个月就分手了。为什么早上他会对她说那些话,那情深意切的模样,好似这辈子非她不可一样?

而且,陆时熠盯着她的那双桃花眼里有愤怒、有伤感、有不甘,似乎还有她看不懂的深情。

于晚脑子里乱如麻,除了陆时熠,她从未被任何人搅得如此心烦意乱过。于晚不知该如何面对陆时熠,明明是她的公司,她却丢下偌大的公司和繁忙的工作,只为躲他一个人。

05

车不知开了多久。

于晚盯着车窗外一晃而过的街景,沉声道:"杨颂,早上办公室里的事情……"

"于总您放心,我们什么都没看到。"杨颂也是一个人精,他回答得极快。

他通过后视镜,看了一眼脸色不太自然的于总,斟酌了一下,又说:"于总,其实我早就看出来了,小陆对你的感情不一般。他应当是为了追你才来的我们公司。其实两个人的年龄差距不重要,重要的是合得来。而且我看小陆能力又强,为人还风趣幽默,该沉稳的时候也很沉稳,做男朋友的话……"

于晚越听越不对劲,杨颂的话怎么听都像在撮合她和陆时熠。她打断了他,说:"杨颂,你搞错了,他才不是为了追我才来的公司。"

他分明是为了唐宛晴。

"是吗?"杨颂觉得自己应该不会看错,"于总,您别觉得我多嘴,我觉得小陆挺喜欢你的。"

自从陆时熠来了后,他发现于总的笑容明显变多了。也只有陆时熠能变着法子哄于总开心,让于总身上多了不少人情味,而不再像以往那般,是一

个只会工作的机器人。

"杨颂,你还是不了解他……"于晚叹了一口气,摇了摇头,心情复杂。

其实,就算陆时熠真喜欢她,他们也不会在一起的。

于晚从早上离开公司后就一直没回来,而陆时熠这一整天都心不在焉。下班时。

陆时熠放在桌上的手机忽然响起了信息的提示音——

"既然是为了唐宛晴回的国,那就好好去追,不要半途而废,她是一个好姑娘。今天以及那晚的事,我会当作什么也没发生过。你还跟于牧一样,是我的弟弟。"

信息是于晚发的,她发信息素来简洁,一般都是回复"嗯""好""没问题"之类的话。她有什么话基本会直接打电话沟通,快速又明了。这还是她第一次发这么多字。

发完信息,于晚就将私人手机关机了。

陆时熠赶忙点开,看到里面的内容时先是一愣,接着俊脸一沉,随后又仔细想了想,忽然眼睛一亮,立马站了起来。他动作幅度大,还撞翻了桌上的水杯,周围的同事纷纷朝他看了过来。

"小陆,需要帮忙吗?"程秘书朝他递去纸巾。

陆时熠接过纸,弯起唇角,道了一声谢,说:"不用,谢谢程姐。"这会儿,他看起来精神极了,与刚刚的样子简直判若两人。

一走出总裁办,陆时熠立马给于牧打了电话,问他现在在哪里。得知他在健身房后,陆时熠立马"杀"了过去。

半个小时后。

陆时熠出现在某健身会所,一上楼他就直奔于牧所在的私人健身房。

这会儿,于牧正好跑完步,听见身后传来推门声,他转过身,朝来人得意地掀起上衣,显摆自己的身材:"你看我的腹肌是不是更明显了?"

陆时熠才没工夫看他的腹肌,一进屋就开门见山道:"是不是你和你姐说,我回国是为了追唐宛晴?"

于牧放下衣摆,喝了几口能量水,回忆了一下,道:"年前我好像是跟我姐说过,怎么了?你电话里说有急事问我,不会就这事吧?"

"果然是你干的好事!"陆时熠顿时火冒三丈,他深吸了好几口气才压下怒火,抬手搓了几下脸低声说,"难怪,难怪她会那么对我……"

这几天,陆时熠因为于晚给她找女郎的事已经十分郁闷了。原来于晚以为他脚踩两只船,一边喜欢着唐宛晴,一边又想追求她。难怪连他的表白她都懒得正面回复,直接给他塞了几个女郎打发他……

这在于晚眼里,他得是多花心的一个人?

终于找到了问题的根源,陆时熠虽然豁然开朗了,但一想到这都是于牧干的好事,他又恨不得将于牧摁在地上狠狠揍一顿。

于牧见陆时熠一脸哭笑不得的神情,一会儿自言自语,一会儿跟盯仇人一样盯着自己,他蒙了,问:"你到底怎么了?"

"怎么了?你还好意思问?"陆时熠用力拍掉于牧伸过来的手,一脸愤恨地盯着罪魁祸首,"就因为你胡说八道,你知道我跟你姐产生了多大的误会吗?"

于牧愣了愣,想到他姐的工作作风,以为是他姐知道了陆时熠来 RG 工作的"真相",因而觉得他对待工作不严谨,所以在年后上班第一天就将人狠狠地批评了。

于牧赶紧道歉,道:"兄弟,真对不住。当初我还跟我姐千叮万嘱过,说你绝不会因为追姑娘耽误工作……我这就给我姐打电话解释。"

陆时熠说:"现在解释还有什么用?误会都已经产生了,你姐都让我从公司滚蛋了!"

"不是……多大点事,我姐至于吗?"于牧赶紧给于晚打电话,但于晚

关机了。

见陆时熠一副恨他恨得牙痒痒随时都要将他吃了的模样,他就纳闷了,说:"你也是,多大点事,至于这么激动吗?今晚回家我见着我姐了,再跟她解释一下不就好了。"

于牧说得轻松又随意,把陆时熠彻底惹恼了,他一脚踹向一侧的健身器材,说:"我能不激动吗?要不是你满嘴胡言让你姐误会我,我在你姐眼里,也不会成为脚踩两只船的花心男!"

要是没误会,今早他也不会冲动地咬于晚,两人的关系也就不会变得这么僵了。

于牧听愣了,什么脚踩两只船?什么花心男?

不过,陆时熠也把于牧惹恼了,他将矿泉水瓶往地上一甩,撸起袖子,道:"你冲我发什么火?要不是你一直藏着掖着不说清楚,我会误会你喜欢唐宛晴?不就是喜欢一个女人,至于在我们面前瞒这么久吗?我看你根本就没把我们当兄弟吧?"

于牧气呼呼的,什么话都开始往外说,他用力推了陆时熠一把,说:"你要还是一个男人,你要还把我当兄弟,你今天就坦坦荡荡地告诉我,你喜欢的人到底是谁?也免得我再误会别人,让你再冲我撒气!"

"我喜欢的人是你姐,行了吧?"陆时熠脱口而出。

于牧猛地愣住了,难以置信地看向对面的人,他以为自己听错了。

他盯着陆时熠看了足足半分钟,才一字一句地问:"你再说一遍,你喜欢的人是谁?"

陆时熠不管不顾地朝他低吼道:"我喜欢于晚!于晚!于晚!你要我说多少遍?"

"你……"于牧瞬间瞪圆了眼。

── 第十章 ──

你能不能……重新考虑一下我？

01

于牧忽然想到陆时熠回国以后总是时不时地跟他打听他姐的行程，还处处维护他姐。还有上次舞会，陆时熠主动提出替他给他姐当舞伴，当时他还以为陆时熠是一个好人，感动极了……

这些蛛丝马迹慢慢串联成线后，于牧心惊，感到后背发寒。

他越想越气，越想越觉得陆时熠真不是人！

于牧握紧拳头，猛地朝他的脸打了过去，骂道："我拿你当兄弟，你却对我姐图谋不轨！我今天不打死你，我就不叫于牧！"

林洲洋今天一回国，就和于牧约好下午一起来健身。但他临时有点事耽搁了，等他到健身房时都快六点了，不过他还没走到健身房里，就听到里面传来声响，像撞翻了什么东西。

林洲洋推开门，看到屋里扭打在一起的两个人，愣住了。

"你们俩在干什么？"这两个人打得这么狠，这是什么仇什么怨？他将

包往旁边一丢,赶紧上去劝架。

"我警告你,我不准你喜欢我姐!以后你离我姐远远的!"于牧边打边怒吼着。

陆时熠说:"我偏不!你姐我追定了!"

于是,两人打得更激烈了。

夜很安静,一轮圆月高挂在落地窗外的夜空上。

RG集团顶层,总裁办公室灯火通明。

今天于晚虽然是临时安排的外出活动,但等忙完回公司,已是十点多了。她又在办公室里处理了十几份加急文件,等她忙完,都快十二点了。

总裁办公室里虽有私人休息室,不过不管工作到多晚,于晚也没睡在公司里的习惯。她虽是一个工作狂,但睡觉是她唯一能放松的解压方式。所以,于晚不喜欢睡觉的地方和工作的地方有任何关联。

这个时间点回家显然太晚了。于晚前几年在公司附近买了一套私人公寓,要是加班加得太晚,她一般都会去那里住。

公寓很高级,一梯一户,电梯就在家门口。

于晚乘电梯时,忽然想起陆时熠以前来过一次她的公寓。那时也像今天这么晚,陆时熠送她回来。等她下车时,他却没走,非得把她送进屋里。

陆时熠上了楼后,一脸好奇地将她的公寓里里外外都参观了一遍,这才美滋滋地走了。

于晚摇了摇头,好端端的,怎么就忽然想起他了?

叮的一声,电梯门打开了。

于晚迈出电梯,抬头间,忽然看到门边躺着一个人,她吓了一跳。那个男人背靠在她家大门上,穿着西装,衬衫最上面的两颗扣子没有系,领带松散地挂在脖子上,长腿伸着,头歪在一侧,像是睡着了。

于晚看不到那个男人的长相,但觉得这身形有些眼熟。待她走近,认出地上的男人竟然是陆时熠时,她更吃惊了。她弯下身,立马闻到了一股浓重的酒味。

她喊了几声,陆时熠一点反应也没有。

这是喝了多少酒?

于晚又连着推了他好几下,陆时熠终于慢慢转醒,睡眼惺忪地盯着她看了好一会儿,忽然咧嘴一笑,说:"晚晚,你终于回来了,我等你好久了……"

说着,他张开双臂就去抱于晚的大腿。于晚后退一步,陆时熠扑了个空,身体直接往一侧倒去,整个人躺在地板上,似乎又要睡过去。

于晚面无表情地看着他。

陆时熠这一躺,也让于晚看到了他另外半边脸颊,嘴角和颧骨处居然都有伤痕。她再细看,发现不仅脸上,他手上也有擦伤。

又酗酒,又打架,陆时熠在这一天里都干了什么?

于晚盯着倒在地上的人,眉头紧蹙。

她总不能就这么任由他躺在门外而不管他。最后,于晚还是动了恻隐之心,费了好大劲,终于将满脸是伤的醉鬼拖进她家里。但她实在没力气将这么一个大男人抱上沙发,只能让他先躺在地毯上了。公寓不经常住,很多东西于晚都不知放哪里了。她翻箱倒柜,找了好一会儿,终于在吧台下面的柜子里找到了医药箱。

酒精渗入伤口,疼得陆时熠直皱眉,也终于将他疼醒了,他吸着凉气,呢喃道:"疼……"

于晚盘腿坐在地毯上,用棉签蘸着酒精,给他脸上的伤口消毒。见他醒了正直勾勾地望着自己,于晚脸色有些不自然,立马把脸一沉,冷冷地说:"既然醒了,你就自己擦药。擦完药,赶紧从我家离开。"

陆时熠凝视着于晚,那双桃花眼闪闪发光,似有波光在闪动,又似阳光下发亮的黑宝石,璀璨耀眼。被他这样看着,于晚觉得有一股滚烫的热浪涌入她的心间,让她不知所措。

就在于晚不想再跟他对视下去时,陆时熠抿了抿微微干燥的唇,哑着声,情绪低落地说了一声"好"。他手撑在地毯上,慢慢坐起来。

于晚见他疼得整张俊脸都快皱成一团,心有不忍,正要说她帮他擦药,就看到陆时熠忽然抬手,将西装里的白衬衫从裤腰里扯出来,接着开始一颗一颗解衬衫扣……

"你干什么?"于晚质问他。

陆时熠当着她的面脱衣服,想要做什么?

"上药。"陆时熠看了她一眼,像是不明白她为何这么大反应。

解了上衣,陆时熠又去解皮带。

于晚彻底没法看了,她慌忙起身,小腿撞在了茶几上,疼得她皱了皱眉。

而另一个人,三下五除二就将西装衬衫以及裤子都脱了,身上只穿着一条四角裤。于晚正准备逃离客厅,身后忽然传来一声惨叫:"好痛——"

于晚转过身,就看到陆时熠坐在了地毯上。他没拿稳酒精瓶,大半瓶酒精都倒在了他身上。陆时熠皮肤白,在灯光下,于晚一眼就看到了他身上多处青紫色的伤痕。

于晚本以为,他只有脸上和手上受了点伤,没想到身上也这么多伤……于晚赶紧去拿纸巾,又跑到陆时熠身前,帮他把身上的酒精给擦了。

于晚说:"连瓶子都拿不稳,你是不是蠢?"

陆时熠嗷了一声,说:"痛死我了……"他抓着于晚的手,可怜巴巴地望着她,像一只受了伤的可怜小狗。

于晚被他看得心跳乱了好几拍。

02

气氛突然变得很尴尬。

于晚决定不再管他的死活了,站起来正要走,手腕却被陆时熠紧紧抓住,他又可怜又委屈:"我都伤成这样了,你就不打算管管我吗?"

于晚别开脸,望向别处,她发现自己越来越不能和陆时熠对视。一看到他那双可怜巴巴的眼睛,她就狠不下心来。

她深吸了一口气,让自己抛开那些杂念,只拿他当弟弟。

几秒后,于晚开口道:"你跟谁打架了,身上这么多伤?"

陆时熠撇着嘴,像一个向家长告状的孩子,委屈地说:"你弟,他打我。"

"于牧?"于晚十分惊讶。这两个人从小到大都好得恨不得变成连体婴儿,从来都是同仇敌忾、一致对外的,何时窝里反过?

于晚问:"他为什么打你?"

陆时熠目光灼灼地看着她,骄傲地说道:"因为我喜欢你。"

于晚好不容易平静下来的心,因为他这句话再次乱了。沉默了一会儿,她说:"那你活该被打。"

说完,于晚从医药箱的棉包里扯出几根棉签,蘸了酒精涂在他身上,给他的伤口消毒。想到什么,她又问:"那于牧伤得怎么样?"

"我没打他,都是他单方面殴打我。"陆时熠将自己的遭遇说得极其惨烈。

之后,客厅里安静无声,两人各怀心事,不再说话。

虽然陆时熠身上多处受伤,看着吓人,但其实都是一些皮外伤,过几天瘀血就能散掉,不用特意去医院。于晚知道,就算这俩小浑蛋真急眼打架了,也不可能会对对方下狠手。

陆时熠身上没有一丝赘肉,该结实的地方结实,这绝对是长年累月健身的效果。而且他身材比例极好,堪比男模。

他就穿着一条四角裤,让她不看都不行。

陆时熠的身材是真好。

药箱里正好有活血化瘀的药,擦完酒精,于晚又给他抹了药膏。

药膏抹在伤处,皮肤一片冰凉,缓解了不少疼痛感。陆时熠看着面前一脸专注的于晚,动了动唇,忽然解释道:"我没有喜欢过唐宛晴,我也不是因为她回国的。我是因为喜欢你,想要追求你,所以才回国的,才来公司的。"

于晚拿着棉签的手猛地停住了。

陆时熠还在说:"我不是花心男,我没有脚踩两只船。我一直一心一意地喜欢你一个人。你要是不信,你可以去问于牧,是他误以为我喜欢的人是唐宛晴。"

听了这番话,于晚不知该如何回应。就算没抬头,她也能感受到陆时熠落在自己脸上的滚烫视线。沉默了一会儿,于晚想到下午她给他发的那条信息,问:"所以,你们俩今天是为了这件事而打架的?"

陆时熠说:"差不多吧。"

于晚问:"幼不幼稚?"

"不幼稚,我不想你误会我。"陆时熠觉得,让于晚知道自己喜欢她,以后在于晚面前,他就不需要再藏着掖着了。他可以光明正大地说喜欢她,也可以光明正大地追求她。

于晚抿了抿唇,再次沉默。

给他抹好药膏,于晚起身去了卧室。陆时熠脱下的那身衣服不仅有酒气,还沾了一些血渍,自然不能穿了。于晚记得去年于牧在年会上喝醉了,她让杨颂将人送到这里休息,还让人回家给他取了两套衣服,其中有一套衣服还留在这里没拿走。

于晚在更衣室里找了一会儿,终于找到那套放在角落里的衣服。陆时熠虽然比于牧高一些,但也能穿得下。

于晚拎着衣服重新回到客厅,陆时熠还坐在地毯上垂着脑袋,不知在想些什么。见她出来了,他立马抬起脑袋,像一只等到主人的哈巴狗,视线落在她身上,关注着她的一举一动。

"于牧的衣服,干净的,穿上吧。"于晚走过去,忽略他的目光,将衣服递给他。

陆时熠声音软软地说道:"我浑身上下都很痛,抬不起胳膊……"

言外之意就是让于晚帮他穿。

"你真是……"于晚都不知要怎么说他了。抬头看了一眼墙上的时钟,已经半夜一点了。于晚也不跟他多费口舌,只能把他当作一个毫无自理能力的巨型婴儿。

于晚把衣服放到沙发上,拿出衬衫,俯下身去,抬起他的手臂,将他的手从其中一只衬衫袖口套进去,接着又抬起他另一只手,从另一只衬衫袖口套进去。

陆时熠一脸新奇地盯着于晚看,没想到她真会帮他穿衣服。他眼里满是星光,道:"你对我真好。"

"别误会,我是想赶紧给你穿好衣服,把你送走。"于晚弯了弯唇角,毫不客气地泼了他一盆冷水。

陆时熠弯了弯唇,暗自满足,道:"那你也对我好。"

于晚觉得陆时熠真是得了便宜还卖乖。

陆时熠虽然不胖,但于牧的衣服被他穿在身上,还是显得有些小了,尤其是扣上衣服上的扣子,胸肌都勾勒得清晰可见,有一种特别的感觉。

于晚没敢多看他,将裤子扔给他,说:"裤子自己穿。"

陆时熠说:"腿疼,抬不起来。"

"抬不起来也自己穿。"于晚不再包容他。

陆时熠又说:"那你扶我一把。"

陆时熠像一个行动不便的人,在于晚的搀扶下,终于晃晃悠悠地站了起来。他穿裤子穿得极慢,连手脚不便的老人都比他利索。不仅穿得慢,在提起裤子后,陆时熠几乎将整个上半身都倚靠在了于晚身上。

于晚觉得陆时熠在故意占她便宜,她用冷静而清晰的声音提醒他,说道:"你给我站好了!"

"我没力气,站不住。"陆时熠还是那一副没半点力气的语调。

于晚直接松开手,她倒要看看,陆时熠是真站不住,还是假站不住。

果不其然,陆时熠不仅站得稳稳的,在她气得要走时,他还快步上前,

将她抱在了怀里。此刻,陆时熠身上的酒香和他身上独有的干爽气息瞬间蹿入她的鼻尖。

陆时熠的下巴搭在她的颈窝上,温热的呼吸落在她的耳朵上,如电流般渗入她的每一个细胞中,她的心脏跳得飞快。

03

于晚讨厌这种失去控制的感觉,这逾矩的举动,让她的眉头忍不住蹙起。她正要将身前的人推开,陆时熠忽然哀求般地问:"我都和你解释过了,你能不能重新考虑一下我?"

于晚能清晰地感觉到他的胸口在剧烈地起伏着。那原本要推开他的手停在了半空中,她觉得有些压抑。

于晚表情冷冷的,动了动唇,冷静又清晰地说道:"我在短信里说了,在我眼里,你只是弟弟。"

时隔多日,于晚终于正面答复了他,还是怕伤到他,措辞比较婉转。

"那你有对你弟弟做过今晚对我做的这些事吗?"陆时熠抬起头看着她的脸,不甘心地追问她。他隐隐感觉到,于晚对他和对别人是有些许不同的。

于晚说:"于牧虽然喜欢混日子,但还没有你这么生活不能自理。"

陆时熠说:"所以说,我在你心里还是不一样的!"

"嗯。"于晚点头。

陆时熠顿时一脸惊喜。

然而,于晚紧接着说:"不一样的浑蛋。"

听到这句话,陆时熠也不气恼,反而弯了弯唇角,还挺开心地说:"不管怎么样,我在你心里都是与众不同的。"

他说得很肯定。

于晚看着他的笑脸,心里感到有些烦躁,她也不知道她为何会烦躁。

"衣服已经穿好了,我送你回去。"她将他推开,直接去吧台上拿车钥匙。

陆时熠看着她的背影,想了想,说:"我好渴,我想喝水。"

"你怎么那么多事?"于晚转过身。

陆时熠努努嘴,说:"从早上到现在,我一口水都没喝。只喝了酒,我现在喉咙又干又涩,再不喝水我就要……"

"行了,别说了。"于晚叹了一口气,摇了摇头。她虽然嘴里嫌弃,但还是去厨房给陆时熠倒水了。想到他喝了酒,喝凉水不好,于晚又烧了一壶热水。等她端着水杯从厨房出来时,陆时熠已经倒在沙发上睡着了。

陆时熠装什么睡呢?难不成今晚还想赖在她这里不走了?

于晚直接走上前,想将人推醒。等她准备去推他时,却听到了陆时熠平稳的呼吸声,她的动作顿了顿,忽然就有些不忍心了。她想不明白,到底是从何时起,她对陆时熠越来越纵容了,甚至超过了于牧。

陆时熠一觉醒来,已是第二天中午了。

窗帘敞着,一室明媚。

他从沙发上坐起来,看到盖在自己身上的毯子,唇角忍不住弯了弯,只觉得这毯子比窗外明媚的阳光还要让人感到温暖。陆时熠拉过毯子,将脸埋在其中嗅了嗅,仿佛闻到了从于晚身上散发出的馨香一样。

这个时间点于晚早就不在公寓了,不过,她在茶几上放了一杯清水,杯子下还压着一张字条。

字条上写着:"给你批一个星期的假,回家好好养伤。"

陆时熠拿着纸条,指尖摩挲着那一行字,琢磨着这句话里的意思。于晚给他批假,意思是同意他留在公司、留在她身边了吗?

陆时熠顿时激动得跟中了彩票一样,立马找来笔,在这行字下又写了一行字。

于晚一早就去了公司,没有陆时熠在身边让她分心,工作效率倒是提高了不少。下班时,她想起一件事,在文件上签好名递给杨颂后,将转身要走

的人叫住，说："杨颂，你什么时候被陆时熠收买了？连我在哪里你都告诉他，我是不是该重新考虑你的忠诚度了？"

杨颂抱着文件，一脸真诚地道："于总，您这就误会我了。小陆昨晚确实给我打过电话，不过他只是问我您还在不在公司忙，我只说您还挺忙的。其他的，我可半个字都没透露。"

于晚说："这么说，是他自己猜到的？"

杨颂笑着接过话说："于总，我觉得小陆还是挺了解您的，不管是您的喜好、脾气，还是生活和工作上的习惯。"

于晚垂下眼睛，稍一回忆不由得一阵心惊。

杨颂说得没错，陆时熠还真是了解她。

两人相处的几个月里，很多时候，她只需一个眼神，陆时熠便能明白她的意思。更多时候，她什么都没说，他就已经提前帮她把生活和工作上的一切事情都安排妥当了，完全不用她操心。

于晚揉了揉太阳穴，心中五味杂陈。她抬了抬下巴，示意杨颂可以走了。

不过，杨颂并没马上离开，他看了一眼于晚，斟酌了一下，说："于总，我觉得小陆真的挺好的，你对他就……一点感觉也没有吗？"

于晚抬眼看他，说："这话是他让你问的？还是你自己问的？"

杨颂笑了笑，摸了摸鼻子，道："于总，我仅代表我自己。"

于晚说："你什么时候好奇心也这么重了？赶紧麻利地给我干活去！"

杨颂抱着文件，在于总发飙前很识趣地走了。

下午，于牧在于晚的办公室里等了许久。见她终于开完会回来，他立马将手上的杂志丢到一旁，像个跟屁虫一样跟在于晚身后，担忧道："姐，陆时熠这段时间……没对你干什么吧？"

于晚在办公桌前停下脚步，放下手里的文件，转过身，淡淡地反问："他能干什么？"

"我的意思是，他没欺负你吧？"于牧担心于晚听不懂他的意思，索性直白地说,"就是……他有没有占你便宜?"

于晚看着眼前忽然关切她的弟弟,脑海里不由得想起昨晚抱着她不撒手的陆时熠。怎么没占她便宜?陆时熠这段时间,有意无意地都不知道占了她多少便宜。

当然,这些事于晚也不会对旁人说。

于晚看了他一眼,面无表情地道:"你这么闲?跑到我这里来就是为了说这些?"

于牧又瞅了自己的亲姐好几眼,他想,他姐这么强势,一般人也没胆量占她便宜。就算敢占,恐怕也是还没占到,就已被她狠狠修理一顿了。

所以,陆时熠应该是没对他姐怎么样吧?

"姐,我到昨天才知道,陆时熠喜欢的人居然不是唐宛晴,而是你。我跟你说,他就是一只有心机的狗!还敢对你有贼心,我简直是瞎了眼才会把他当兄弟!"于牧情绪激动地说。

"姐,你放心,我昨天已经狠狠地修理了他一顿。我举双手双脚赞成你把这只图谋不轨的狗赶出公司!"一说到陆时熠,于牧一脸愤愤不平的样子,他拍着胸口保证,"如果以后他还敢来骚扰你,我一定第一个冲上来保护你!"

于牧一副为了亲姐要与好兄弟势不两立的决绝模样。

于晚抬头看着他,沉默了一会儿,说:"以后别再打架了。"

听到这句话,于牧神色复杂,难以置信地说:"姐,你……你不会是对陆时熠有意思吧?我打他,你心疼了?"

"我心疼你个头!"于晚直接拿起桌上的文件夹朝他砸过去,"这么大个人了,难道你还觉得打架很光荣?"

于牧抬起手臂挡了一下,文件夹掉在地上,纸张散落一地。他问:"姐,你真的一点都不喜欢陆时熠吗?"

今天已经不是第一个人这么问她了,于晚被问得烦躁极了,眉头紧蹙,说:"你有这闲工夫在这扯些有的没的,还不如管好你自己那堆破事。别在

这里打扰我工作了，赶紧给我走！"

这反应，应该是不喜欢吧？

04

华灯初上，落地窗外的霓虹灯闪烁着光亮，装饰着繁华的夜景。

于晚开完视频会议，已是晚上七点了。相比昨天，今天她下班早了很多。

于晚将车从地下车库开出去后，没开回于家别墅，反而开去了不远处的公寓。

这个时间点，陆时熠应该早就不在了，于晚也不知道自己去公寓干什么。她开了密码锁，打开灯，屋内瞬间一片明亮，屋里果然没了陆时熠的身影。沙发上，毛毯整整齐齐地叠好放在正中央。早上她走时，放在茶几上的水已经被他喝空了，不过，她留的纸条还压在水杯下。

于晚走过去，收了杯子，正要将纸条扔进垃圾桶时，目光瞥见上面多了一行字——

"谢谢领导批假。待我容貌恢复，我会穿着正装、手持鲜花，正式追求你。"

后面还画了一个笑脸。

落款：熠。

于晚心情复杂，却又有些想笑。

昨晚，她都跟他说了只把他当弟弟。没想到，陆时熠还特意在她的纸条下留了一行字，说要正式追求她。

陆时熠追起人来，何时变得这么有耐心了？

接近三月，B市的天气终于有了变暖的迹象。昨夜刮了一夜的大风，终于将空气里那些污浊的物质吹散，第二天白天难得出现了蓝天白云。

白色轿车开进地下停车库，杨颂已经在总裁专属停车位旁等着于晚了。

于晚从车里走下来，杨颂喊了声"于总"后，便从公文包里取出了几份文件递给她。这是于晚点名一早要看到的文件。

于晚边走边翻阅，高跟鞋在安静的停车场内发出清脆的声响。杨颂紧跟她的步伐，汇报着今天的行程："于总，上午九点，销售部那边有个会议，需要向您汇报华北地区这半年来的销售业绩。十点半，HT 李总会来公司和你详谈下半年的合作计划。十一点半，您有个视频会议……"

两个人走到楼梯间，杨颂摁下按钮，总裁专属电梯的门打开，他们走了进去，杨颂继续说："还有 CX 科技的陆总，他又约您了，说今晚想跟您一起吃个饭。"

话说回来，这位 CX 的总裁陆创还真锲而不舍。他从年后上班第一天起，连着一个星期了，天天约于晚见面。

于晚将文件递还给杨颂，神情淡淡地说："他要再约，你就想办法帮我推掉。"

陆创想约她，无非是为了跟她谈人工智能实验室合作的事。

就在电梯门马上要合上时，一只骨节分明的手忽然横在了电梯口，电梯门重新打开。

拦下总裁电梯的人不是别人，正是多日没来公司的陆时熠。他今天穿着一身剪裁合体、质感极好的深色西装。白衬衫袖口上配着精致的袖扣，黑色的高级定制皮鞋一尘不染。他身姿挺拔，依旧帅气，十分惹眼。

只是他这一身打扮，怎么看都不像总裁助理，更像一位大总裁。

陆时熠弯了弯唇角，抬手朝电梯里的人打招呼："于总早，杨秘书早，好巧啊。"

杨颂笑着道了一声："早。"

杨颂也是一个人精，在陆时熠进来后，他就很识趣地走出了电梯，将独处的空间留给他们，还找了一个相当得体的理由，说有一份重要的文件忘车里了，要去取一下。

电梯里就只剩下于晚和陆时熠两个人了。

陆时熠很自然地走到于晚身边，与她并肩站着，故意和她挨得很近，手

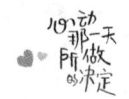

臂还时不时地碰一碰于晚的手臂,像在试探着什么。

于晚嘴唇微抿,不动声色地后退了半步,拉开两人之间的距离,开口道:"不是让你休息一个星期,怎么这么快就来公司了?"

陆时熠好像只休息了四天。

"好得差不多了,在家待着也没劲,还不如来公司跟着你一起上班。"普普通通的一句话,从陆时熠嘴里说出来,怎么听都有些暧昧。

于晚的眉头皱了皱,抬头看着他。他今天看起来格外精神抖擞、容光焕发。如果不仔细看他的脸,几乎看不到那些伤痕了,恢复得倒是快。

不过,于晚记得他身上也有不少伤痕。一想到他的身体,她脑海里便浮现出陆时熠只穿了一条四角短裤的画面……想到这里,她有点不自然了,脸颊有些发烫。

陆时熠像觉察到了于晚落在他身上的视线,那双迷人的桃花眼里忽然泛起笑意,他俯身上前,凑到她耳边,压低声音,说:"你要是不放心,一会儿上楼,我让你看看?"

于晚的脸色顿时就变了。她怎么觉得陆时熠回家养伤几天回来后,在她面前越来越放肆了?她直接抬起膝盖,毫无形象地踹了他一脚,说:"在我眼前你再耍一下流氓试试?"

陆时熠故意不躲开,嗷呜一声,夸张地嘟囔道:"你想哪去了?我是说让你给我检查一下伤势。"说完,他又说了一句,"你这一脚踢得也太狠了,把我都踢疼了。"

于晚气得胸口上下起伏着,她真是越来越说不过陆时熠了。他故意在她面前夸张地揉着自己的臀部,用深邃又迷人的桃花眼看着她。他的眼底满是笑意,脸上却摆出一副无辜又单纯的模样。

于晚看了更生气,真想再狠狠踹他一脚。

她看到他手里拎着的保温盒,心里那股火顿时烧得更旺了。陆时熠处处和她对着干,越来越不把她的话当一回事了,也越来越没分寸了。

她冷冷地说:"不是跟你说了,以后不要再给我带早餐。"

陆时熠看了一眼手中的保温盒,笑道:"谁说这是给你带的?我给自己带的早餐不行吗?"

于晚面无表情地看着他。

陆时熠见她把脸一沉,是真生气了,意识到玩笑开过头了,赶紧凑上前哄着:"领导,我开玩笑的。除了给你带早餐,我还能给谁带,别生气了。"

以前于晚没觉得他叫她"领导"有什么不对?现在她越听越觉得,这像男朋友给女朋友的专属爱称。

此时,电梯门叮的一声打开了。

于晚把脸一沉,头也不回地走出了电梯。她走得很快,一句话都不想再跟他说。

陆时熠的大长腿迈得更快,寸步不离地跟在她身边。

程秘书抱着一沓文件,去复印室复印开会要用的资料,看到总裁经过,正准备打招呼,忽然觉察气氛不太对,张开的嘴巴赶忙闭上了。

什么情况?

程秘书还听到紧跟在于总身边的陆时熠压低声音,好声好气地哄着:"不生气了,都是我不好,你笑一个嘛。"

于总历来喜怒不形于色,那张冷艳的脸此刻紧绷着,一眼就可以看出她生气了。程秘书何时在于总的脸上看到过这种神情?

今天真是大开眼界!

于总这是跟小陆谈恋爱了吗?

05

于晚走进办公室,陆时熠像一条甩不掉的尾巴一样,也跟着走了进来。他跟以往一样走到沙发区,将保温盒放到茶几上,将里面的食物一一取出,然后摆好。

只不过今天他无论怎么叫于晚，于晚都无动于衷。她面无表情地坐在办公椅上，低头处理着文件。只是，她的视线一直停留在第一页。

陆时熠走到她对面，双臂撑在办公桌上，高大的身躯弯下来，凝视她，继续哄着："以我对你的了解，你早上肯定没吃早餐就出来了。你大人不计小人过，别跟我生气了好不好？多少吃一口吧。"

于晚握着笔的手微微紧了紧。

陆时熠对她还真是了解，于晚每天睡得晚，起床自然也晚，为了上班不迟到，确实没有在家吃早餐的习惯。

不过这会儿，于晚依旧把他当空气，不说话。

"我都认错了，你就理理我吧。"陆时熠终于知道什么叫搬起石头砸自己的脚了。

于晚低垂着头，陆时熠看不到她的神情，索性歪着脑袋，伸长脖子去看她的脸色，这会儿他脑袋都快贴在桌面上了。他继续哄着："你要是很忙没工夫吃，那我喂你吃？"

"谁要你喂了！"于晚终于说话了，拿起文件打他。

办公室里传出陆时熠嗷嗷直叫的求饶声。

于晚觉得，自己要是再和陆时熠待在一起，保不住还会动手。她拿着打皱了的文件，拉开办公室的门，让程秘书过来重新打印一份。

"来了，于总。"不远处的程秘书听到声音，赶紧在送花小哥的单子上签下字，捧着一束硕大的玫瑰花跑到于晚眼前，"于总，您的花，刚给您签收的。"

于晚盯着程秘书递过来的红玫瑰，有百来朵，张扬又惹眼。她眉心蹙了蹙，抽过卡片打开，看到卡片上的文字后，她的神情变得古怪又复杂，眼底迅速蹿起火苗。随后，于晚紧绷着脸，拿着花束直接走进办公室，砰的一声把办公室的门重重地关上了。

程秘书心想：于总这是怎么了？

怎么感觉她收到花不但不高兴，反而还很生气？

于晚把脸一沉，径直朝屋里正在整理发型的陆时熠走去，走到他眼前直接将手里的花不客气地扔进他怀里。

"你给我送花是什么意思？出国几年长出息了是吗？没大没小地谁都敢乱调戏了是吗？"于晚胸口剧烈起伏着，盯着陆时熠，眼睛都在冒火。

若说出办公室之前，于晚就生气了，那只是小打小闹的情绪，这会儿她是彻底被惹怒了，目光冷得没有一丝温度。

陆时熠说："这花……"

"听我说完！"于晚大声打断他的话，微微扬着脸，身侧的双手紧握成拳，"我记得那晚我跟你说得很清楚，我只把你当弟弟。我不管你对我是真喜欢，还是抱着玩玩的心态。现在，我可以明确地告诉你，我没时间，也没精力跟你玩无聊的感情游戏，更不会和你做那些随便的事！如果你还想在这里工作，我欢迎你留下来。但是，如果你想留在这里骚扰我，那么立刻从我眼前滚蛋！"

于晚说得无比决绝。

陆时熠从花里找到卡片，将其打开。看到卡片上的内容后，他整张脸骤然变得铁青。

卡片上写着："有没有人说过我们很适合？外貌、精神乃至身体都无比契合。尤其是在深夜里，我们可以一起品酒、共舞……在彼此的呼吸间相拥而眠，多美妙。"

落款——"陆"。

卡片瞬间被捏成一团，陆时熠从未像此刻这般憎恨别人跟他同姓。

那日早上，陆时熠从于晚公寓离开时，他虽然在她的纸条上写了"待我容貌恢复，我会穿着正装、手持鲜花，正式追求你"，而今早，他也特意买了一束新鲜的粉玫瑰，但一想到于晚在公司里那么注意自身形象，若他光明正大地拿着花来公司送她，恐怕不仅不能讨她欢心，多半还会让她反感。所

以,下车时他直接将花留在了车里。

现在于晚看到这一束花,又看到卡片落款上的"陆"字,显然误会是他送的了。这些陆时熠心里都清楚,但是,于晚后面说的那些话,还是戳中了他的心。

他的心脏像被针扎过,一阵一阵地痛。

陆时熠盯着手里的花,就像在盯着情敌。他的声音有些沙哑,情绪低落,说:"我是要追你,但这花不是我送的,卡片上的字也不是我写的。"

于晚心想:不是他送的?

陆时熠抿了抿唇,又说:"你要不喜欢这一束花,那我帮你拿出去扔了。"

说完,他垂着头,也没再看于晚,就这么走了。

陆时熠高大挺拔,落地窗外的晨光打在他身上,照得他的背影满是落寞。于晚看着他离开办公室的模样,心忽然疼得像被针扎过一样。

她张了张嘴,想要出声叫住他。但她还没来得及说话,桌上的私人手机铃声响起了。于晚侧过头看了一眼,是一个陌生的号码,她想也没想,直接将电话挂断。再抬头时,陆时熠已经拉开门,走出了办公室。

房门合上的那一瞬间,于晚只觉得心里很压抑。

手机铃声又响了。

于晚揉了揉眉心,将电话接通,开口道:"你好,哪位?"

电话那头,传来一位男人含着笑意的声音:"于总,你总算接我电话了。没打扰到你吧?"

于晚沉默了一会儿,道:"陆创?"

"于总真是好耳力,居然能听出我的声音。"陆创笑着说。

于晚皱起眉,她的私人号码只有和她关系比较近的人知道。陆创也不知用了什么手段知道了她的私人号码。

于晚问:"陆总找我有什么事?"

陆创说:"于总,送你的花收到了吗?可还喜欢?"

花竟然是陆创送的？这么说，她还真是冤枉陆时熠了。

想到卡片上那些露骨的话，于晚握着电话的手不由得收紧，当即冷冷地说道："陆总也是有身份、有地位的人，今天做的事未免有失身份了！"

陆创知道她指的是什么，毫不避讳地说："于总，你应该知道我一直很欣赏你，都是成年人，我对你心生爱慕不是很正常吗？"

他刻意压低声音，暧昧地说："我是真心想追求你，想和你有更深层次的'交流'。"

陆时熠不是没和她说过暧昧的话，但他的那些话，于晚多半是当玩笑话听，没太在意。就算她在意了，也只是被他扰得心烦意乱，但绝不会像听到陆创的话一样，让于晚从骨子里感到深深的恶心。

于晚知道，陆创追她是假，想跟她合作获取利益才是他的最终目的。

既然陆创都恶心到她了，于晚索性打开天窗说亮话："陆总，你别费劲了。不管你打的什么主意，人工智能实验室也不会和你们 CX 合作，道不同不相为谋，以后请你自重。"

说完，她不给对方说话的机会，直接将电话挂了，并把陆创的电话号码拉入了黑名单。

CX 目前发展势头是很不错，但陆创这个人做事太急功近利了，反而会影响 RG 的未来发展，这也是于晚一直拒绝与他合作的原因之一。

只是没想到，他的人品也不好。

第十一章

弟弟是长久的，恋人却未必。

01

这天依旧是繁忙的一天。

陆时熠从总裁办公室离开后，于晚一整天都没再看到他的身影。

下午，忙完手头工作，杨颂正好进来找于晚签字，于晚还是没忍住跟他打听起了陆时熠的情况："他这一天都不在公司，去哪里了？"

杨颂接过于总签好的文件，道："小陆上午说他身体不舒服，跟公司请几天假，回家休息去了。"

他身体不舒服？是因为她说的那些话吗？

其实，于晚今天在电梯里看到陆时熠忽然来上班了，心里是开心的。只是后来，陆时熠一而再，再而三地调戏她，她就有些生气了。于晚也不知对他生什么气，或许更多是在气自己，说好只拿他当弟弟看待，她的心却还是被他轻而易举地搅得心烦意乱。

而今天早上她不仅误会了陆时熠，还跟他说了那么多决绝的话，肯定是伤到了他。

于晚揉了揉太阳穴,有些自责,她是不是该跟陆时熠道歉?

晚上七点多,于晚来到陆家。

于晚是临时决定来的。她下了班先回了一趟自己家,她知道苏澜爱收藏首饰,上次在拍卖会上拍了一只清代发簪准备送给她,今天正好一并带来了,还给苏澜带了不少护肤品。

客厅里,苏澜拿着簪子欣赏了半天,爱不释手,连连称赞。当然,最让她开心的还是于晚来了。这会儿,她拉着于晚的手,热情地招呼道:"小晚,我正好做了一桌的饭菜,来,快跟我去餐厅。"

"谢谢苏姨,我吃过了。"于晚嘴唇微抿,犹豫了一会儿,"听说时熠生病了,我来看看他。"

"他哪里是生病了,分明就是无病呻吟。"苏澜吐槽儿子染个风寒发个低烧,就瘫软在床上一整天,叫他下来吃饭也不吃,说这也难受那也难受,不知道的人还以为他患了绝症。

苏澜在于晚面前,没给儿子留一点面子,又继续说:"生个病就要死要活的,这小子,就是从小给惯坏了。"

于晚说:"苏姨,那我先上楼看看他。"

苏澜笑着看了她一眼,说:"小晚,你今天不是特意来看我的吧?"

于晚的脸色忽然就有些不自然了。

"你这领导也当得太好了,还亲自上门来看下属。"苏澜又笑眯眯地说,"在公司里你可不能惯着他,更不能把他当弟弟看待,该严厉的时候就该拿出领导的架子来,严格要求他。"

于晚不知该说些什么,点了点头。

想到这段时间她和陆时熠之间发生的事,她面对苏澜时有些心虚。于晚解释道:"今天我正好有工作上的事要找时熠,他手机关机了。听秘书说他生病请假回家了,我就……顺道来看看他。"

于晚硬着头皮和苏澜聊了一会儿,苏澜才放她上去。

二楼。

于晚敲了几下门,等了一会儿,里面没动静,她便直接推开门进屋了。

陆时熠的屋里很暗,厚重的窗帘拉得严严实实,只在床头柜上亮着一盏暖黄色的台灯。

循着光亮,于晚朝床走去。待走近时,她才看到床上的人整张脸都埋在被子里,只有几缕发丝露在外面。

于晚弯下身,抬起手,手指在被子上停留几秒后,轻轻地拍了拍。

好半响,被子里才传来陆时熠闷声闷气的声音:"我不起来,都说了我难受……"

于晚说:"你这么睡,也不怕把自己闷死在里面?"

听到熟悉的女声,陆时熠高大的身躯骤然僵住了,随后猛地从床上弹起来。男人揉了揉眼睛,盯着站在床边的人,一副不可思议的模样,道:"你怎么来了?我不是在做梦吧?"

陆时熠坐在床上,掀开被子,脑袋上是一头乱蓬蓬的头发。他穿着宽松的睡衣,胡乱地系了两颗扣子,结实的胸膛半敞在外。他皮肤白皙,暖黄色的床头灯光打在他身上,让他看起来有一种朦胧感,又有一种魅惑感。

于晚的视线在他身上停留了一会儿,然后不太自在地移开了,她说:"你生病了?"

陆时熠目不转睛地看着她,摇摇头,又点点头。

于晚抬起微凉的手在他额头上探了探。

陆时熠觉得似有一股清泉从他的脑门直钻他的心里,让他那颗狂躁的心像忽然得到了安抚一样静了下来。

"还真有些低烧。"于晚的眉头轻轻蹙了蹙,"吃药了吗?"

陆时熠也不知是被烧糊涂了,还是还没从于晚忽然出现在他房间里一事中缓过神来,他又是点头又是摇头,像一只傻乎乎的小狗。

于晚笑了笑,说:"苏姨说你一天没吃东西,先起来吃点东西垫垫肚子吧。"

陆时熠眨巴着眼,面前的于晚,语气温柔,都不像他认识的那个于晚了。他感觉像在做梦,于是暗自掐了自己一把。大腿传来疼痛感,他这才有真实的感觉。

真是于晚!

而后,陆时熠虚弱地说:"我没胃口,身体不舒服。"

"哪不舒服?"于晚赶紧问他。

陆时熠见她是真的关心自己,那颗受了伤的心终于没那么疼了。不过,他还是抬手捂着胸口的位置,眉头皱着,故意娇气地说:"心脏疼,特别疼,疼了一整天了。"

于晚看着他,目光微动,知道他这是意有所指。她从未跟人道过歉,在陆时熠直勾勾地注视下,忽然有些局促。

于晚抿了抿唇,手指无意识地揪了揪自己的包袋,最后她张了张嘴,说:"那个,今天早上的事,是我误会你了。我不该在没弄清事实的情况下就冤枉你,还冲你发了那么大火……我向你道歉。"

于晚说得很真诚,陆时熠听完后哼哼两声,就将一张脸转向了另一边,只留给她一个侧脸。

于晚俯身上前,哄着:"你要怎样才能接受我的道歉?"

于晚不仅跟他道歉了,居然还哄他了?

陆时熠激动得又暗自掐了一把自己的大腿,证明自己不是在做梦。其实在见到于晚的那一刻,他对她哪里还有半点脾气,早就开心得恨不得从床上跳起来。

陆时熠终于将那张帅气的脸转了回来,他看着于晚,很想得寸进尺地说"亲我一口,我就原谅你",但他现在没这个胆子,太得寸进尺,他怕把于

晚吓跑了。

于是卧室里,某个男人开始无理取闹了。他绷着脸,坚定地说:"我饿了,你喂我吃饭,我就原谅你。"

于晚板着个脸,喂他吃饭?他这么大了,怎么好意思开口?

02

于晚很想拿起手里的包朝他砸过去。真是给他一点颜色,他就敢开染坊了!

于晚说:"你自己没手吗?"

"一天没吃饭,没力气拿筷子。"为了证明自己没力气,陆时熠颤悠悠地抬起手,那手柔弱得仿佛随时都会断一样。

他用余光偷偷瞄了一眼于晚,见她并没有拎包走人,又赶紧瘫软在床头上,再次捂着胸口:"好痛,好难受,快要喘不过气了……"

于晚看着他夸张地表演,哭笑不得。若平时,陆时熠敢跟她提这种无礼要求,就算她不会上去揍人,也会转身走人。

不过,于晚想到他确实是生病了;想到当初她生病时,他一直守着她,无微不至地照顾她;想到早上他离开办公室时,那副受了伤的模样……于晚还是心软了。

于晚下楼后,告诉苏澜,陆时熠想吃饭了。

苏澜颇感意外地说:"小晚,你用了什么办法让他终于肯吃饭了?"

于晚不好意思把实情告诉她,只能随口说他饿了,这会儿忽然有胃口了。

不管怎么样,儿子肯吃饭就好。苏澜高高兴兴地给他准备吃的去了。

于晚再上楼时,陆时熠的卧室已不再是一片昏暗,屋里的灯都亮着。

陆时熠靠在床上,还保持着于晚下楼时的姿势,那双桃花眼直勾勾地望着门口,似乎一直在等着她。

只不过这会儿,他的发型已不再乱得跟鸡窝一样了,被他认真地打理了一番，睡衣也穿得整整齐齐的。她下楼的工夫，陆时熠显然还把自己收拾了一番，完全不像一个饿得没力气的人。

于晚看了他一眼，没点破，在床边坐下，问："真要我喂？"

陆时熠点头，再点头。

于晚像在做最后的心理建设，深吸了一口气后，终于端起碗。

陆时熠看着送到嘴边热乎乎的饭菜，那双迷人的桃花眼里，不仅带着笑意，还有满足感。他开心地张开嘴，腮帮子一鼓一鼓地咀嚼着，吃得津津有味。

在喂饭的过程中，于晚一句话也没说，就像在应付一样，只想将碗里的饭全都喂进他的肚子里，好赶紧交差。

每一勺饭喂过来，陆时熠便夸张地张大嘴，像要把勺子一并吞下去。而他炽热的视线，始终落在于晚的脸上。

于晚被他盯得耳朵发热。

好不容易喂完了饭，陆时熠跟大爷一样，朝她抬了抬下巴，示意他还要喝餐盘里的那一碗汤。饭都喂了，于晚只能硬着头皮，把汤也喂了。

陆时熠从来没有过这种感觉——生病了竟然也可以如此幸福。

于晚只想快快喂完，但陆时熠每一口都吃得很慢。他只想把两人独处的时间拉长，可再怎么慢，一碗汤还是喝完了。

于晚将碗放进盘子里，松了一口气，终于开口道："既然吃完了，那我就先回去了，这两天你在家好好休息。"

于晚站起身准备走时，陆时熠忽然拉住她的手，眼巴巴地望着她，一脸欲言又止的模样。

陆时熠的手心很烫，他握住于晚纤细的手腕时，烫得于晚心尖一颤。于晚的视线从手腕处缓缓上移，落在他脸上，问："还有什么事？"

于晚为了早上的事，特意过来跟他道歉。其实陆时熠一直想问，她早上对他说的那些话是气话，还是认真的？

可他不敢问,害怕会听到同样的答案,也害怕两人刚缓和的关系又回到原点……他动了动唇,好半天才憋出几个字:"你就这么走了吗?"

于晚嗯了一声,她同样看着他,想要说点什么,最后还是什么也没说。

陆时熠握着她的手腕没松开,于晚也没甩开他的手,两个人就这么一个站着一个坐着,僵持着,彼此心里都藏着话,都在等对方先开口。

打破这个僵局的是于晚的手机铃声。

她低头去包里拿手机时,陆时熠才松开她的手。

电话是杨颂打来的,听完电话那头汇报的事后,于晚脸色骤变,冷冷地说:"什么时候的事?"

"半个小时前,我们压了好几次了,还是没能把热搜压下去。"杨颂处理突发事件的能力非常强,现在连他都压不下去了,显然这件事非常棘手。

于晚说:"好,我知道了,我马上回公司。"

陆时熠在于晚接电话时,隐约听到"热搜"几个字,赶紧从床头柜上拿过自己的手机查看,就看到于晚上了微博热搜。

"#RG集团女总裁欺凌亲奶奶#"的热搜,格外醒目,被顶到了前三的位置。

他见于晚挂了电话,脸色有些难看,赶忙掀开被子下床,说:"你等我一下,我跟你一起回公司。"

于晚停下脚步,回头看了他一眼,道:"你还生着病,在家休息吧。"

"我已经好了。"陆时熠坚持要陪她回公司,于晚走到楼下时,他已经快速换了一身商务西装,跑下楼追上她的步伐。

热搜里爆出的事,正是年前卢春花到RG闹事受伤的事,只是内容不仅被严重地断章取义,还被添油加醋了。

热搜压了几次没被压下去,显然有背景强硬的营销团队在背后操控。

而且营销团队很会抓关键词,什么"奶奶太过想念孙女,来公司看望,却被无情孙女多次拦在公司外",什么"RG女总裁让保安粗鲁地将亲奶奶轰出公司,并发生肢体冲突,老人家摔断了腿住院后,她不闻不问,还以骚扰为由将亲奶奶送进了警察局……"。

围观群众不明真相,却对这些内容感到气愤不已。

甚至不少人跟风,抨击着事件的主人公。

RG会议室里,杨颂紧急召集了公司的公关团队,在商讨对策。见于晚来了,他站起身拉开主位上的椅子,待于晚坐下后详细汇报起目前的情况。

从上热搜到现在,虽然只过了一个小时,但杨颂已经动用关系压了五次,热度降了没一会儿又被顶了上来。如微博上看到的一样,抨击RG和RG集团女总裁的人越来越多。热度一直降不下去,可能会对RG的股价产生一定影响,这事确实非常棘手。

03

陆时熠跟着于晚进屋后,坐在杨颂对面的位置上,他问:"今天这事,是林家人干的吗?"

还记得年前,他和于晚去国外出差时,林家人就找过媒体,想借卢老太太的事来抹黑于晚和RG,当时这新闻很快被杨颂压下来了。

杨颂皱着眉,说:"感觉不太像,这更像一个有组织、有规模的团队在操控,林家没这个能力跟我们RG抗衡。看起来,更像和我们公司实力相当的竞争对手在背后搞鬼。"

"于总,上次老太太来公司闹事,我们有视频可以证明,是她自己不小心摔下去刺伤了她自己。要不,我们先澄清一下?"会议室里有人提议道。

不过,这提议有人赞同也有人反对。有人觉得,敌在暗我在明,不知对方留了多少事情在等着他们。他们不该直接将底牌亮出来,最好等到对方将所有手段都用尽了再澄清事实,这样才能事半功倍。

"等那时候再澄清,股票不知要跌成什么样!"

"既是危机,也是机遇,只要将这次危机处理漂亮了,无形之中就是在

宣扬我们集团。"

"这太冒险了！"

大家争论不休，拿不定主意，最后纷纷望向坐在上方一直没有说话的人。

"于总，您觉得呢？"

"你们觉得网上看热闹的人，会有多少人在乎事情的真相？"于晚脸上始终看不出任何情绪变化。

她的嘴角向上扬起，冷冷地说："即便真相摆在眼前，不相信的人依旧不会相信。澄清事实，对这件事件来说，只是一个蠢办法。"

于晚的每一个字都说得清晰有力，完全不像在说一件和自己有关的事。

其他人面面相觑，有些琢磨不透她的意思，说："那……于总打算怎么处理这件事？"

陆时熠望着于晚，在她开口说第一句话时，他就明白她的所思所想了。

危机处理好了，确实能转化成机遇。但是今天热搜上的这件事，并不适合用来转化机遇。一个八十多岁的老人腿断了，腹部受了伤，还差点没了命，至今还在住院，这形象可以说是相当惨了。

一旦涉及亲情，哪怕做错事的人是卢老太太，在不了解于家和林家那些恩恩怨怨前，一个是高高在上的女总裁，另一个是半个身子已经埋进黄土的受伤老人，恐怕绝大多数人都只会同情后者。

所以，即便澄清了卢老太太的伤和于晚、RG没有直接关系，舆论方向也不会改变。而且对方的营销团队是特意在拿亲情说事。

陆时熠适时地接过话："目前最重要的，是揪出幕后的营销团队和黑手，压下热搜，冷处理此事。"

陆时熠说话时，于晚的视线一直落在他的脸上。那双原本没有一丝温度的眼睛，在听他有条不紊地说完后，慢慢地有了温度，就连她心头都泛起了一股暖意。

于晚从未遇到过比陆时熠还懂她的人。

她更没想到，这个和她如此心灵相通的人会是陆时熠。

"从热搜出现后，我就已经动用关系在查了，但是对方隐藏得很深，一时半会儿，没那么好查出来。"杨颂头疼地说。

陆时熠沉思片刻，道："你们先等我一会儿，我出去打一个电话，或许能有一些消息。"

十分钟后，陆时熠重新回到会议室，所有人的视线都落在他身上。

明亮的灯光照得会议室亮如白昼，陆时熠身材高大，站在会议桌旁，光线将他轮廓分明的英俊脸庞照得格外清晰，他一脸从容。

此刻，他看了一眼众人，用清朗的声音道："已经查到了，幕后的营销公司是 RX。"

"居然是 RX！"

对于这个结果，屋里的人都觉得是意料之外、情理之中的事情。

RX 在国内的营销公司中不算是最大的，也不算是最有名气的，但其背景相当强硬。他们就像一条疯狗，只要被他们盯上，就算是上市公司也能被它活生生地整垮。

"难怪我之前怎么查都没能查出是哪家营销团队在抹黑我们，原来是 RX。"杨颂转过头，看向陆时熠，"那有查出是谁雇的 RX 吗？"

陆时熠摇了摇头，说："对方是匿名提供的内容，就连转账都是通过海外账户。所以，RX 也不知道真正的雇主是谁。"

有些营销公司压根儿没有职业道德，只要有钱赚，什么样的事都会做。一旦被这种无良的营销公司盯上，就像被苍蝇盯上一样恶心。除非背景比他们强硬，或者能够给足他们所要的钱，封住他们的嘴，不然只能自认倒霉。

杨颂头疼地揉了揉眉心，道："那我现在就联系 RX 的老板，让他开个价。"

"不用，已经解决了。他们不会再抹黑我们，热搜已经压下去了，现在我们只要在官网上给 RX 发一份律师函就行了。"陆时熠语气平静地说。

众人点开微博，果不其然，那条"#RG集团女总裁欺凌亲奶奶#"的消息，已经从热搜榜上消失了。

短短十分钟，就把如此棘手的问题解决了，陆时熠也太厉害了！

会议室里大多数人并不了解陆时熠的家庭背景，这会儿再看他时，觉得他似乎蒙上了一层神秘面纱，整个人的形象都变得高大了。他浑身像镀了一层金一般，无比耀眼。

陆时熠毫无半分炫耀和邀功之色，在于晚面前，依旧是一副恭敬的样子，他谦逊地说："于总，您觉得这么处理可以吗？"

于晚看着他，目光不禁染上了一层柔光，朝他弯了弯唇角，当众表扬了他："处理得不错，辛苦了。"

说完，她看向其他人，用她一贯冷静而果断的声音说道："就按陆助理说的，给RX发律师函。"

热搜虽然被压下去了，但关注这件事的群众依旧不少。他们看到RG官网发布了一封严谨的律师函，里面清楚地说明此次热搜是RX在恶意诽谤和抹黑RG和RG总裁。RG将会用法律的手段对其行为追究到底。

不得不说，RG用律师函回应这次热搜，比直接澄清事实更有效果。

此事终于不再继续发酵了。

04

回到总裁办公室，于晚问陆时熠，说："你怎么搞定RX的？"

这就要从有一个在娱乐圈的母亲的好处说起了。苏澜的经纪人是圈内非常有名的王牌经纪人李纪，他人脉广、手段多。他在娱乐圈里最常打交道的就是营销公司。他有不少眼线，遍布各大营销公司，大集团用常规手段查不到的消息，他都能查到。

陆时熠让李纪帮忙查这件事，李纪很快就查到是RX在幕后操控。但RX有个规矩，一旦接了雇主的单，哪怕别人出再多的钱也不会收手。RX是一家背景很硬又非常难应付的营销公司。

所以，陆时熠就给他爷爷打了一个电话。常人不好办的事，陆老爷子通常一个电话就能轻松解决。

所以陆时熠这次能解决得如此顺利，也多亏了他爷爷出面镇住了对方。

于晚听后，说："那改天我亲自去谢谢陆爷爷。"

陆时熠对此感到不满，嘟囔道："你谢我爷爷干吗？他也就打了一个电话，忙前忙后的人是我，你更该谢的人是我。"

陆时熠又无赖地向她讨起赏来。

于晚失笑，他似乎也就比陆爷爷多打了几个电话，不过，陆时熠今晚确实帮了她一个大忙。

于晚没戳破，笑着说："改天不忙了，我请你吃饭，好好感谢你。"

"真的？"陆时熠很欣喜，和他单独吃饭，算是跟他约会吗？

于晚看着面前把喜悦全写在脸上的男人，此刻，他脸上气色很好，已经看不出半点病容。尤其是他那双闪烁着光彩的桃花眼，正直勾勾地盯着她，眼里仿佛有星辰大海。

于晚在他的眼中看到了自己的身影，仿佛她就是他的全世界。那种烦躁感再次涌上心头，她移开视线，说："正好我有事要跟你好好聊聊。"

有事……好好聊聊？

他们之间还能聊什么，除了……陆时熠脸上的笑容渐渐凝固，喉结上下滚了一下。此刻，他不敢细问，心里却忐忑不安。

热搜虽然被压下，但真正的幕后黑手并没被揪出来，不知道下一次，对方还会用什么样的手段抹黑于晚和RG，所以隐患依旧存在。

第二天中午。

石箐去医院给卢老太太送饭，接了一个神秘电话后，她很快就从医院里出来了。

一辆低调的黑色轿车停在路边。

石箐没去停车场开自己的车,而是戴上墨镜,走到路边,谨慎地左右看了几眼后,上了那辆黑色的轿车。

半个小时后,黑色轿车停在了某个隐蔽的会所外。石箐跟着一个剃着光头的男人走进会所,来到某个包间。

屋里坐着一个穿着黑色西装、戴着眼镜的男人,三十多岁,看起来文质彬彬。见人到了,他抬了抬手,说:"林夫人,坐吧。"说罢,他从包里掏出一张支票递过去,"这是剩下的一千万,林夫人收好。"

石箐看着面前的支票,没想到对方给钱给得如此痛快。她接过支票收好,问:"昨晚的热搜那么快就下去了,好像对于晚一点影响也没有。你们真能对付得了她?"

那个男人推了推眼镜,笑了笑,说:"昨晚只是小试牛刀而已。林夫人,您只管给我们提供有用的信息,答应给您的钱一分都不会少,如何运作是我们的事。"

石箐点了点头,想了想还是不放心:"那……之前你们答应我搞垮于晚、收购 RG 后会给我百分之二十的股份,不会是骗我的吧?"

"林夫人,你放心,我们老板是言而有信的人。"那个男人保证道,"今天我们老板还让我带话给你,只要你和你弟弟石源听从我们老板安排,事成以后,别说 RG 的股份,就连我们新成立的科研公司,我们也可以给你们姐弟俩一人百分之十的原始股……"

听到这里,石箐的眼睛瞬间亮了。

周六傍晚,夕阳的余晖通过硕大的落地窗进入餐厅,餐厅的地面像铺了一层暖洋洋的细碎金光。

陆时熠提前二十分钟就到了。

于晚一向准时,在约定的时间点进入了餐厅。见人来了,陆时熠很有风度地替她拉开对面的餐椅。他身材高大，容貌英俊，十分惹眼，引来餐厅里不少人注目。

服务员拿来菜单，于晚问坐在她对面的人要吃点什么，陆时熠让她先点。

于晚没客气，点了一份合自己口味的菜品，点完后，她将菜单递给陆时熠。陆时熠没看，直接合上菜单，还给服务生，说："来一份跟她一样的。"

"喝酒吗？"于晚又问。

陆时熠看了她一眼，他现在确实需要喝点酒，来压一压那颗忐忑不安的心。侍酒师给两人开了一瓶红酒，陆时熠端起酒杯，如喝可乐一般喝了一大口，喉结上下滚动着。酒顺着喉咙进入胃里，终于让他没那么紧张了。

陆时熠的紧张感，源于于晚之前说的有事要跟他好好聊聊。

聊聊，到底要跟他聊什么？

于晚被陆时熠看得脸颊隐隐发烫，她本想等两个人都用完餐再跟他说，但显然两个人对桌上的这些美食都没什么兴趣。

于晚看向对面的人，缓缓开口问："你……真的喜欢我？"

陆时熠本就坐得端正，听到这句话时，背脊立马绷直，整个人更加挺拔了。他毫不犹豫，无比郑重地点头。

于晚的唇抿得更紧了，又问："不是一时兴起？"

陆时熠立马摇头道："是蓄谋已久。不，我是说，我喜欢你已经很长时间了。"时间长到连他自己都不知道，他是从什么时候开始喜欢上于晚的。

说完，他又很认真地补充道："我对你的感情是认真的，不是想玩玩。还有，我真的没喜欢过唐宛晴，高中时也是因为和于牧他们打赌，闲得无聊才追她……还有我以前交的那些女朋友，我连人家手都没牵过，说起来都不能算女朋友。你是第一个，我认认真真想追的人。"

于晚放下手里的银刀银叉，双手交握，撑在下巴上，眉头微微蹙着，像是遇到了什么棘手的问题。她垂下眼睛，沉默了一会儿，在陆时熠忐忑不安地等待中，她再次抬起头，眉眼间已恢复了平静。

"时熠,我很开心你能喜欢我。"于晚唇角微弯,诚心诚意地说。她脸上扬起的笑容,真切而生动。但这笑容却让陆时熠的心咯噔一下,有了一种不好的预感。

她接着说:"还记得之前,你问我打算什么时候结婚吗?"

陆时熠说:"记得。"

于晚说:"我记得当时我跟你说过,我不会结婚,这句话我是认真的。"

陆时熠紧张地扯了扯领结,轻咳一声,说:"不结婚也行,只要你不觉得委屈,我们可以一直谈恋爱。"

于晚没有立马反驳他的话,依旧平和地道:"时熠,我想你应该很了解我们家的情况。我不像你,有一个幸福美满的家庭。我父母失败的婚姻,严重地影响了我的爱情观。两个人当初哪怕再相爱,过了热恋期,感情就会慢慢变淡。"

陆时熠张了张嘴,想说些什么,于晚抬手打断他,说:"你先听我说完。我相信这个世界上有恩爱一辈子的恋人,但这种概率太低了。大多数恋人还没步入婚姻的殿堂就已分道扬镳,甚至老死不相往来。就算结婚了,由于各种各样的原因,离婚的人依旧数不胜数,就算没离婚,凑合过一辈子也是相互折磨。"

就像她父母,当初那么相爱的两个人,最后呢?在无数次争吵后,父亲背叛了家庭。两个人相互折磨了大半辈子,母亲临死前才肯放手。

这种爱情太畸形了,也太累了。

于晚声音清朗,每一个字都说得很清晰:"我从来不相信爱情,爱情对我来说也不是必需品。我既然已经知道不会有好的结局,那么,我宁愿选择从未开始。况且我工作已经够忙了,没精力去经营一段感情。当然,这是我个人的问题。"

于晚看着面前垂着头,忽然沉默不语的男人,心脏感到一阵疼痛。

于晚忽略心里不舒服的感觉,继续说:"我不希望你把感情浪费在我身上。

我希望,你能够跟于牧一样,一直当我的弟弟,当我的家人,而不是恋人。"

弟弟是长久的,恋人却未必。

05

这几个月和陆时熠相处下来,尤其是最近,于晚越发清晰地认识到,她很害怕失去他。这种害怕,让于晚一点也不想让她和陆时熠的关系掺杂其他的感情成分。

因为,她不希望他们最后连朋友都做不成。

于晚在任何时候都强大而自信,不管应对什么事都能运筹帷幄。但唯独在爱情上,她深受父母婚姻的影响,是个十足的悲观主义者。

于晚不相信爱情,他该怎么办?

夜深人静,陆时熠躺在自己卧室的大床上,盯着头顶刺目的灯光,怎么也睡不着。

于晚晚上的那番话,不断在他的脑海里回响。她不像之前那般直接拒绝他,反而跟他袒露心声,聊起了她的爱情观,她说得理性又冷静。生在那样的家庭,陆时熠当然能理解于晚对爱情的排斥。

可是,他就是不甘心只做她的弟弟。

周一上午,公司例会。

会议结束后,陆时熠并没走,而是在会议室外等候,见杨颂整理好各部门交上来的周总结走出来,又扫了一眼已经走远的于晚,陆时熠赶紧将杨颂拽走。

杨颂被他拉到旁边一个无人的小会议室里,陆时熠反手将门关上,这才把人放开,压低声音,说:"杨哥,我想跟你打听一件事。"

杨颂瞅了他一眼,见他如此神神秘秘,心里了然,笑了笑,道:"跟于总有关的事吧?"

陆时熠点头。

杨颂说:"什么事?"

"杨哥,你在于总身边工作了五年,那她的感情状况,你应该最清楚了。"陆时熠轻咳了一声,"我就是想问问,于总这几年有交过男朋友吗?"

"于总哪有时间交男朋友?自从接管RG以来,于总天天忙得恨不得一个人当两个人用。尤其是前些年,你是没看到过于总忙得在公司通宵不睡觉的场景……当然,这些年追于总的男人不少,不过都被她拒绝了。"

陆时熠神色复杂,听到于晚没交过男朋友,也不知是该高兴,还是该不高兴。若于晚真是一个不相信爱情的不婚主义者,那他想要追到她就难上加难了……

陆时熠再次确认,说:"于总真的一个男朋友也没交过?"

杨颂想了想,耿直地说:"这几年虽没交过男朋友,但我听说于总在国外上学那会儿倒是交过一个男朋友。"

"谁跟你说的?"陆时熠瞬间醋意涌上心头。

杨颂说:"小于总说的。"

陆时熠说:"她的男朋友是谁?"

"这我就不知道了,得问小于总。"杨颂回过神来,"怎么忽然问这事?你跟于总进展得怎……"

还没问完,陆时熠已经拉开会议室的门,消失在杨颂的视线里。

于牧和陆时熠上次在健身房里打了一架后,关系就变得很微妙,两个人像在怄气,这段时间谁也没主动联系过对方。

但这会儿,陆时熠从会议室出来,立马给于牧打了一个电话,想约他今晚出来见个面。然而,电话通了以后,于牧直接就将电话挂了。

陆时熠接着打,于牧接着挂。

两人就像杠上了一样。陆时熠一连打了二十几通电话,于牧就是不接。最后于牧就像示威一样,直接把陆时熠的电话号码拉入了黑名单。

陆时熠气得龇牙咧嘴，当天下午就请假"杀"去了于牧的公司。也不知是巧合，还是故意的，于牧在他来的前一刻就离开公司去外地出差了。

怎么看都像在故意躲他，气得陆时熠狠狠地踢了他办公室的门一脚。

而于晚自从跟陆时熠袒露心声后，既没冷落他，也没让他离开公司，对他依旧很器重。只是她的言行举止，始终保持着该有的分寸。

还真被于晚当弟弟对待了，陆时熠心里有些郁闷。

终于到了周日，陆时熠从林洲洋那里得知于牧已经从外地回来了，今晚于牧还约了几个兄弟去俱乐部打台球，陆时熠便直接开车去找他。

俱乐部里，某间台球室里很热闹，七八个男人带着女伴，一边喝着酒一边打着球。

于牧今晚心情不太好，最近他难得看上一个姑娘，不仅没追到，还被那姑娘躲瘟疫一样躲着。于牧借着打球发泄心中的不满时，陆时熠来了。

可两人见面后，像在跟对方赌气一样，谁也不理谁。

被于牧当空气一样忽略了二十分钟后，陆时熠终于沉不住气了："于牧，你出来，我有话跟你谈。"。

陆时熠脸色不太好，于牧脸色就更不好了，直接侧过身，拿后背对着他，继续挥舞着球杆，说："我跟你没什么好谈的。"

陆时熠咬了咬牙，声音不禁提高了几分，说："你给我出来！"

于牧生气了，直接将球杆往地上重重一摔，吓得屋里其他人顿时不敢吱声了。这些人都知道，于牧和陆时熠打小就关系极好，从未红过脸，今天这是怎么了？

"你还没从我姐公司离开，你还想纠缠我姐，是吗？"于牧站在陆时熠面前，两个人都是一米八几的高个子，身姿挺拔，气势逼人，感觉一场暴风雨随时会来临。

"不是纠缠，是追！我很认真地在追你姐！"陆时熠纠正他。

于牧说:"我警告过你,离我姐远一点!她不是你能追的!"

这是什么大新闻?

陆时熠居然在追于牧的亲姐……在场的几个人面面相觑,都被这个消息惊呆了。

陆时熠今天来找于牧,原本是想通过于牧了解于晚的感情史。但一说到于晚,两个人就夹枪带棒的,根本不能心平气和的说话。

他气愤道:"于牧,你搞清楚,她是你姐,又不是我姐!于晚未婚,我未娶,我怎么就不能喜欢她了?况且,于晚又没喜欢的人,我有追求她的权利!你就算是我兄弟,你也没权利阻挠我追她!"

于牧被他的话呛得噎住了,随后,他更大声地说:"谁说我姐没喜欢的人了?下午我出门前,还听到我姐跟她前男友打电话,约今晚见面!说不定两个人今晚就旧情复燃了,你根本就没戏,别再骚扰我姐了!"

陆时熠板着个脸,眼眶以肉眼可见的速度开始泛红,他一把揪住于牧的衣领,问:"你姐前男友是谁?他们现在在哪里?"

于牧见他一副气急败坏的样子,反而弯起了唇角,笑了笑,道:"你也认识的,霍沉!"

一辆黑色的轿车在高速公路上奔驰着,陆时熠直接去了于牧说的那个日料店。

二十分钟后,陆时熠把轿车停在一家高档的日料店外。车子熄了火,陆时熠还没从车里出来,就看到饭店门口站着一对熟悉的身影。

男人穿着一身黑色西装,里面是一件白衬衫,打着领带,气质儒雅。女人穿着一件漂亮的米色大衣,化着精致的妆,拎着包,脚上穿着一双细高跟鞋,他们站在门口有说有笑。

这两个人,不是于晚和霍沉又是谁?

坐在车里的陆时熠双手猛地握紧了方向盘。于牧没骗他,于晚今晚真的在和霍沉约会!

于晚站在霍沉身边，哪里还有女强人的冷厉感和拒人千里的冷酷感？陆时熠怎么看都觉得她小鸟依人。尤其当他看到她望着霍沉，唇角向上扬起、带着笑意的表情时，他觉得这一幕太刺眼了，都快刺穿他的心脏了。

昏暗的光线中，他直勾勾地盯着车窗外，像一只伺机而动的野兽。不知看到了什么，陆时熠的瞳孔猛地一缩，眼底瞬间涌上滔天怒意。

── 第十二章 ──

他妒火中烧,从一只"心机狗"变成了一只"疯狗"。

01

车外。

于晚朝霍沉感谢道:"今天真是太感谢你了,不愧是专业的精算师,分析得就是到位。等这个项目完成,我一定请你吃饭。"

"好,那我提前祝你成功。"霍沉笑着展开双臂。

"谢谢。"于晚落落大方地和霍沉来了一个友谊之抱。

两个人正准备离开时,一个带着滔天怒火的拳头落在了霍沉的脸上。

毫无防备的霍沉直接被一拳打倒在地。

于晚回头,看到忽然出现的人,脸上的惊愕随之转化成愤怒和难以置信。见陆时熠还想冲上去打人,她怒道:"陆时熠,你发什么疯?给我住手!"

陆时熠侧过头,那双似乎要喷火的桃花眼,看向于晚紧抓着他胳膊不放的手。于晚的这一举动,落在他眼里,就像在护着霍沉。

他打霍沉,她心疼了!

醋意在心里翻涌，他拳头握得咯吱咯吱响。

在于晚的印象中，陆时熠大多时候都是嬉皮笑脸的。她从未见过像今天一样如吃了炸药一般的陆时熠。他全身肌肉紧绷，铁着脸，直勾勾地盯着霍沉，像要将他吃了一样。

霍沉从地上爬起来，抬手擦了擦嘴角的血丝，眉头微蹙。突然被打，霍沉虽然生气，但还是极有风度地忍着脾气："时熠，你对我是不是有什么误会？"

"对别人的女朋友搂搂抱抱，能有什么误会？我打的就是你！"陆时熠怒气冲冲，全身像要喷火一样。

霍沉看了于晚一眼。

于晚皱眉，这都什么跟什么？她压低声音，道："陆时熠，你胡言乱语些什么？赶紧跟霍沉道歉！"

还想让他道歉？

陆时熠心里的怒气像乘了火箭一样，噌噌地往上蹿。他眼眶通红，直勾勾地盯着于晚，胸腔剧烈起伏着，他说："你在骗我！你在骗我！"

这一声怒吼，吼得于晚单薄的身躯都跟着颤了颤。

陆时熠将矛头再次对准霍沉，说："我记得我上次明明白白地告诉过你，于晚已经有男朋友了。我不管你们以前是什么关系，从今天起，你给我离于晚远一点！不然我看见你一次，打你一次！"

陆时熠愤怒地说完后，直接强势地将于晚拽走，霸道地不让她和霍沉再有任何接触。哪怕眼神接触也不许！

手腕被拽得极紧，于晚根本甩不开。

陆时熠走得极快。

而这时，霍沉在后面追了上来："陆时熠，你放开于晚，你弄疼她了！"

听到霍沉的话后，陆时熠的脸色更加不好了，一只手握成拳，手背上青筋突出。

"霍沉,你先回去吧,改天我再跟你解释,今天的事,真是对不起……"于晚回过头,对身后追上来的人道歉。

于晚不知道陆时熠今天好端端地发什么疯,但眼下,若是让陆时熠再跟霍沉待在一起,她有预感,他还会动手打人。

霍沉站在原地,没再追上来,一脸担忧地看着于晚的背影。

于晚说:"陆时熠,你能不能先冷静一下?"

正处在暴怒中的陆时熠哪里还有理智可言。车门被他大力地拉开,于晚被他用力地塞进副驾驶座。

陆时熠不说话,绕过车头上了车。他看了一眼后视镜,看到不远处的霍沉还没走,他的眼神变暗,一脚踩着油门,车飞驰而去。

"开这么快,你不要命了?"于晚眉头紧蹙,赶紧系上安全带。

陆时熠说:"放心,就算出车祸,我死,我也不会让你死!"

于晚说:"你别乌鸦嘴!"

之后,陆时熠不再说话。车里,气压低得可怕。

于晚不知道陆时熠要将她带去哪里,他现在就是一个毫无理智又随时会暴怒的人,根本没法跟他沟通。于晚虽然憋着一肚子的疑问和怒气,此刻索性也闭上了嘴,平静地坐在车里,任由他开着车满城跑。

一个小时后,车停在某条并不繁华的街道上。

路的两边,稀稀落落地开着几家店,很多门面都空着,里面漆黑一片。这应该是一个才建不久的新小区街道。路灯并不明亮,路上行人三三两两,看起来很冷清。

陆时熠推开车门下了车。

于晚一直紧绷的神经,总算稍稍放松了。她侧过头望向车窗外,看到陆时熠走进了不远处的便利店,买了些什么又出来了。

他没有回车里,而是站在路边的一棵香樟树下,从口袋里掏出刚刚买的烟和打火机。

陆时熠虽然从小跟着于牧一起闯祸，但从来没有抽烟的习惯。他学着那些吸烟的男人，手指夹着烟，点燃，吸了一大口后，直接把自己呛到了。

"咳咳咳……"陆时熠赶忙背过身去，一手撑在树上，一手捂着胸口剧烈地咳嗽。

想抽根烟缓解一下心情，结果连烟都不让他痛快！

身后传来高跟鞋的嗒嗒声，随后，一道高挑的身影停在陆时熠身旁。陆时熠立马站直了身，背脊僵硬，他连烟都抽不好，觉得在于晚面前太没面子了。

像赌气一般，陆时熠再次把烟往嘴里送。

烟还没碰到嘴，一只白皙的手已经伸了过来，抽走了他手指间夹着的烟，然后掐灭。于晚脸色阴沉地瞪了他一眼，侧过身，从他的口袋里拿出烟盒和打火机，一并丢到了一旁的垃圾桶里。

做完这一系列动作，于晚重新来到陆时熠身边，微微仰着下巴问："冷静下来了吗？"

陆时熠双手插在裤兜里，紧抿着唇，不说话。

于晚问："现在可以跟我解释一下，你今晚的所作所为了吧。"

陆时熠的呼吸变重，睨着她，像受了欺骗后感到委屈的小鹿。他的声音有些沙哑，重复着之前说过的话："你在骗我……"

"我骗你什么了？"于晚虽然觉得他很莫名其妙，但还是耐着性子问。

陆时熠强压着情绪，说："你说你不相信爱情，你说爱情对你来说不是必需品，你说你工作忙，更没精力去经营感情……这些话，是真心的吗？"

于晚说："当然。"

陆时熠的声音猛地提高，质问她："那霍沉呢？"

"这关霍沉什么事？"于晚听不明白了。

"怎么不关他的事了？"陆时熠再次质问，"你跟霍沉什么关系？"

于晚说："朋友。"

还想骗他？陆时熠冷笑道："你确定是朋友，而不是前男友？"

于晚忽然没说话了。

"前男友"这个称呼，对于晚来说太过陌生，陌生得宛如隔了一个世纪。于晚回忆了片刻，才回忆起她和霍沉曾经那段短暂的，甚至都不能称为恋情的恋情。

安静了许久，于晚的声音终于随着夜风传来："我还在国外上大学的时候，和霍沉交往过一段时间。"

于晚就算反应再迟钝，这会儿也大约知道，陆时熠今晚忽然动手打人的原因了。

看来，陆时熠多半是吃醋了……

所以，她觉得很有必要跟他好好解释一下她跟霍沉的关系。

02

于晚说："当初我跟霍沉在一起……"

听到于晚亲口承认和霍沉交往过，陆时熠只觉得全身的每一个细胞都像装了易燃炸弹，砰的一声，炸得天崩地裂，理智全无。

陆时熠听不下去了，打断她："什么不相信爱情？什么单身主义？什么没时间谈恋爱？全都是骗我的！当初，你答应做霍沉女朋友的时候，怎么就相信爱情了？"

于晚看着面前眼睛冒火的男人，她抬手拉了拉他的衣袖，道："陆时熠，你冷静一点，你先听我说……"

陆时熠火冒三丈，甩开她的手，说："听你说什么？听你说当初是怎么对霍沉动心的？听你说你喜欢他喜欢到愿意放下所谓的原则？"

于晚无话可说。

"我也蠢，才会相信你那些骗傻子的话！"陆时熠声音沙哑，眼眶通红，眼里有水光波动。他妒火中烧，让他从一只"心机狗"变成被嫉妒冲昏头脑的"疯狗"。

若是以往，于晚碰到如此不讲理又不理性的男人，绝对会动怒。但此刻，当她看到陆时熠委屈的目光以及他眼眶里的泪光时，心忽然抑制不住地抽痛起来。

于晚卸下她强势的外壳，伸过手去，拉住陆时熠握得紧紧的手，低声哄着："时熠，我真的没有骗你。那天我跟你说的话，都是发自我的内心，我……不想失去你，所以，我更希望你能当我的弟弟。"

陆时熠笑了。

她不想失去他，所以只想和他当姐弟？

他才不要跟她当姐弟！

陆时熠看着眼前的女人，一字一句地说："于晚，你给我听清楚了，我只说一遍，从此刻起，你休想再把我当弟弟，我陆时熠要么跟你是陌生人，要么是你的男人！"

于晚还没完全消化这句话时，她就被陆时熠抵在了香樟树上，而身前男人结实的胸膛，也随之压了上来。

铺天盖地的男性气息将于晚严严实实地包裹着，空气瞬间变得稀薄。

陆时熠一手紧搂于晚的腰，一手紧扣她的后脑勺，滚烫的、疯狂的吻，如狂风骤雨般，猛烈地向她袭来……

于晚猛地瞪大了眼，大脑一片空白，身体僵硬得忘了反应。

陆时熠在吻她？

陆时熠胆敢强吻她？

陆时熠不仅吻了她，还吻得格外霸道，男性的气息顷刻间便侵占了她的领地。如此胆大包天的举动，让于晚心头掀起惊涛骇浪，睫毛颤动不停。

双手抵在男人的胸前想将他推开，然而，无论于晚怎么推，身前的男人都稳如磐石，纹丝不动。

这个吻，让于晚几乎窒息。她整个人就像被丢进了蒸锅，全身燥热，血

液沸腾，大脑严重缺氧。于晚很想反抗，可是身体早已没了力气，晕乎乎的大脑已经支配不了她的四肢。

男人那双含着欲念的桃花眼缓缓睁开，他喘着粗气，睨着身前满脸绯红的女人，终于放开她。

他用指腹轻柔地摩挲着她柔软的红唇。

两人挨得极近，起伏的炽热气息落在彼此的脸上。

于晚终于呼吸到新鲜空气，缺氧的大脑有了思考能力，她缓过神来后，一把将身前的男人推开。

她紧咬着红唇，瞪着陆时熠，既羞涩又气愤，道："你……你居然敢强吻我？"

"我早就想这么干了。"陆时熠脸上毫无歉意，反而一脸满足，伸出舌头舔了舔被于晚咬破的唇角。

于晚又羞又恼。

最后，她只用了三个字来表达所有的情绪："你可恶！"

陆时熠不以为意，反而朝她逼近，眼里有种报复般的快感，说："我们都接过吻了，你现在还想把我当弟弟吗？"

一阵风吹过，于晚脸颊上的发丝飘了起来，她毫不客气地打了陆时熠一巴掌，作为他强吻她的代价。

陆时熠的脸被打得偏向一侧，白皙的俊脸上立马浮现出五个清晰的红手印。

于晚打了他一巴掌后便不再看他，转身快步朝马路上走去。此时，一辆出租车停在附近，一对情侣从车里走了下来，于晚将车拦住，直接坐上出租车离开了。

陆时熠看着逐渐远离视线的出租车，那双漂亮的桃花眼里渐渐没了光彩。

夜，静得如一潭死水。

今晚，于晚对他动怒了吧？明明他很有耐心，也很想好好地追求她，可是妒火吞噬了他所有的理性，让他将一切都搞砸了。

一夜宿醉。

陆时熠一觉醒来，看到RG人事部发来的解除劳动合同的信息时，愣住了。连个通知都没有，他就直接被辞退了，显然是于晚亲自授意的。

完了……陆时熠慌乱极了。昨晚他冲动地强吻了于晚，她真的生气了，而且还是很生气，连商量的余地都没留给他。

而且，他的手机号和微信号都被于晚拉入了黑名单。

四十分钟后，陆时熠出现在RG集团顶层，但是于晚并不在公司。问了程秘书，她说于总临时外出了，她也不知道于总去了哪里。

晚上六点多，于晚在外忙完一天的工作，难得没回公司，而是直接回了家。没想到，她躲了一天的男人，此刻正坐在她家的客厅里。来不及转身离开，屋里的陆时熠已经看到了她。于晚迟疑了一会儿，径直朝另一边的楼梯走去。

陆时熠被于晚彻底忽略了，他瞬间慌了，顾不了太多，直接快步追了上去。

于晚的房间在三楼。

在她推开房门，马上就要进屋时，追到门外的陆时熠一把抓住了她的手腕，声音低沉地叫了一声"晚晚"。

于晚回过头，冷冷地说："放手！"

"对不起……"陆时熠缓缓松开手，像个做错事的孩子一样站在于晚面前，手足无措地道，"我知道你现在很生气，对我昨晚的表现失望透顶，也不想看见我……但是能不能给我一个道歉的机会？"

于晚现在确实不想看到他，本想将他关在门外，但看到他一副做错事后小心翼翼的模样，又于心不忍。

03

于晚一张漂亮的脸面无表情，站着没动。

陆时熠继续说:"昨晚我听到于牧说你和前男友去约会了,还说你们有可能旧情复燃,我慌了,我害怕别的男人会抢走你。尤其是看到你跟霍沉两人抱在一起时,我很嫉妒,才会失控打了霍沉……我已经深刻意识到打人是不对的,我……我改天亲自上门跟霍沉道歉。"

陆时熠每次惹于晚生气后,认错时都是积极又深刻的,他还说:"我知道昨晚是我太冲动了,不管怎么样,我犯的最大的错误,就是不该不顾你的感受,强吻你……"

不提这件事还好,一提起这件事,于晚的脸色瞬间就变了。

陆时熠又说:"我保证,以后不管发生什么事,在你不允许的情况下,我都不会对你做出任何僭越的举动,你原谅我,好吗?"陆时熠头将抵在门框上,可怜巴巴地望着她。

于晚的视线落在他唇角的伤口上,那是他昨天强吻她时,被她咬破的,伤口还没愈合。

一想到那个吻,于晚觉得脸上有些发烫。再看向他时,神色变得极其复杂。

陆时熠虽然现在是一脸诚恳、认错态度极好的模样,但昨晚他吻得如此激烈,那夹杂着妒火的吻,让她清晰地认识到他是一个男人,一个对她有着满满占有欲的男人。

不管是感情还是工作,于晚都不喜欢拖泥带水、牵扯不清。

她终于开口:"去隔壁书房。"

陆时熠说:"我去书房,那你……"

见陆时熠一脸怕她跑了的模样,于晚低声回答道:"我回屋里换身衣服,给我老老实实去书房待着,一会儿我有话跟你讲。"

"好。"陆时熠终于放下心来,但一想到于晚有话要跟他讲,那颗本就七上八下的心瞬间又不安了。

于晚来到书房时,身上已换了一套居家休闲服。

陆时熠坐在书房沙发上，从于晚进来开始，他就目不转睛地跟随着她的身影转。

于晚并没坐到沙发上，而是选了一个离陆时熠最远的位置，在书桌后的椅子上坐下。两个人隔着五六米远的距离。

于晚是在提防他，怕他再对她做出什么过分的事吧？

陆时熠目光变暗了些，心头滑过一股难言的疼痛感。

于晚一坐下，就开门见山地说："昨天我跟霍沉见面是为了工作上的事。RG想收购TOMITO，正好霍沉很了解D国的这家公司，加上他又是专业的精算师，所以我请他帮忙分析我们收购TOMITO的风险率和回报率。"

她语气平静，并不像在跟陆时熠解释什么，更像在陈述一件事实。

RG想收购TOMITO的事，陆时熠自然知道。这个收购案已经筹备许久，是今年乃至未来几年的重要项目。

陆时熠没有插话，在于晚讲完后，只"嗯"了一声。

于晚说："五年前，我和霍沉确实在一起过……"

"我不想听你和霍沉的恋爱史。"陆时熠嘟囔了一句。

于晚冷厉的目光扫过去，说："你必须给我听着！"昨天陆时熠就是因为不听她把话说完，才会吃醋，最后还强吻了她。

陆时熠虽一脸不情愿，但接下来还是一声不吭，乖乖地听着他心爱的女人和其他男人的爱情故事。

霍沉在国外留学时，和陆时熠、于晚念的是同一所大学，不过比他俩都高了好几届，是他们的学长。

霍沉很优秀，当年是他们学校的风云人物。机缘巧合下，他和于晚认识了。

优秀的人总是有着吸引人的魅力。于晚在学校里同样出类拔萃，加上她又长得高挑、漂亮，气质出众，没几个男人能不对她动心。

霍沉也不例外。

于晚那时才二十一二岁，父母失败的婚姻，虽然让她恐惧爱情，排斥和

异性有更深入的交往,但她心里多多少少对爱情还有着一丝期待。

或许,不是所有男人都跟他父亲一样糟糕。

霍沉沉稳踏实、儒雅优秀、家境优渥,不管是性格还是家庭条件,和她父亲都完全不同。所以,当霍沉提出让于晚做他女朋友时,于晚同意了,愿意给他,也给自己一个试一试的机会。

不过,两人仅仅交往了一个月就和平分手了,两人都觉得彼此更适合做朋友,而不是恋人。

成长环境对一个人的影响真的很大,像霍沉这么优秀的男人,于晚不管怎么努力,还是没法爱上他。她从骨子里排斥爱情,让她无法对任何男人投入感情和真心。和霍沉分手后,于晚坦然接受了自己性格上的缺陷,也决定了从此以后做一个单身主义者。

讲完和霍沉的那一段过往后,于晚对陆时熠说:"所以,那晚我跟你说的话都是真心的,没有骗你,我确实不想谈恋爱,一个人比两个人在一起要轻松快乐得多。"

陆时熠坐在沙发那边,垂着头一言不发,不知在想些什么。

过了许久,安静的书房里才传来他低沉的、像做了什么重要决定般的声音:"既然如此,那我尊重你的想法,以后……我会收好自己的心,不再逼迫你。但是你能不能让我继续留在你身边工作?"

陆时熠暂时妥协了。

于晚现在不想谈恋爱没关系,他不会再逼迫她答应做他女朋友。只要他还能留在于晚身边,他可以用自己的行动慢慢感动她,让她相信自己,相信爱情。

只不过……

"不行!"于晚想都没想,十分干脆地拒绝了他。

陆时熠说:"为什么?"

于晚道:"没有为什么。"

陆时熠情绪略显激动地站起来，朝书桌的方向走去。他走到桌前停下脚步，双手撑在桌面，俯下身去，平视于晚，说："我都说我会控制好自己的感情，像以前一样只做你的助理，不会再给你带来任何困扰，为什么还不行？"

"我说不行就是不行。"于晚冷艳的脸紧绷着，态度很坚决。

陆时熠说："该道歉的我道歉了，该保证的我也保证了，你必须给我一个理由！"

还说不会逼迫她，他现在说的每一句话都是在逼迫她。

于晚不想回答，从椅子上站起来，板着脸朝书房外走去，直接下逐客令："该说的我都说完了，你回去吧。"

陆时熠快步走上前，一把拽住于晚的胳膊，砰的一声把她面前拉开的房门合上，将她抵在门板上。

陆时熠说："到底是因为什么你要把我赶走，难道就因为我喜欢你吗？我喜欢你也有错吗？"

于晚被困在门和陆时熠宽阔结实的胸膛间，他有力的双臂撑在她的两侧，即便两个人的身体没有丝毫接触，但眼前高大的身影，还是将她禁锢得无处可逃。

于晚讨厌被逼迫，讨厌自己在面对陆时熠时越来越无法与他坦然相对。

她更讨厌这种失去控制的感觉。

于晚也生气了，仰起白皙的脸，气恼道："因为什么？因为你在我身边，已经严重地影响到我的工作，你必须从 RG 离开！"

"我影响了你工作……"陆时熠嘀咕着，一脸困惑。

随后，他想到了什么，目光骤亮，又兴奋又惊喜地问："我影响到你工作，是不是因为你对我有好感？"

于晚无法反驳他。

"你喜欢上我了，是吗？"陆时熠眼里尽是光彩，亮若星辰。

于晚侧过脸,抿着唇,还是不说话。

陆时熠用骨节分明的手捏住她漂亮的下巴,将她的脸扳向他,两人四目相对。

薄唇凑近,陆时熠故意带着几分恐吓的意思,继续逼问道:"到底是不是?你要不说话,那我只能吻你了!"

陆时熠刚刚所有保证的话,在这一刻全都被他推翻了。

男人的话果然一句都不能信!

04

于晚已经见识过失去理智的陆时熠,知道他什么事都做得出来。她闭了闭眼睛,索性承认,道:"是,我是对你有好感了!"

承认了,她终于承认了!

于晚对他有好感了,终于不再把他当弟弟,而是把他当男人了!

陆时熠激动得都要疯了。

然而于晚的下一句话就将他从天堂打入了地狱。

于晚又说:"但也仅限于好感而已,这不会对我的决定、我们的关系有任何改变。陆时熠,如果你不愿意当我弟弟,那从此以后我们就当陌生人!"

一连多日。

陆时熠都泡在酒吧里,醉生梦死。

林洲洋看不下去了,给于牧打了电话,说:"时熠今晚又在酒吧里买醉了,再这么喝下去,他真要废了。"

于牧说他才懒得管,还说陆时熠活该,谁让他去招惹他姐,就让他醉死在酒吧里算了。

然而,当于牧看到林洲洋发给他的视频后,他直接大喊:"喝成这副蠢样,这谁啊?"

224

于牧盯着手机屏幕,在办公室里烦躁地抓了抓头发,最后还是拿起车钥匙,赶去了酒吧。

酒吧里人声鼎沸,热闹非凡。

相对楼下的喧闹,二楼显得清静不少。

于牧目光巡视一圈,看到林洲洋和沈卓尧坐在最里侧的卡座,而他们旁边是躺着的陆时熠。他穿着白衬衫、黑西裤,身前解开了好几颗扣子,胸膛半敞着,手里抱着酒瓶,脸颊通红,那双桃花眼微眯着,一副萎靡不振的模样,哪里还有平日里的意气风发。

于牧看得生气,走上前踹了陆时熠一脚,说:"不就失个恋,至于这副德行吗?"

陆时熠抬了抬头,有气无力地小声说:"我还没谈恋爱就失恋了,晚晚不要我了……"

于牧见他这副痛苦的模样,烦躁地揉了揉脑袋。

林洲洋从陆时熠身边站起,坐到另一边的沙发上,对于牧说:"你去安慰安慰他吧,你姐拒绝了他,对他打击挺大的,我们的话他都听不进去。"

谁能想到,他们之中居然出现了一个如此痴情的大情圣。

真是世事难料。

于牧实在看不惯陆时熠这副颓废的样子,上前一把揪住他的衣领,直接把他拽起来,一脸暴躁地说:"你喜欢我姐什么?我姐有什么值得你这么爱得死去活来的?天下女人那么多,你喜欢谁不好?非要吊死在我姐这棵树上了?你能不能给我振作点?"

陆时熠说:"天下的女人再多,她们也不是我的晚晚。"

听到这话,于牧心头一震,想揍他,又有些不忍心。

于牧松开了手。陆时熠重新跌回沙发上,喃喃地道:"你知道吗?从小到大,我最羡慕的人就是你了。"

于牧蹙了蹙眉,压下心中的怒火,在他身边坐下,问:"你羡慕我什么?"

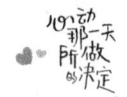

明明从小到大，陆时熠才是那个令他们都羡慕的人。

陆时熠拿过茶几上的酒瓶，往嘴里灌了一大口后，终于将自己藏了十几年的心事一点一点地告诉他们。

从小到大，陆时熠虽然十分受宠，但母亲常年忙于拍戏，父亲又天天待在科学院钻研各种学术，他算是没人管的孩子。

而于牧虽然爹不疼妈不爱，父母都不管他，但至少，他有一个疼爱她的姐姐。

所以，陆时熠从小就羡慕于牧有个姐姐。

于牧不学无术，只会闯祸，于晚就像个大人一样，天天替自己弟弟收拾烂摊子。那时的陆时熠还不懂什么是爱，一心只想引起这个冷冰冰，却长得格外漂亮的姐姐的注意。

但这个漂亮姐姐的目光永远都在自己弟弟身上。

小的时候，陆时熠为了引起她的主意，他开始有意识地模仿于牧的言行举止。于牧是个差生，他就故意隐藏自己学习好的事实，也伪装成差生；于牧考了个位数的分数，他就直接考零分；于牧闯祸，他就跟着一起闯祸。

所以，每次于晚教训于牧也顺带教训他时，陆时熠都在心里暗自窃喜，自己又一次成功地引起了于晚的关注。

"十岁那年，听到隔壁班一个小胖子说你姐坏话，我们二话没说就冲上去把人家打得鼻青脸肿的事，你还记得吗？"陆时熠转头，桃花眼微眯着，望向于牧。

这件事，于牧当然记得。虽然他经常在外说他姐坏话，但是谁敢在他面前说他姐的不是，他就会奉上拳头。那次，陆时熠和于牧把人打了以后，小胖子找了一群高年级的男生，把他俩堵在学校后门的胡同里。

他俩身单力薄，自然不是那群人的对手。

陆时熠不知道当时于晚是怎么知道这件事的，在他俩被一群人围殴时，于晚宛若天神降临，别看她那会儿高高瘦瘦，力气却很大。她拽着那些男生的衣领，直接将人一个个拽飞，把他俩救了出来。

于晚三岁就被于敏知送去学跆拳道，所以，在面对七八个男生时，她毫无惧色。

在那场混战中，陆时熠看到有人想在背后偷袭于晚，他顾不得身上疼，擦了擦嘴角的血，赶紧从地上爬起，以百米冲刺的速度冲上去保护她。结果，不仅没上演英雄救美的戏码，他还被于晚当成偷袭的敌方，被踢了裤裆。

对陆时熠来说，那是相当惨烈，也是相当难忘的一天。

后来那群男生都被于晚打趴下了。她微微抬着冷冰冰的小脸，霸气地道："以后你们要再敢动我这两个弟弟，我要你们好看！"

于晚冷厉的目光硬生生将一群男生给吓退了。从此以后，他们再也不敢找陆时熠和于牧的麻烦。

"那时你姐就是我心目中的偶像。我常常在想，我什么时候才能长得比你姐高？我什么时候才能保护你姐，而不是被她保护？"忆起往事，陆时熠的唇角情不自禁弯起，而后，他又苦恼地皱了皱眉，像在自我反问，"我到底是什么时候喜欢上你姐的？或许……"

陆时熠顿了顿。

他的目光望向远处五彩斑斓的灯，回忆着，说："十岁那年，你姐忽然出现救了我们的那一刻，我就对她动心了。或许，从我有记忆起，当我妈领着我去你家玩时，第一次见到你姐，我就喜欢上她了吧。"

听到这，于牧忍不住在心里暗骂了一声"畜生"，那么小就对他姐动歪心思了，他还是个人吗？不过，于牧没打断陆时熠的话，继续听他说着。

陆时熠又说："那时候不懂爱，总是用一些奇奇怪怪的方式来引起你姐的注意。"陆时熠自嘲，笑了笑，"现在想想，我还真是蠢。十八岁那年我们高中毕业，我出国念书前，你姐正好回国接手RG。那些老股东对你姐年纪轻轻就爬到他们头上掌管集团这件事非常不服气，他们也担心利益受损，就暗中给你姐使了不少绊子。"

说起这件事,于牧就想发脾气。

他虽然对工作不怎么上心,但母亲死后的那段混乱日子他记忆犹新。

05

五年前的RG,被各大股东的亲戚控制着重要部门,他们相互勾结,贪污受贿,集团已被这群蛀虫掏空,濒临破产。而于敏知病逝后,这群老股东想趁火打劫,欲将于家的家业私吞,什么阴狠招数都使了出来。

他们曾多次暗中找人绑架于晚姐弟,好在于晚有所防备,没让他们得逞。但防不胜防,最严重的一次,于晚的车被人动了手脚,出了车祸,差点命丧黄泉。

于晚命大活了下来,她不惧威胁,大刀阔斧地进行改革,将公司的蛀虫和毒瘤一一铲除,该送监狱的一个不落地送了进去。

于晚手段强势,对他们不留半分情面。

那段时间,那些股东的亲戚天天来RG闹事,于牧和陆时熠为了保护于晚,没少跟人打架。最后,那些穷途末路的人为了报复于晚,还找了一群地痞流氓,想将于晚毁了。那天,于晚参加完商业活动,从洗手间一出来就被人迷晕带走了。

好在那天,杨颂发现于晚不见了,及时报警的同时也给于牧打了一个电话。

陆时熠和于牧看完活动中心的监控,两人都急疯了。陆时熠十分担心和害怕,他立马给爷爷打了一个电话,动用了各方势力,终于查到于晚被他们带去了某个酒店。

于晚毕竟是RG集团的总裁,那几个地痞流氓不敢轻举妄动,他们觉得风险很大,便和雇主商讨价格。他们似乎是因为价格没谈好,起了争执,拖延了一些时间。当时,陆时熠一行人及时赶到了,于晚这才从虎口中脱险。

当时陆时熠冲进酒店房间,准备抱起床上的于晚时,于晚正好从昏迷中醒过来。有异性靠近,她本能地弓起膝盖,踢了过去。

于是，陆时熠第二次被于晚踢了裤裆。

好在陆时熠反应敏捷，没被踢得太狠，没造成不可挽回的事情。

当然，被踢裤裆这种没面子的事，陆时熠即便喝得有些醉，在兄弟们面前也没讲。

于晚自从经历了那件事后，后来很长一段时间，不管去哪都带着保镖。公司步入正轨后，那些老股东的分红一年比一年高，这才渐渐收了心，不再暗中使坏。

陆时熠又仰头灌了一大口酒，继续说："别看你姐一直坚强得跟个女超人一样，好像不管什么事都击不倒她。在我出国的前一天，我曾跟着她的车去了墓园。"

那时，陆时熠暗中跟着她，是担心她又会遇到什么危险。

没想到，却让他看到了于晚从不在外人面前表露的一面。

"那天，你姐在墓前待了很长时间，她对着你母亲的墓说了很多的话。她说她压力很大，害怕自己扛不住会倒下，她担心自己没有能力让RG渡过难关，她担心那些为RG辛劳工作的员工会因为她的无能而失业，她更担心自己会照顾不好你……"

"那天她坐在地上，抱着自己的肩膀哭得像个孩子，那是我第一次见到你姐如此脆弱的一面。当时……"说到这，陆时熠的声音有些沙哑，"我真的很想上去抱抱她，给她温暖，给她依靠。我多希望我有能力替她分担压力，这样她就不用假装坚强，用她单薄的身躯扛起所有的重担。"

他姐居然还会哭？于牧不可思议地望向还在说话的陆时熠，在他印象中，他姐从来都是无坚不摧的，别说流泪了，半点脆弱感都不曾在她身上显露过。

于牧心头震撼不已，瞬间红了眼眶。

"或许就是从那天起，我对你姐的情感，在我自己都不知道的情况下，彻底发生了改变。出国后，我没有一天不在想你姐。我每天都在想，你姐现在在国内干什么？有没有坏人又想害她？她有没有喜欢的男人？有没有谈恋

爱？有没有和别的男人约会？每次想到这些，我就没来由地嫉妒那些我凭空想象出来的情敌……"

说到这，陆时熠神情痛苦地抱着脑袋，说："我发现我病了，病得特别严重。从小到大，我一直把你姐当亲姐姐看待，可我却对她有了非分之想，我觉得自己好无耻、好恶心。

"我拼命地不让自己去想她，可是却想得更加疯狂，那种想要得到她的念头，一天比一天强烈。

"后来，我去看了心理医生。心理医生建议我试着跟别的女生多接触，来转移注意力。我照做了，试着和不同类型的女生约会，可是和她们见了一次后，就再也没兴趣跟她们见第二面。

"你姐彻底成了我的心病，我身心备受煎熬，终于扛不住了。在心理医生的建议下，我不想再做逃兵，也不想再逃避自己的感情，所以我回国了。回国那晚，我在酒吧见到你姐后，终于确定，我早在不知不觉中爱上了她。"

二楼的卡座格外安静，他们都静静地听着。陆时熠低声讲述着他深藏在心里多年的不为人知的秘密。

这一晚，于牧喝了不少酒，一直沉默不语。

他发现，自己对这个跟他穿同一条裤衩长大的好兄弟是真的一点都不了解。他从不知道，陆时熠竟深爱了他姐这么多年。于牧看着身旁为情所困的陆时熠，终究心软了，也心疼了。

之前他强烈反对，一是情感上接受不了，二是害怕陆时熠对他姐不是真心的，会伤害到他姐，导致最后他们连兄弟都做不成。

这一晚，于牧在心里做了一个决定，他要帮陆时熠追到他姐！

三月底，万物复苏。

B市这座城市，终于有了春天的气息。RG集团在这个春天也迎来了新的里程碑。

媒体争相报道，RG旗下量子技术与人工智能实验室取得重大突破，成为新兴商业量子计算行业的领航者，将重新定义人工智能。

同时，RG还大手笔收购了D国TOMITO公司，占比百分之五十一，RG携人工智能新技术，正式进军无人驾驶汽车领域。这一系列报道，在行业内外引起极大轰动。

一时之间，RG备受关注。

各种项目也纷至沓来，于晚忙得黑白颠倒。这段时间，于牧在家几乎碰不到他姐，为了亲兄弟的幸福，这天，他还是决定亲自去一趟RG集团。

于牧没直接说他的真实来意，前些天在家好不容易碰到于晚一次，在她面前，他刚提到陆时熠的名字，于晚脸色就变了，说她困了，有什么事改天再说，然后直接就上楼了。

显然，她不想听到任何和陆时熠有关的事。

所以，于牧只能另想他招。

第十三章

她从不知道,在这个世界上,有一个男人竟爱她爱了这么多年。

01

几天后,于牧又去了 RG。

于晚听到于牧说的事,从文件中抬起头,平静的脸上终于起了波澜,她讶异道:"于沁要结婚?"

"对啊。她说这周末在 L 岛举行婚礼,让咱俩一定过去。"于牧怕她拒绝,凑近身子说,"表姐说,本来想找你当伴娘的,知道你忙就没好意思开口。表姐这辈子也就结这么一次婚,肯定希望亲朋好友们都能去现场祝福她。姐,你跟表姐从小关系就好,就算公司再忙,你也得抽空去参加她的婚礼,对吧?"

于晚想起来,于沁最近确实给她打过电话,她一直在忙,忙得都忘记给她回电话了。

于晚放下笔,道:"我有说不去吗?"

"姐,那你是答应了?"于牧立马高兴起来,"那我现在就去给表姐回电话。"

于晚看着弟弟风风火火离去的背影,摇了摇头,随后拨了内线电话,让程秘书把她周末的行程都推了,再订两张去L岛的机票。

而于牧一出办公室立马给陆时熠打了电话,道:"我姐已经答应去参加我表姐的婚礼了,兄弟,机会已经给你争取到了,能不能搞定我姐,就看你自己的表现了。"

周末。

L岛风光明媚,天空蔚蓝,海水清澈。这里沙滩宽阔,脚下的沙子细腻,每一处都是风景。无数明星都选在这里举办婚礼,这座岛屿的空气里仿佛都飘着浪漫的气息。

于沁的婚礼将在L岛美轮美奂的水晶教堂里举行。

于沁是于敏知堂哥的独女,大于晚两岁。于晚从小性子冷淡,也就这位表姐跟她关系处得最好,彼此还能聊聊知心话。这几年虽然工作忙,两人很少联络,但这份感情并未减淡。

姐妹俩许久未见,自然有着说不完的话。

于沁以前跟于晚性格差不多,都是女强人,工作至上,也是不婚主义者。没想到她忽然就要结婚了,于晚得知这个消息时,自然无比吃惊。

于沁和她先生邱明是在工作中认识的,从认识到结婚,也就不到半年,可以说相当迅速。

"我以前总跟你说,男人都是阻碍我们这些女强人迈向成功的绊脚石,我于沁这辈子就嫁给工作了。"于沁笑了笑,"现在想想,那时候说不结婚要单身一辈子,只不过是没遇到看对眼的男人。爱情来了挡也挡不住,什么原则不原则,通通都是浮云,我现在只想一辈子跟邱明在一起。"

谈起和邱明的爱情,于沁连眉梢都洋溢着幸福的味道。

于晚这次见到于沁,发现她变化很大。有了爱情的滋润,她像被磨去了锋利的棱角,整个人都变得柔软而温和。

这是一个享受着爱情、沉溺在幸福中的女人。

新娘做完造型没多久,婚礼策划师进屋告知婚礼即将开始,新娘要准备出场了。

"沁姐,祝你幸福。"在于沁出场前,于晚抱了抱她,在她耳边由衷地祝福着。

于沁说:"小晚,你也会遇到属于你自己的幸福。"

于晚不知道自己会不会遇到,今天她虽替于沁找到幸福而开心,但她还是觉得自己一个人就挺好。

在水晶教堂里,当新郎面对一袭白纱、手拿捧花的于沁,说出情真意切又感人肺腑的爱情誓言时,于晚看到昔日里不会流泪的女强人,被感动得满脸是泪,她的心里还是有些动容。

仪式结束后,在新娘抛花球环节时,站在边缘的于晚竟意外地接到了捧花。周围的人纷纷跟她说"恭喜"。就连于沁都提着裙子,从台上下来,跟她说:"看来,我很快就能吃到你的喜酒了。"

于晚说:"沁姐,你就别拿我寻开心了。不是谁都有你这份幸运,能遇到真命天子。"

"说不定你的真命天子,就在我的婚礼现场。"于沁朝她眨眼睛,笑得一脸神秘。

于晚还想说什么,新娘就被人叫去合影了。

晚宴开始,在乐队的奏乐中,宾客们陆续进入餐厅。

某个角落里,于牧端着一杯香槟,看着身边的陆时熠,道:"你到底要躲到什么时候?我好不容易把我姐拐到L岛,你打算就这么远远地看她一整天?"

陆时熠不为所动,目光始终默默地追随着那抹身影。

于牧深吸了一口气,忍着脾气说:"我姐是母老虎吗?上去打个招呼都不敢,你还怎么追我姐?我跟你说,我姐今晚十二点半的飞机飞回B市,你要再不抓紧时间,你就打一辈子光棍儿吧!"

陆时熠放下酒杯,终于有所行动了。

于晚正在和人说话,像感应到什么,蓦然回头,就看到了快一个月没见的陆时熠。不知何时,他也出现在了于沁婚礼的晚宴上。

她有一瞬间愣住了。

隔着人群,两人对视了几秒,于晚收回目光,转头继续和身边的人说话,不再看他。

陆时熠的脚犹如灌了铅一样,任由于牧怎么推也推不动。

他的心里感到疼痛。

于晚是真的把他当陌生人了……

于牧在一旁看得干着急,他今晚要不想点办法,恐怕这两个人是不会有任何进展了。

L岛空气湿润,海风像有魔力,能将那些烦闷的心事慢慢吹散。

于晚不知在海边吹了多久的风,准备回去时接到了于沁的电话。她说,她想在教堂里给先生准备一个惊喜,让于晚过去帮忙布置一下。

于晚没有多想,爽快地答应了。

水晶教堂坐落在酒店靠海的悬崖边,整个教堂犹如悬浮在海面上,站在透明的教堂玻璃窗前,可以将印度洋美丽的海景尽收眼底。

从门口开始一直到教堂里面,地上都铺满了浪漫的心形蜡烛,像一个指示标。于晚顺着往里走,看到水晶灯下,粉色的玫瑰铺成了一个大大的爱心形状。

蜡烛闪动着光亮,整个水晶教堂像铺洒了一层星光,浪漫又温馨。

此刻教堂里面空无一人,于晚环视一圈后,有些困惑,这不都布置好了,还需要她帮什么忙?

她正准备给于沁打电话,教堂外传来脚步声。

于晚回头。

一个熟悉的、高大的身影，迎着蜡烛温暖的光亮，朝她款步走来。

那男人穿着一身剪裁合体的黑色晚礼服，白衬衫上打着精致的领结，俊美得像来迎娶公主的白马王子。男人走到她面前，停下脚步，视线落在她脸上，那双迷人的桃花眼亮得如黑宝石一样。

于晚被面前的男人看得心慌意乱，心跳加速。

"晚晚，你找我？"陆时熠低沉有磁性的嗓音从头顶上方徐徐传来。

于晚这才回过神，飞快地收起眼底多余的情绪，问："谁跟你说我找你了？"

"于沁姐说的，她说你在这等我，有话跟我说。"陆时熠眼底有期待的光芒，"晚晚，你想跟我说什么？"

这一声又一声的"晚晚"，喊得于晚心尖有些酥软。

她别开目光，冷淡地说道："我表姐搞错了，我并没有找你。"

于晚虽然不知道于沁从何得知她和陆时熠的事，但是她一看就知道，显然是她表姐将他俩一起骗到了这里，就连这场地，恐怕都是有人故意给他俩布置的。

听到这话，陆时熠的目光瞬间暗了下去。

02

于晚转身准备走时，身后再次传来一声急切的"晚晚"。于晚忽地顿住脚步，背脊僵直，她微微侧过头，问："什么事？"

陆时熠嘴唇微抿，凝视她，好半晌才说："我们……好久没见了，这段时间你过得还好吗？"

这毫不掩饰的关心，让于晚的心像被什么抓了一下。

"嗯，挺好的。"她看着陆时熠清瘦了不少的脸，下意识地反问，"你呢？"

陆时熠垂下眼睛，声音低沉地说："我过得一点都不好，每天都睡不着，吃饭也没胃口，干什么都提不起兴趣……"

于晚的心又一次像被什么狠狠地被抓了一下,有一阵难言的胀痛感。

她终究没有问原因,因为她知道原因。

这段时间,于晚一直用工作填充自己,忙得黑白颠倒,麻痹自己的神经。那些对陆时熠说不清道不明的情感,被她强行压在心里的某个角落。她努力了这么久,今天在看到陆时熠后,那份感情忽然像潮水一般不可抑制地涌上她的心头。

从意识到她对他有了好感后,于晚就再不能拿他当弟弟看待了。

"晚晚,我们真的要做一辈子的陌生人吗?"陆时熠声音沙哑地问。

于晚的心如针扎一般,她忽然很排斥回答这个问题,转移了话题:"我该去机场了。"

"我送你去吧。"陆时熠没再继续追问。

于晚说:"不用,表姐已经安排了司机。"

陆时熠没再坚持,而是退一步,道:"那我送你上车,正好我也要回酒店。"

言外之意就是这一段路,他们正好顺路,这让于晚找不出任何拒绝的理由。

两人并肩走在沙滩上,各怀心事,没再说话。

三月末,L岛还在雨季当中,刚刚还星光璀璨的夜空,转眼间乌云飘过,哗啦啦的雨水随着风朝他们洒落下来。

距离酒店还有四五分钟的路程。陆时熠抬头看了一眼说变就变的天,二话没说脱下西装外套,披在于晚头顶上替她挡雨。

带着温度和男人味道的西装,瞬间将风雨阻隔。于晚侧过头,看向身边高举着衣服替她挡雨的男人。这一瞬间,一股暖意从她心间升起,让她觉得又酥又麻。

于晚眼底闪过别样的情愫,难得温柔地说:"雨不大,你快穿上吧,小心着凉。"

陆时熠说:"我身体好,没事。"

忽然一阵风吹来，沙子吹进于晚的眼睛，她难受地抬手揉眼睛。

"怎么了？"陆时熠紧张地问。

于晚说："眼睛进沙子了。"

"别揉，我帮你吹吹。"陆时熠一手托着她的后脑勺，另一只温热的手轻柔地撑开她的眼皮，高大的身躯微微弯下来，薄唇凑近她眼睛，吹得又温柔又小心。于晚感觉像有一根羽毛顺着她的眼睛扫向她的心尖，心底荡起阵阵涟漪。

陆时熠说："好些了吗？"

"嗯。"于晚看着近在咫尺的脸，视线情不自禁落在他的唇上，脑海里不禁闪过那晚陆时熠将她压在香樟树上吻她的画面。

她的脸颊微微发烫。

不远处的草丛里，长焦镜头拍下了这一幕。没过多久，"#RG女总裁包养小白脸#"的消息登上了热搜。

大半夜，于牧急切地敲响了陆时熠的房门，陆时熠也是这时才知道他和于晚上热搜的事。

热搜里的内容，有照片和文字。

照片是偷拍的。

正是于晚和陆时熠今晚两人在L岛的照片。虽隔得比较远，拍得不是很清楚，但能看出当事人之一正是RG集团的女总裁于晚。不得不说偷拍的人很有技术，曝光的几张照片里两个人看起来很暧昧。

尤其是最后一张照片，陆时熠正给于晚吹她眼里的沙子，看上去像他俩正站在海边接吻。

其实单看照片也并没什么，顶多会让人以为他们是情侣。

但是，里面描述的文字，却将真相严重扭曲了。什么根据知情人士爆料，RG集团女总裁私生活极其糜烂……里面还说，今晚RG女总裁为博新欢开心，特意包下整个L岛与其私会。

总之,将于晚写得不堪入目。

而下面的评论也是相当精彩。

"我也想成为'女霸总',各色美男环绕,一天换一个,简直不要太好了!"

"笑死了,还新时代女性的楷模?这是要把女人们都带上歪路?不就仗着有几个钱,连做女人最基本的廉耻都不要了,恶心!"

"有钱真好,可以随心所欲!"

"能让大佬包下整个L岛,这新欢的魅力也真够大!"

陆时熠翻了翻评论,整张脸都变了色。

于牧看他的脸色跟调色板一样丰富多彩,心情也是相当复杂。

自己的好兄弟忽然被冠上"小白脸"的名头,和他姐一起登上了热搜。都不知道是该心疼他,还是该嘲笑他了。

于牧好奇地问:"今晚你跟我姐接吻了?"

陆时熠说:"我只是在帮她吹沙子。"

于牧终于忍不住哈哈大笑,嘲笑他真是惨,跟他姐一点进展也没有,还被当作"小白脸"上了热搜。

在陆时熠的目光下,他终于收起了笑,道:"我姐现在在飞机上肯定还不知道这件事。不过,你有什么想法吗?"

陆时熠烦躁地问:"有烟吗?"

于牧说:"你又不会抽!"

"快给我!"他直接上前,伸手去摸于牧的口袋。

阳台上,兄弟两人站在护栏边聊着天,不知吹了多久的海风,陆时熠指尖的烟在夜色中闪烁着明黄色的火星。

"你真打算这么做?"于牧侧过头看他,有些动容。

于牧不懂爱,但听了陆时熠的决定后,还是被他的勇气震撼了。他想,自己这兄弟,实在是太爱他姐姐了,竟能做到这份上。

陆时熠抬手吸了一口烟,烟头火星闪烁,将他线条清晰的侧脸照亮。他

望向远处的目光异常坚定，说："我知道这不是最佳的解决方式，但我想这么做。"

"好，那我替你安排。"于牧没再劝他。

飞机落地后，于晚一开机，立马涌进无数信息。她还来不及看，杨颂的电话已经打了进来。

"于总，您下飞机后先别出来，外面来了很多记者。"电话一被接通，杨颂便急切地说道，"我已经和机场那边打过招呼，给您安排了特殊通道，我现在就带着保镖过去接您。"

二十分钟后，在保镖的保护下，于晚从特殊通道离开。

而不远处的接机口，无数记者扛着长枪短炮，还在等 RG 总裁出来，想报道大佬风波后首次现身的第一手新闻。

上了车后，于晚才从杨颂处了解到自己在飞机上的这七个小时里所发生的事。

这次新闻的热度，远远超过了上次于晚欺凌亲奶奶的热度。

和上次如出一辙，同样有营销公司在背后操控，而且还不是一家。

03

杨颂查到，雇这些营销公司抹黑于晚的人，无一例外，都是 RG 的竞争对手。

RG 今年频频大动作，他们的对手公司自然眼红。

而商业竞争，从来就不存在绝对的公平性。

市场就这么大，RG 挡了别人的财路，自然就会被盯上，难免会被人暗中用一些下三烂的手段陷害和打压。

杨颂虽然解决了好几家营销公司，但热度还是没降下来，显然还有其他人在暗中操作。

上一次，于晚被曝出欺凌亲奶奶的新闻，虽然被压下了，但幕后黑手没找出来，隐患一直存在。果不其然，在 RG 曝光度最高的时候，对方再次伸出了黑手。

于晚有预感，真正的幕后黑手不是查到的这些人，是上次的那一个人。只是对方很聪明，一直躲在暗处推波助澜，借他人之手来对付她和 RG。

于晚看着热搜。

那些所谓的"石锤"，大部分是陆时熠和她出差时被偷拍的。有陆时熠深夜进出她房间的照片，还有上次陆时熠将她压在香樟树下，强吻她的视频和照片。

这些照片和视频，都被重新编辑了不堪入目的标题。什么"女大佬和小白脸深夜放纵"，什么"RG 女总裁不顾形象和新欢街头激吻"。

于晚虽年轻，但在商场上摸爬滚打的这几年，什么样的风雨没经历过，这些无中生有的新闻对她造成不了半点伤害。只不过，和她一起卷进来的人是陆时熠，她就没法再平心静气了。

热搜上了这么久，陆时熠就算现在还在 L 岛也一定看到了。

于晚想，陆时熠这么骄傲的一个男人，肯定受不了被人误会是小白脸。舆论带来的抨击和诋毁，恐怕会重重伤到他。

退出微博界面，她的手指在陆时熠的电话号码上停了许久。

于晚想给他打电话，问他还好吗，想说自己会替他澄清。可是，新闻虽然是假的，他是她的新欢也是假的，但照片里，他吻了她却是真的。

所以，于晚就算澄清，也没法再说陆时熠只是她弟弟了，那他们又该以何种关系来澄清？

于晚脑子里乱糟糟的。

"于总，要不我们召开记者会，就说你和小陆是情侣关系，这样不仅澄清了那些无中生有的新闻，也挽回了您和小陆以及公司的形象，一举三得。"杨颂又接着说，"小陆那么喜欢您，记者会他一定会积极配合。当然，您可以私底下跟小陆签一份协议。"

杨颂点到为止。

于晚听完，脸都变了，说："签一份假情侣协议是吗？让我利用他对我的感情，解决这次危机后就和他结束情侣关系？杨颂，这种主意你也想得出来！"

杨颂抿了抿唇，小声道："说不定就变真情侣了。"

这段时间，杨颂已经看出来了，于总对小陆明明也有意思，只是不肯正视自己的感情罢了。说不定趁着这个机会，两个人假戏真做，协议就作废了。

于晚说："你说什么？"

杨颂说："没什么。"

于晚道："给我重新想解决方案！"

于晚确实准备召开记者会，但不是用这种方式来澄清事实。而另一边，陆时熠却先她一步，召开了记者会。

陆时熠和于牧两人一回国，便直奔 HY。

此刻，现场来了很多媒体人。陆时熠一现身，有眼尖的记者立马认出，他就是 RG 集团女总裁新闻事件里的新欢。

闪光灯瞬间闪个不停。

陆时熠穿着剪裁合体的深色西装，打着宝蓝色领带，身材高大，英俊帅气，像来拍时尚大片的。他英俊的面容上带着笑意，面对无数的目光和闪光灯，举手投足间满是优雅与自信。

陆时熠并没急着澄清事实，而是在媒体面前，先自我介绍了一番，还落落大方地向媒体坦诚，他就是苏澜的儿子。

谁？苏澜！

现场瞬间沸腾了。

苏澜在娱乐圈德高望重。人们早就听说她有一个儿子，但她一直将家人保护得很好，从不公开私生活。媒体也不敢轻易爆料，因为他们都知道苏澜背景强硬，公公是个大人物，父亲是鼎鼎有名的 SY 集团董事长，是他们这些媒体人得罪不起的人。

如果陆时熠是苏澜的儿子,那这位就是富家子弟,身份背景如此强大的一位青年才俊,需要当别人的小白脸?

所以,网上说他是RG集团女总裁的新欢,那就是一个笑话了。

陆时熠还未做任何澄清,记者们心里就已经有一杆秤了。所以接下来,陆时熠向记者们介绍他和RG集团女总裁于晚的关系时,就变得简单多了。

"三代世交""从小一起长大""回国后进了RG集团担任总裁助理""暗恋多年"……

记者们在陆时熠的介绍中,不断地抓取关键词。

介绍得差不多了,陆时熠才郑重地说道:"在这里,我想替晚晚澄清一下,网上曝出的那些有关她的新闻都是假的,RG在她的带领下最近发展势头太猛,这才引来眼红的竞争对手在暗中抹黑她。当然,说我是她包养的小白脸也是假的,晚晚一直把我当弟弟看待。"

说到这,陆时熠顿了顿,道:"其实,一直心怀不轨的人是我。回国后是我借着工作,几次三番制造机会去接近她,也是我一直死缠烂打,单方面追求她。包括网上曝光的那个视频,其实也是我强吻她的……"

陆时熠抬手整了整领带,目光落向其中一台摄像机,眼神清澈而温柔,像看着于晚一样。

他悦耳的嗓音徐徐传来:"晚晚,借着这个机会,我想替自己之前对你所做的种种冒犯的行为,郑重地道歉。我知道你很生气,很难再原谅我,但我还是希望有一天,你能看到我对你的真心,能够给我一个重新追求你的机会。"

"晚晚,对不起。"

陆时熠薄唇微抿,沉默片刻后,再次开口道:"还有一句话我想对你说,那就是——晚晚,我爱你。"

记者澄清会,忽然变成了大型深情告白会。

果不其然,会议一结束,热搜前几名的位置全被陆时熠霸占了。

"啊!苏澜的儿子长得也太帅了!这到底是什么基因!"

"长这么帅,不去当明星真是可惜了!"

"当众告白,好勇敢,你一定能追到晚晚!"

"青梅竹马、姐弟恋、霸道女总裁和小助理,简直是言情小说里的男女主角,想想都好幸福!"

"苏澜的儿子还需要去当人的新欢吗?造谣一张嘴,辟谣跑断腿!那些营销号,请做个人吧!"

于晚这边还未做何澄清,网上的舆论已经发生翻天覆地的变化,从原来的谩骂和诋毁变成了满屏的祝福和羡慕。

"真没想到小陆会召开记者会。"总裁办公室里,杨颂的视线从视频上收回,一脸意外地感慨着。

他作为一个男人,都被陆时熠今天的举动感动了。

04

记者会上,陆时熠为了让事实显得更有分量,不惜自曝身份。而且在澄清的过程中,他几乎将所有矛头都揽在了自己身上。他这得是多爱于晚,才能有如此的气魄站在舆论的风口浪尖上?

杨颂开玩笑道:"于总,我要是个女的,我都想嫁给小陆了。"

于晚没说话,合上电脑,靠在椅子上,椅背旋转,朝向落地窗的方向,说:"杨颂,你先出去,我想一个人静静。"

当天下午,于牧来公司找于晚,并给她听了一份录音。

那份录音,正是前段时间陆时熠在酒吧买醉,对他们吐露心声时,被于牧悄悄录下来的。

办公室里很安静,只有陆时熠低哑的声音从手机听筒里徐徐传出。

陆时熠断断续续地讲了很久,讲述着从小到大,他和于晚的点点滴滴;

讲述着他从不懂爱,到懂爱,到正视爱,到追求爱的心路历程。

姐弟俩谁也没说话,安安静静地听着。直到录音结束,于牧才说:"小时候,他每次考试分数都比我低,每次打架都冲在我前面,替我扛下所有拳头……以前我想起小时候的事,十分感动,觉得这兄弟没白交,这辈子值了!结果,他做的那些事,压根儿就不是为了我,全都是为了引起你的注意!"

再次听到录音里的话,于牧还是愤愤不平,有一种被利用了的感觉。

"不过转念一想,他的所作所为,都是因为喜欢你、爱你。所以,我也就懒得跟他计较了。有时候想想,我还有些心疼他。"于牧重重地叹了一口气。

于晚靠在椅背上,微微抬头,眼眶湿热又酸涩。她的心中像有源源不断的暖流滑过,将她冰封的心一点点融化;又像有无数细碎的光,洒进她高筑的城墙,将她黑暗的世界点亮。

她从不知道,在这个世界上,有一个男人,竟爱她爱了这么多年。

结束记者会后,陆时熠就直接回家了。

记者会虽然效果很好,替于晚澄清了事实,但陆时熠心里还是很忐忑,担心自作主张、当众告白的事,会让于晚不高兴。

当陆时熠收到晚发来的约他今晚去酒吧见面的信息时,他的内心更加忐忑不安了。

而另一边,于晚不同以往,早早就到了酒吧。

视野开阔的小二层,她站在护栏边,双手搭在栏杆上,视线时不时望向入口处。孔臻看着身边心不在焉的人,抿着唇笑道:"动心了?"

于晚收回视线,看了他一眼,没说话。

"其实上一次,你把他约到这里来时,我就已经看出你对他有意思了。"孔臻直言不讳。

于晚沉默了一会儿,问:"老孔,你觉得……我跟他合适吗?"

"不管合不合适,你不都对他动心了吗?"孔臻笑了笑,并没直接回答,

"他虽然年轻了些,也没经历过什么风雨,生活阅历也不如你丰富,但不得不说,今天的事,我很欣赏他的勇气。"

今天热搜都被陆时熠霸占了,孔臻自然看到了有关他的新闻。

这时,他朝楼下某处抬了抬下巴道:"他来了,今晚玩得开心。"

孔臻拍拍于晚的肩,识趣地提前离开了。

同样的酒吧,同样的小二层。

陆时熠对这个地方都有心理阴影了。

他磨磨蹭蹭了许久,终于朝楼梯走去。

楼上,于晚坐在左侧的单人沙发上。

陆时熠的视线转了一圈,最后挑了一个离于晚最远的右侧单人沙发坐下。两个人之间,隔着一张长长的酒水桌。

于晚从他上楼起,视线就一直落在他身上,见他这刻意避远的举动,漂亮的眉头皱了皱:"坐那么远干什么?坐过来。"

"好。"听到命令,陆时熠起身,乖乖地坐到中间的沙发上,但还是不敢离于晚太近,两个人之间隔着一个人的距离。

"喝什么酒?"于晚看了他一眼,问道。

陆时熠说:"都行。"

桌上摆着各式各样的酒,于晚随便挑了两瓶打开,将其中一瓶递到陆时熠手里,她拿起另一瓶,和他的酒瓶碰了下,什么也没说,仰头喝了起来。

陆时熠不知道于晚今晚约他来的目的,见状,也咕噜咕噜地将瓶里的酒一饮而尽。

两个人什么话都还没说,就先连着喝了三瓶酒。陆时熠见于晚还准备开酒,赶紧摁住酒瓶:"别喝了,你胃不好。你要想喝东西,我给你去点果汁。"

于晚的视线从酒瓶上移到陆时熠的脸上。看着他脸上紧张的神色,感受着他的关心之意,她的眼底不禁泛起一层温柔之光。

陆时熠见她盯着自己半天不说话，心慌极了，赶紧心虚地认错，道："对不起……"

于晚弯起唇角，问："为什么要说对不起？"

"今天我擅自做主召开了记者会，还……还当着全国人民的面跟你表白了。我的这些举动，或许会给你带来困扰和麻烦。"陆时熠再次发挥他的认错特长，分析自己的错误，"不管怎样，都是我做得不对。"

于晚没接话，而是侧过身从包里拿出一个包装精美的盒子，递到他眼前。

陆时熠盯着盒子，一脸疑惑："这是什么？"

于晚说："给你的礼物，拆开看看，喜欢吗？"

陆时熠接过拆开，里面是一条湖蓝色的领带，以足球为装饰图案，时尚有趣又不失高雅，是他喜欢的类型。

"你没生气？"陆时熠拿着领带，有些不敢相信。

于晚笑着反问："我为什么要生气？"

所以，于晚今晚约他不是要找他算账？陆时熠慢慢激动起来，有些不确定地问："那……那我们还是陌生人的关系吗？"

于晚目光柔和，含着几分笑意，看着他说："你想我们是什么关系？"

陆时熠哪里敢想。

不过，于晚今晚能主动约他见面，还送他礼物，应该没有把他当陌生人看待了。他试探性地说了两个字："姐弟？"

于晚叹了一口气，抬手揉了揉眉心。

不对吗？不是陌生人，也不是姐弟的关系……

陆时熠那双漂亮的桃花眼里忽然闪过惊恐之色，大惊道："你……你不会想跟我做……做敌人吧？"

于晚叹了一口气，道："你坐过来一点。"

见陆时熠没反应，于晚索性倾身上前，直接伸出白皙漂亮的手揪住了他的衬衫领子，将面前这个高大英俊的男人往身前一拽。接着，她抬起头，闭

上眼，主动吻上了他的唇。

于晚用行动给了他答案。

05

当温热湿软的唇覆上他的唇，鼻尖被于晚身上好闻的馨香包围时，陆时熠的大脑闪过无数道白光，瞬间一片空白。

于晚何时如此主动过？她之前从没与异性接过吻，唯一的一次，还是上次被陆时熠强吻的。所以这会儿，她虽然主动吻他，但动作很生疏。

此刻，于晚不仅是脸颊，就连耳垂都染上了粉红色，十分羞涩。

于晚借着酒劲大胆地献吻，可陆时熠一点反应也没有，就在她郁闷得想要转身离开时，面前的男人就像被唤醒的雄狮，一把抱住于晚"反客为主"。

孔臻说得没错，不管合不合适，于晚都对他动心了。

在今天之前，于晚其实不太理解于沁说的话：爱情来了挡也挡不住。

直到此刻，于晚真正意识到，她已经在不知不觉中爱上了陆时熠，那些所谓的原则，都因他而通通失效。

以前，于晚不理解母亲在爱情上为何那般傻，所有人都不看好她和林启明，还依旧坚持要和他在一起。

现在，她忽然有些理解母亲了。

当真的爱上一个人以后，哪怕明知是飞蛾扑火，也会义无反顾地深陷其中。

就像此刻，于晚不再克制自己的情感，放任自己去接受陆时熠，和他无所顾忌地在一起时，无论是身还是心，都感受到了前所未有的轻松和欢愉。

一觉醒来，天昏地暗。

陆时熠望着酒吧昏暗的天花板，昏头昏脑的。他脑子里闪过一些零星的画面，猛地从沙发上坐起，抬手就甩了自己两巴掌。

他跟于晚……怎么可能？他做什么梦呢？

打完后,陆时熠彻底清醒了,低头一看,他的脖子上歪歪斜斜地挂着一条领带。

而这条领带正是于晚送给他的礼物。昨晚他还缠着她,非要她亲手给他系上。系完后,他抱着她,耍赖说:"你亲自把我拴住的,从此以后,我就是你的人了,你甩都甩不掉。"

此刻,陆时熠回过神来,他竟然真的跟于晚接吻了!

陆时熠激动得整个人都要飞起来了。

下午,于晚正在办公室里跟杨颂、程秘书以及几位高管交代有关TOMITO公司的工作任务,总裁办公室的门忽然被人急切地敲响了。

敲门的人毫无耐心,也不管屋里的人同不同意他进来,直接将门打开了。

随之,一道激动的男声在整个总裁办公室里响起:"晚晚,昨晚你主动吻我了是吗?我没在做梦吧?"

忽然闯入的人不是别人,正是陆时熠。

在一群下属好奇、探究的视线下,于晚原本毫无情绪的脸,瞬间以肉眼可见的速度涨得通红。她不再顾及总裁形象,拍桌而起,道:"闭嘴,滚出去!"

然而,当事人没有滚,反而是屋里这群极有眼力见的下属在相互对视后心领神会,抱着文件飞快地离开了。他们还识趣地带上房门,将独处的空间留给总裁和陆时熠。

"晚晚,昨晚是不是你主动吻我的?后来你还跟我在酒吧里睡了一晚上?"陆时熠将准备前往休息间的于晚拉住,将她困在门板和他的胸膛之间,不依不饶地追问。

"既然都记得,那你还问什么?"于晚红着脸,很难为情。

陆时熠忽然一把将于晚抱起,在办公室里开心地转圈圈,激动得像一个神经病。

"是真的!我不是在做梦,晚晚吻我了!我要疯了!"

陆时熠胸膛剧烈起伏，抑制不住兴奋之情："晚晚，我真的好开心！你知道吗，我现在开心得都要疯掉了！"

不是他醉酒强吻她的，是她主动吻他的。

这其中的含义，天壤之别。

也许是陆时熠的情绪感染到了于晚，她的唇角跟着情不自禁地弯着，身侧的手缓缓环上他的腰肢抱着他。

陆时熠说："晚晚，你快掐一下我，看看能不能把我从这个美梦里面掐醒！"

于晚笑得眉眼弯弯，道："你跟于牧一样是受虐狂？"

昨天，陆时熠召开记者会的举动，于晚说不感动是假的。

为了替她澄清事实，他甚至搬出了他母亲。陆时熠将自己身世曝光，作为苏澜的儿子，就意味着今后没法再过不被打扰的生活了。

从小到大，一直都是于晚在保护别人，她第一次深刻体会到被人保护的感觉，原来如此美好。

于晚和陆时熠恋爱的消息，不出一天工夫，集团管理层所有人都知道了。没过多久，整个集团的人也全都知道了。

于是，公司的微信群里，每天都在热议着总裁和陆时熠的恋情。

"我就说这么帅一个助理在身边，于总没道理不会动心。"

"陆时熠在记者会上说的话、做的事，换作任何女人都会感动吧。唉，这么帅，又这么痴情的男人，我怎么就没遇到？"

"你们发现没，于总最近涂的唇色，都是恋爱的颜色，看来心情很不错！"

"恋爱中的女人就是不一样。今天我碰到于总时，她居然对我笑了！笑了！于总笑起来的样子简直太美了！"

"我昨天去顶层给程秘书送文件时，正好看到于总和陆时熠从电梯里出来。然后，我听到于总跟陆时熠说话，好温柔！两个人虽然是姐弟恋，但真是越看越般配。"

于晚恋爱后的变化，不仅公司的人发现了，作为弟弟的于牧自然也发现了。他没想到，自己好兄弟的魅力这么大，他姐自从谈恋爱后，终于不再是一个只会工作的冰冷机器了，总算像个正常的女人了。

　　而他姐有了陆时熠后也终于不怎么管他了。他终于如愿以偿地变成野孩子了。

　　于牧都不知道是该高兴，还是该心酸……

―― 第十四章 ――

他对她没了那份新鲜感，于是就拍拍屁股走人了？

01

TOMITO公司是D国汽车制造业的后起之秀。当初，RG想收购TOMITO进军无人驾驶汽车领域时，遭到不少股东强烈反对。他们觉得巨额投入风险极大，稍有不测，就会让RG多年的基业毁于一旦。

作为领导者，于晚不是冒进之人，不过若太过保守，就会抓不住时代的机遇被市场淘汰。人工智能已经是未来的趋势，而RG旗下量子技术与人工智能实验室已经专门研究了一款智能的定制芯片。一旦投产成功，将会是自动驾驶领域的里程碑。

于晚拿出估算精准的数据，这群老古董在看到未来的巨额收益后，终于闭嘴了。收购TOMITO公司是未来几年重中之重的项目，决定着能否让RG转型成功，迈入更高的台阶，所以，于晚非常重视。

于晚虽然和陆时熠正处在热恋中，但是也没有因为恋爱而耽误工作，该出差还得出差。

两人在一起后，陆时熠曾多次提出要回 RG 上班，于晚没同意。这不是跟他怄气，而是她纯粹觉得，以他的才能让他屈身在自己身边当个助理，会耽误他的前程。

当然，于晚也没阻止他时不时来 RG 找她谈情说爱。

就在陆时熠准备出国找于晚的前一天晚上，于牧组了一个局，约兄弟们去俱乐部打球。

陆时熠虽然去了，但没什么心思玩，打了几局后就想回去了。于牧将球杆一丢，走到他身边，揽着他的肩膀，神神秘秘地将他拉到一边，悄悄塞给他一个四四方方的小盒子，说："给你。"

陆时熠说："什么东西？"

于牧贼溜溜地笑了笑。

陆时熠拿起一看，看到上面的品牌和名称时，脸瞬间变了。他将盒子直接拍回于牧怀里，道："你什么意思？"

有于牧这样当弟弟的吗？

"你明天不是要出国找我姐吗？正好异国他乡，长夜漫漫，你作为一个男人，你不主动点，难道还要让我姐主动？"于牧将盒子重新塞进他手里。

陆时熠板着脸，又将盒子丢回给他，道："我跟你姐正式在一起还没有半个月，你想什么？你自己留着用吧。"

"怎么，你不想跟我姐有更深一步的进展？"于牧挑眉问。

陆时熠说："谁跟你一样随便。这种事，我得跟你姐结婚以后才会做。"

于牧不屑道："你在这跟我装什么纯情？你从小利用我，欺骗我的感情来接近我姐，不就是想跟我姐在一起！"

被于牧这么一说，他怎么就变得这么不怀好意了？

陆时熠的脸色更不好看了，直接用手肘给了他一下。

四月中旬，阳光和煦，微风徐徐。

明媚的阳光打在TOMITO大楼上,全玻璃建筑的时尚大厦反射出璀璨的光芒。

于晚一行人从TOMITO大楼走出来,身旁金发碧眼的工作人员忽然发出惊叹声:"那个中国男人太帅了!他是明星吗?在我们公司门口等谁?"

于晚循着他们的视线望了过去。一辆黑色的轿车前,一个穿着浅蓝色休闲西装的男人,双手插在裤兜,倚在车门边。他身高腿长,戴着墨镜,又帅又有型,像在拍摄汽车广告的时尚男模特。

这男人,不是陆时熠又是谁?

陆时熠朝她抬了抬手,弯了弯唇,笑了笑,摘下墨镜朝她走来。

于晚克制着内心喜悦的情绪,侧过头问身边的杨颂:"是你告诉他我们的行程的?"

杨颂笑着摸摸鼻子,算是默认了。

看于总这般神情,应该是没生气吧?

陆时熠在于晚面前停下脚步,泛着笑意的桃花眼里满是温柔,他故意喊了一声"于总",笑着问:"看见我惊喜吗?"

周围好奇的视线纷纷落到他们这边。于晚在这些德国下属面前有些不好意思,低声问:"你怎么忽然来了?"

"想你了,想来陪陪你。"陆时熠旁若无人地环上她的腰,"忙完了吗?我带你去吃饭。"

这些D国下属虽听不懂他们在说什么,但一看两个人如此亲密,自然知道他们是什么关系了。几个下属纷纷感叹道:"于总,你男朋友好帅啊!"

于晚弯了弯唇角,说了一声"谢谢"后,便领着眼前这惹眼的家伙离开了,免得他们继续成为众人的观赏对象。

于晚终于体会到了什么叫一日不见,如隔三秋,从来没有一个男人能让她如此牵肠挂肚。于晚也不知道陆时熠到底有何魅力,竟让她越陷越深。

刚刚看到他忽然出现在大楼外,若不是顾及总裁身份,她或许会像其他

254

恋爱中的女生一样，激动地扑进自己男朋友的怀里。

陆时熠用头抵着她的额头，声音沙哑地说："晚晚，怎么办？我发现自己越来越爱你了，好想成为你身上的挂件，二十四小时都不和你分开。"

于晚笑出声，脸颊又烫又红，听得春心荡漾。

陆时熠说起甜言蜜语来一套一套的，还挺会哄人开心。

她问："还吃不吃饭了？"

"当然，餐厅我已经订好了，这就带你去。"陆时熠在她唇上又亲了一口，这才驱车离开。

于晚在 D 国工作繁忙，不过自从陆时熠来了后，她每天总能安排出时间和他约会。

以往出差，于晚除了工作就是工作，哪怕结束得早，也基本待在酒店里不想出去。而现在，她忙里偷闲跟着陆时熠玩，终于体会到人生除了工作外，还有那么多美好的事情可以去体验。

这几天，于晚虽疲惫，但每一天都过得充实且开心。陆时熠每次带她出去玩，都会和她一起拍照。他说，将来等他们七老八十了，这些都是他们宝贵的美好回忆。

陆时熠甚至还将于晚的手机屏幕换成了他的照片。他说，这样方便于晚想他能随时看到他。

于晚拿他没办法，也就随他去了。

陆时熠订了于晚旁边的房间。前几天，他都规规矩矩地在十一点左右就回自己屋里了。今晚，都快十二点了，他还磨磨蹭蹭地赖着不走。

于晚洗完澡出来，见陆时熠还坐在客厅里，问他："你还不回去睡觉？"

陆时熠说："再等一会儿。"

"等什么？"于晚问了半天，他支支吾吾，也说不出理由，就是坐着不走。

"我要睡觉了，赶紧回你自己房间。"于晚不客气地将人推出房屋外，

关上房门。

墙上的时钟,正好指向十二点,门铃也跟着响起。

于晚不用看也知道门外的人是谁,拉开门,笑着问:"还有什么事?"

陆时熠站在门外一直没走,看着她说道:"晚晚,你是不是忘记什么事了?"

"忘记什么了?"于晚眼角藏着笑意,故意装作听不懂。

"十二点了,已经是新的一天,现在是四月十二号了。"陆时熠不断地提醒着。

于晚说:"所以呢?"

陆时熠一直看着她,他都提醒得这么明显了,她不会忘了吧?

他闷声闷气地说道:"今天是我的生日。"

于晚神情平淡地"哦"了一声。

某个男人彻底憋不住了,说:"晚晚,我过生日,你就没有什么礼物送给我吗?"

于晚垂下头,笑了笑,陆时熠憋了一晚上终于憋不住了。

02

陆时熠整晚赖着不走,就是想等到十二点收于晚的生日礼物。

于晚抬起头来,皱着眉头,故意说:"我忘了,还真没准备,怎么办?"

陆时熠失落地叹了一口气,自我调节了一下情绪,轻轻地揉了揉于晚的脑袋,笑着安慰她:"没事,忘了就忘了。那……你吻我一下,就当是送我的生日礼物了。"

陆时熠噘起嘴,朝她凑过来,主动讨要生日礼物。

于晚看着他性感的唇、英俊的脸,忽然有些冲动,漂亮的手指钩住他的领带,将他往身前一拽,两人瞬间挨得更近了。她贴着他的唇,说:"一个吻够吗?不如……今晚我将自己送给你?"

"把你送给我？"陆时熠睁大了眼睛话都说不利索了。他飞速运转自己的大脑，反复解读这话的含义。

陆时熠还没来得及问是不是他所理解的那个意思时，于晚纤长的手臂已经钩上了他的脖子。他的话还未说完，于晚温热的唇便吻了上来。高大的男人被拽进屋里，身后的门，随之也被紧紧地关上。

暖黄色的玄关灯，打在两人的身上。

这一晚后，他们两个人无论是身体还是心灵，都到达了彼此灵魂的深处，靠得更近了。

陆时熠从后面抱着于晚，在她耳边说着亲密的情话。于晚舒适地靠在他怀里，唇角向上扬起幸福的笑意。

在陆时熠回国前，她从未想过他们会走到今天这一步。不管未来如何，此刻，于晚承认她很享受。

"晚晚，你工作太辛苦了，让我回 RG 帮你好吗？"两人正温存着，陆时熠的唇贴着她耳朵，再次提起这个话题。

于晚说："不行。"

"你不爱我。"陆时熠咬了一口她的耳垂。

于晚被他咬得又麻又痒，歪着头边笑边躲："你来帮我，那你在 M 国的投资公司不打算管了？"

陆时熠愣住了，道："你怎么知道的？"

他在国外有自己公司的事，他一直以为自己瞒得很好。

这事说来也巧。

于晚前两天跟 D 国这边一位女客户见面，两人聊得投机，便多聊了几句。那位女客户无意间提到她认识的一位中国男士，说他在 M 国成立了一个投资公司，年纪轻轻却眼光极好，所投项目没有不赢利的。还说他正好跟于总同一所大学毕业，而且都是来自 B 市。

聊着聊着，于晚发现她嘴里说的那位很会投资的男士居然就是陆时熠。

"今天我要不提起这事,你是不是打算一直瞒着我?"于晚侧过头问。

陆时熠有些心虚,干笑道:"没打算一直瞒着,想等时机成熟了再告诉你。"

于晚没跟他计较,说:"我查了,你们公司现在发展前景非常好,投资的几个项目都很成功,盈利很可观。你能把公司做到现在的规模,显然花了不少精力。创业不容易,你怎么能说丢下就丢下,真是没轻没重。"

而且,陆时熠丢下公司,回国一待就是四个多月。

陆时熠将她抱紧,俊脸紧贴着于晚的脸颊,说:"对我来说,什么都没有你重要。而且,我也没有完全不管公司。"

M国的公司虽然是和几个同学一起创办的,但陆时熠是最大的股东。这四个多月,他虽然没在M国,但一直都有主持视频会议。

于晚叹了一口气,陆时熠的话让她不知道该不该高兴。她和他认认真真地聊了一会儿两人的未来。她觉得,最好的爱情模式不是相互捆绑和束缚,而是应该相互依恋又各自独立。

她不希望陆时熠因为恋爱而不顾自己的事业。他现在是事业的起步期,根基还不稳,要想把公司做大做强,还需要投入大量的精力。虽然他的公司在M国,两人见面的次数会减少,但现在通信和交通如此发达,若想对方了,一个视频或坐个飞机就能看到。

陆时熠抱怨道:"我不要和你分开。"

于晚说:"听话,乖。"

陆时熠不再说话,而是再次吻住她的唇。

于晚一觉醒来,已是第二天上午十点。

她睡在陆时熠怀里,他的手臂搂在她的腰上,大长腿压着她的腿,于晚动了动,完全动弹不了。欣赏了一会儿眼前男人的睡颜后,她弯了弯唇角,将人叫醒。

于晚说:"我该起床了。"

"还早,再躺一会儿。"陆时熠微微眯着眼,半睡半醒间,将人搂得更紧了。

于晚又说:"别闹,十二点半我跟客户有个饭局。"

陆时熠说:"所以你中午不跟我一起吃了?"

于晚说:"嗯。你自己好好吃饭,下午我还要去一趟TOMITO,今晚会回来得比较晚。"

陆时熠皱起眉头,伸手摸过床头柜上的手机,看了一眼时间,吻了吻她的额头,这才心满意足地将人放了。

于晚离开后,陆时熠又睡着了。直到苏澜如催命般的电话响起,他才从美梦中醒来。

"你在哪?赶紧给我滚回来!"电话一接通,苏澜震耳欲聋的声音就从听筒那边传来。

陆时熠将手机移远,从床上坐起,抓了抓一头乱发,问:"妈,怎么了?"

"你再不回来,你妈就要死了,这辈子你都别想再看到我了!"说完苏澜就将电话挂断了。

"妈……喂?"这通电话彻底把陆时熠吓醒了。

苏澜从来都是一个乐观开朗的人,就算天塌下来都能笑看人生。在陆时熠的记忆中,他从未见过自己母亲动怒,更是从没说过这种话。

他回拨,提示对方已关机,打家里的座机,打了十几通都没人接。陆时熠是真慌了。

家里到底出什么大事了?难道母亲和父亲两个人在吵架闹离婚?还是……母亲得了什么重病?

陆时熠越想越慌,赶紧订了张回国的机票。事发突然,他几乎是踩着点最后一个登机的。上了飞机后,空乘提醒乘客手机关机或设置成飞行模式。陆时熠正准备给于晚打电话,告知她自己回国的事时,手机却因为整夜没充电而自动关机了……

十一个小时后。

飞机在机场落地,陆时熠怕于晚联系不到自己会担心,拿出手机尝试开机。手机虽然开机了,却只有百分之一的电,而这时,于晚的电话也恰巧打来了。

他赶紧接通,说:"晚晚,我手机……"

"陆时熠,睡了一觉你就玩消失,你可以啊!"于晚带着怒火的声音瞬间盖过他的声音,"既然你走了,以后就都别出现在我面前了!"

两人恋爱后,这还是于晚第一次对陆时熠发如此大的火。

03

上午离开时,于晚还担心他一个人在酒店里会无聊,特意提前结束了在TOMITO的工作,赶回来陪他一起吃晚饭。

结果,酒店里压根儿就没有陆时熠的身影,打他电话却得知关机了。

于晚一直找不着人,担心他出什么事,到酒店大堂一打听,得知他中午就叫车离开去机场了。再一查,他订了回国的机票。

爱情总是让人患得患失,尤其对于晚而言,她本来就觉得爱情是脆弱又敏感的。

陆时熠要回国,难道就不能提前知会一声?

说走就走,多半是没将她放在心里。

联系不上陆时熠的这十来个小时里,于晚想让自己冷静下来。但是,某个不安的念头在她心里越来越强烈。难不成陆时熠跟她父亲一样,是一个对待感情不专一的人?

他对她没了那份新鲜感,于是就拍拍屁股走人了?

此刻,好不容易打通陆时熠的电话,正在气头上的于晚忍不住将他一通臭骂。结果还没骂完,电话就断了,等她再打,对方又关机了。

果然!

才说了他两句,他连解释都懒得解释就不耐烦地将她的电话挂了。

另一边,陆时熠看着自己再也开不了机的手机,重重地叹了一口气。

他自然听出于晚生气了,但他还不知道自己的手机号码已经被她拉入黑名单了。他还想着赶紧回家充上电,再给于晚打电话好好解释。

一个小时后,陆时熠回到陆家。

一进屋,就看到苏澜一脸严肃地端坐在客厅沙发上,正盯着他。

见到母亲安然无恙,陆时熠暗自松了一口气,道:"妈,你这么着急催我回来,发生什么事了?"

"你给我跪下!"苏澜冷冷地命令道。

陆时熠看母亲的脸色不像开玩笑,他纳闷地问:"妈,我怎么了?哪里惹你生气了?"

"你还敢问怎么了?"苏澜抽过一旁的鸡毛掸子,打在茶几上,"跪下!"

陆时熠站着没动,完全不知道自己做了什么事惹得母亲如此生气。他大致回忆了一下,唯一有可能惹她生气的事,就是半个月前他对外公布他是她儿子的事了。

"妈,当时晚晚丑闻缠身,情况紧急,为了帮她,也帮我自己澄清,我只能先在媒体面前自报家门了。"陆时熠解释着,"当时还不是因为你在国外当评委,联系不上你,所以才没有跟你商量。"

"我是因为这个生气吗?"苏澜怒声打断。

"那你是因为?"

"你是不是跟小晚在一起了?"

"对啊,怎么了?"

"你们进展到哪一步了?"

陆时熠想到昨晚的事,故意得意地说:"运气好的话,过不了多久你就

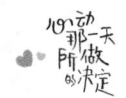

能当奶奶了。啊——妈,你为什么打我?"

苏澜瞬间气红了眼,拿着鸡毛掸子,追着陆时熠狠狠地抽打,气得话都说不利索了:"你竟然敢去招惹小晚,你简直要把我活活气死!我今天就把你的狗腿打折了,让你再也出不了门!"

小时候陆时熠不管犯多大的错,苏澜都舍不得打他,这还是她第一次发了狠地揍他。陆时熠终于意识到,母亲是因为他跟于晚在一起的事而生气,也终于知道,母亲火急火燎地叫他回来,是想阻止他和于晚在一起。

他十分不解,道:"妈,你那么喜欢晚晚,我把她追到手了,你不应该开心吗?怎么还打我了?"

"就是因为我喜欢小晚、心疼小晚,才容不得你糟蹋她、伤害她!"

"我对晚晚是真心的,我会好好爱她、好好照顾她,我怎么就糟蹋她了?"陆时熠躲到沙发后面,俊脸上满是疑问。

"你的真心值几个钱?你从小到大换了多少个女朋友了?你能对小晚真心?"苏澜态度坚决,"你喜欢谁,想跟谁在一起我都不会管你,除了小晚!我绝不允许你去招惹她!"

无论陆时熠怎么跟母亲解释和保证,他对于晚的感情是真心实意的,苏澜就是不信,甚至拿断绝母子关系来要挟他,不让他和于晚在一起。

母子俩爆发了有史以来最激烈的争吵。在于晚的问题上,两个人都动怒了,都不退让。

今天也是陆时熠第一次对自己母亲发如此大的火,他同样态度坚决地表明自己的立场,说:"断绝关系就断绝关系!谁也没法阻止我跟晚晚在一起,包括你!"

说完,他直接上楼了。

苏澜被气得血压飙升。

"太太,您消消气,别气坏了身子。"林妈过来扶住她,叹了一口气,还是忍不住替陆时熠说起话来,"说不定,时熠这次对小晚是真心的。要是他俩真成了,小晚成了您的儿媳妇,也是一桩美事。"

苏澜在沙发上坐下,揉着太阳穴道:"要是真能成,我做梦都能笑醒。可他从小到大是个什么德行,你又不是不知道。他交的那些个女朋友,哪一个能超过一个月?"

"真是翅膀硬了,现在居然敢跑去招惹小晚。万一小晚被这花心的小子给伤害了,你说我……我该怎么跟敏知交代啊……"苏澜一脸痛苦和自责的神色。

前几天,苏澜结束国外的评委工作后,才得知陆时熠上热搜的事,便去看了记者会上的视频。苏澜原本以为,只是她儿子单方面招惹于晚。结果,她昨天一打听,才知道于晚已经和她儿子在一起了,而且这在 RG 都已经是件公开的事了。

苏澜吓得差点要吃救心丸。

陆时熠回到房间将手机充上电后,才发现自己被于晚拉黑了,电话怎么也打不通。他总算意识到事情的严重性,几乎是想也没想,就立马订了今天飞回 D 国的机票。

陆时熠拿了充电宝和手机准备出门,却发现他的房门居然打不开了!

"妈,你干吗?"门外传来自己母亲和林妈小声说话的声音,陆时熠用力拍门。

苏澜说:"这段时间,你给我老老实实待在房间里反省,什么时候反省明白了,你再出来!"

为了阻止他跟于晚在一起,他妈居然想将他关起来?至于吗?

屋里忽然没了动静,苏澜觉得奇怪,进屋一看,陆时熠果然不见了,而阳台的推拉门开着,外面的风吹了进来,吹得窗帘阵阵飘动。

苏澜和林妈赶紧去阳台,就看到从二楼跳下去的陆时熠已经将车开出了别墅……

等他到了 D 国,于晚已经办理了退房。他去 TOMITO 打听,那边的人说

于总已经忙完这里的工作回国了。

陆时熠相当郁闷。

04

于晚并没回 B 市。

在陆时熠锲而不舍地连着打了无数次电话后,杨颂终于接通了他的电话。杨颂像躲在角落压着声音说话一样,他要再敢把于总的行程告诉陆时熠,于总说就把他开除了。

"小陆,你就别为难我了。"

最后,陆时熠找于牧帮忙,终于打听到于晚离开 D 国后就飞去了 G 市出差。于晚在 G 市待了三天。

这边有几个客户对 TOMITO 正在研发的无人驾驶汽车非常感兴趣。

他们洽谈了几天后,终于在今天下午签完合同。晚上,于晚和几位老总在一家菜馆吃饭。大家聊得很愉快,饭局结束,几人从包间出来时,已是夜里九点多了。

这家菜馆开在繁华的商业街上,窗外除了能看到鳞次栉比的高楼大厦,还能看到璀璨的江景。其中一位老总走着走着,忽然被窗外的什么吸引了,停下脚步,笑着说:"现在的年轻人可真是浪漫。"

一行人停下脚步,纷纷朝窗外看去,就看到对面耸立的大厦上,滚动播放着一行字——

"对不起,我不该不辞而别,我错了,原谅我好吗?"

另一位老总哈哈大笑,道:"这是犯了什么大错,需要租广告屏来公开认错?"

"认个错都这么高调,年轻人的世界,我们这些老家伙是看不懂了。"

于晚看了一眼,便收回了目光,没什么兴致参与这个话题。几人没多停留,乘电梯下楼。

外面广场上人来人往，异常热闹。

几人走出旋转门，司机们已经将车停在菜馆外等着了。

于晚正准备跟几位老总挥手告别，余光瞥见什么，脚步忽地一顿。

她以为自己眼花了，回过头，就看到了正前方的喷泉广场上，穿着一身正装的陆时熠。他手持一束硕大的粉玫瑰，正朝她款步走来。

于晚微怔，看到忽然出现的陆时熠，目光骤然冷了下来。

"于总，期待我们的合作，欢迎下次再来G市。"

听到声音，于晚收回视线，她不动声色地藏好眼底的情绪，脸上露出得体的笑容："这几日多谢林总的款待，下次来B市，我再尽地主之谊好好招待诸位。"

于晚同几位老总握了握手，将人一一送上车。她的司机在几位老总的车开走后，才将车平稳地停到她面前。

于晚直接忽略某个逐渐走近的身影，不等司机下车替她拉车门她就迅速地拉开了后座车门。

只是人还没上车，她的手腕就被赶上来的男人紧紧握住了。随之，男人低沉的声音在她身后急切地响起："晚晚，你先别走，你听我解释好吗？"

"放手！"于晚回头，目光冷厉，似乎是在赌气，"你没必要跟我解释，都是成年人，你情我愿的事，你爱走就走，我管不着也不想管。现在我不想看到你，马上从我眼前消失！"

陆时熠知道于晚是真的生气了，他紧紧拽着她不放，也不管她听不听，解释道："我没有不辞而别，我也没有睡了就跑。那天事发突然，我妈忽然叫我回国，我手机又恰巧没电了，等回到家充上电，你已经把我拉黑了。"

陆时熠说得很急，慌乱的脸上还带着几分委屈。

司机原本以为跟他们于总拉拉扯扯的陆时熠是不法分子，正准备上前将人拉走，却在听到两人的对话后赶紧收住了脚步，识趣地钻回车里，两耳不闻窗外事了。

陆时熠见于晚不说话,将花塞进她怀里,腾出手赶紧从裤兜里掏出手机,给她看那日苏澜女士给他打电话的时间,以求自证。

最后,他还点开订票软件,给她看他的订票记录。

"晚晚,我回来的当天就订了飞回D国的机票,只是等我赶到酒店时,你已经回国了,而我又一直联系不上你。"

于晚看着订票界面上那密集的订票信息,再看向特意跑来G市跟她认错的陆时熠,眼光闪动,忽然感觉五味杂陈。

不远处的广告屏上还在滚动播放着那条高调的道歉语,人来人往的广场上,时不时有人驻足围观,对着广告屏上的内容指指点点,好奇当事人是谁,他们在哪里。

"那些字……是你弄上去的?"于晚望向广告屏。

陆时熠点头。

于晚收回视线,垂下眼睛,紧抿着唇没再说话。

陆时熠以为她还在生气,说如果于晚不原谅自己,他就当着众人的面,大声说出广告屏上的字来求她原谅。

陆时熠说到做到,松开手,后退几步。

他忽然大声道歉:"晚晚,我错了,我没有……"

于晚脸色突变,赶紧上前捂住他的嘴,道:"别说了!"

她可不想让人知道,她就是广告屏里的女主角。在周围的路人纷纷朝他们这边看过来时,于晚赶紧将陆时熠拉上车,让司机开车离开。

于晚所住的酒店离这商业街并不远。

十几分钟后,车在酒店门口停下。陆时熠跟个甩不开的尾巴一样,寸步不离地跟着于晚进大堂、上电梯、出电梯。

于晚抱着花,穿过明亮的走廊,走到自己房间门口时停下脚步,身后的男人也跟着停下脚步。她回头看了陆时熠一眼,陆时熠立马咧开嘴角,回她一个灿烂的笑容。

于晚抿了抿唇，刷开房门，没有阻止身后的人跟进来。

房门一合上，于晚还没来得及将灯摁亮，陆时熠已经从后面搂住了她的腰，将她连人带花圈进了他宽厚的怀里。

陆时熠不知道于晚有没有原谅他，下巴轻抵在她肩上，唇贴着她微凉的耳垂，惴惴不安地说："晚晚，你不知道我有多爱你，我恨不得现在就拉着你去领证，好把你拴在我身边一辈子，我怎么可能会对你做出不负责任的事。"

滚烫的气息顺着耳朵直抵心尖，带起一股电流……于晚的心都麻得颤动了。

"晚晚，你还是不肯原谅我吗？"为了能让她原谅他，陆时熠忽然在她面前举起三根手指发誓，"我今天对你说的所有话，要是有半句假话，就天打雷劈。"

这誓言，可以说相当狠了。

于晚的脸颊涨得通红，在他怀里转过身，再次捂住他的嘴，道："别说了。"

于晚难为情，心里乱糟糟的，不知该如何面对陆时熠。她推开他的怀抱，开灯，将花放到玄关柜上，径直朝里走去。

身后的男人快步追上来，绕到她眼前，搭着她的双肩，还是不死心地追问："晚晚，你到底有没有原谅我？说句话好吗？不然我心慌。"

05

陆时熠皱着眉，一脸紧张的模样。

于晚抿着唇，视线不自然地望向别处。

其实，在陆时熠出现在菜馆外时，于晚对他的怒气就已经消了一大半。听完他解释，于晚才意识到，这次的事是她失了理性，是她对爱情太过敏感，是她错怪了陆时熠，是她太无理取闹了。

这会儿，于晚有些拉不下面子道歉，她动了动唇，最后只说："我要洗澡了，你……自己随意。"

"随意？"陆时熠那双迷人的桃花眼瞬间变亮，"那……那我们一起洗？"

于晚的脸颊骤然红了,她说的"随意"哪里是指这个意思了,是让他在房间里随意地待着。

"不行!"

"一起洗吧。"

"不要,出去!"

"晚晚,一起好不好?"

半推半就中,陆时熠还是没皮没脸地挤进了浴室。

洗完澡出来,于晚想到了什么,问:"你的腿怎么受伤了?"

刚刚在浴室里,她注意到他的小腿上有一大片伤痕,虽然已经结痂,但还是触目惊心。

"从二楼跳下来时不小心伤到的。"陆时熠说得云淡风轻。

这话把于晚吓到了,她猛地坐起,问:"从二楼跳下来?到底怎么回事?"

陆时熠没有隐瞒她,简单地说了一下之前家里发生的事。

于晚听完后,神色复杂。

陆时熠见她神色不对劲,赶紧解释着:"我妈反对我们在一起,不是因为不喜欢你,相反,是因为她太喜欢你了,所以怕我会伤害你。你说我妈怎么就不相信我会好好爱你呢?我严重怀疑,你才是苏澜女士亲生的,我是她从大街上捡回来的。"

于晚靠回陆时熠的怀里,脸贴在他的胸膛上,能听到他心脏平稳有力的跳动声,她搂住他的腰,低声说:"对不起。"

这一回,换陆时熠被吓到了,说:"你好端端地跟我道歉做什么?"

"这次的事,是我做得太过分了。我太敏感了,所以才会不信任你,怀疑我们的感情,这是我的问题。"于晚看着陆时熠眼睛下淡淡的黑眼圈,心中十分愧疚。

她任性地将陆时熠拉黑,又不许杨颂给他透露自己的行程,害他这几天一直在路上奔波,都没好好休息。

于晚抬起手,抚上他的脸,心疼道:"这几天累坏了吧?"

温热的大手覆上于晚光滑的手,拉到唇边吻了吻。陆时熠那双迷人的桃花眼,忽然满是笑意地睨着她,道:"晚晚,你说你这次这么误会我,让我受了这么大委屈,是不是该补偿我?"

"你要什么?"

"你说呢?"陆时熠凑近她耳边,声音低沉。

于晚没反应过来,身前的男人已经开始行动了。两人虽然和好如初,但于晚肠子都悔青了,他素来喜欢得寸进尺,她就不该跟他道歉……

回 B 市不久,于晚接到了苏澜的电话,苏澜约她见面。于晚也打算和她聊一聊,两个人便约在一家咖啡厅见面。

苏澜喝着咖啡,看着于晚,好几次都欲言又止。

最后,还是于晚打破了这窘迫的局面:"苏姨,对不起。我跟时熠在一起的事没有提前告诉你……"

"你这孩子跟我道什么歉,该道歉的人是我。"苏澜一脸愧疚。

话题打开后,两个人的话终于多了起来。

苏澜又心疼又不解:"小晚,你怎么就答应那小子的追求了呢?"

于晚有些不好意思,抿了抿唇,道:"时熠很懂我,也很会照顾人。这段时间跟他相处下来,我发现我也喜欢上了他,所以……"

于晚顿了顿,想到之前陆时熠说的话,还是忍不住替自己男朋友说起好话来:"时熠很好,他对我也很好,做了很多让我感动的事情,能被他喜欢,我很幸运。"

"你能喜欢他,才是他八辈子修来的福气!"苏澜叹了一口气,神情里尽是对自己儿子的嫌弃。

于晚都跟她儿子在一起了,苏澜现在也不好在于晚面前吐槽自己儿子的

种种不好，只能说："小晚，若是以后你能嫁到我们家来，我肯定打心里高兴。你知道的，我一直把你当亲女儿看待，最看不得你受委屈。以后，那小子要是欺负你，让你受委屈了，你一定要跟我说，知道吗？"

苏澜跟于晚保证，不管将来他们能不能在一起，也不管谁对谁错，总之，她宁愿不要儿子，也会站在于晚这边。

听了这番话，于晚虽然很感动，但她还是心疼了一会儿自己的男朋友。

"苏姨，我相信时熠不会辜负我。"

时光飞逝。

一晃眼便到了五月中旬，B市飞扬了快一个月的漫天柳絮终于有了消失的迹象。

经历上次的误会事件后，于晚和陆时熠两人的感情也像这天气一样不断升温，他们越发恩爱了。

他们处在热恋期，两个人每天都恨不得黏在一起。不过，于晚还是带着几分理性，在她多次催促下，陆时熠终于飞去M国经营自己的事业了。然而，分开不到一个星期，陆时熠又回国了。

只不过，这次他不是一个人回来，而是带着自己的工作团队，还大张旗鼓地在RG附近的写字楼租了一层办公区域，办起了分公司。

于晚知道后问他怎么回事。

陆时熠之前没跟于晚透露半个字，怕她生气。所以，他在招供之前，高大的身躯先贴了上来，从后面搂住了她的腰，下巴抵在她的肩上，才跟她说他最近看上了国内的几个项目，打算投资，所以带了些人回来先考察市场。

说完，他又补充了一句："顺便，也方便我们谈恋爱。"

于晚笑了一声，没接话。

她知道，陆时熠有意将事业的重心放到国内，主要是为了两个人不用再异地恋，工作恐怕才是顺便。他在M国多年，人脉也基本在国外。他在M国的投资公司虽然发展很好，但还在起步期，在这个节点回国发展，其实不是最好的时机。

不过，她知道陆时熠很有自己的主见，劝了也未必会听。当然她还是相信他的投资眼光，就算回国的主要目的是为了谈恋爱，他也不会拿工作胡闹，她索性也就没怎么管他了。

陆时熠将工作重心转移到了国内，工作的地方又和RG挨得近，他很有好男友的自觉性，负责每天接送于晚上下班。两人天天在RG出双入对，羡煞旁人。

于晚有时工作得晚便会去公寓住。陆时熠每次将她送上楼后，就赖着不走。自然而然，两人一起住在公寓的次数逐渐增多。

— 第十五章 —

这个世上从来没有后悔药,一步错,便步步错。

01

五月中下旬的某个周末,于晚难得清闲。陆时熠拒绝了苏澜让他带于晚回家吃饭的要求。他难得有时间能跟于晚全天黏在一起,才不要跟别人分享自己的女朋友。

这天下午,陆时熠忽然拉着于晚,说要去超市买菜亲自下厨,给她做一桌丰盛的西餐。

于晚听了后内心有些忐忑,出门前反复地确认他是不是真的会做饭?

"你就放心吧,我做的东西绝对能好吃到让你嗷嗷叫。"陆时熠在她耳边吐气。

"正经点。"于晚脸颊发烫。

"你不就喜欢我不正经。"

于晚被他说得脸更烫了。

她发现,陆时熠就像罂粟,有着致命的吸引力,和他相处越久,她便越陷越深，也越发爱他。

公寓的厨房是开放式的，陆时熠将买回来的菜拎到案板上，让于晚到客厅歇着，等着吃就行，自己立刻忙活起来。

于晚倚在吧台边，看着脖间挂着男士围裙、一脸专注的男人，虽然还不知道他厨艺怎么样，至少这会儿洗菜切菜的样子还行。

原本对他的厨艺不抱希望，后来越看眼睛越亮，她的男朋友还真是多才多艺。

陆时熠做的菜很丰盛，西冷牛排、海鲜鲈鱼片、蛋黄汁意面、樱桃鹅肝，还有奶油香菇汤。摆盘精致，色泽诱人，于晚若不是亲眼所见，都会怀疑这是陆时熠让大厨做好后送过来的西餐。

为此，陆时熠还特意收拾了一番桌子，铺了精美的桌布，放上鲜花，点了蜡烛，开了一瓶珍藏已久的红酒。陆时熠一一将餐盘端上桌，拉上窗帘，关了餐厅大灯。

暖黄色的烛光照亮着餐桌，气氛瞬间变得温馨又浪漫。于晚帮陆时熠脱了围裙，忍不住从身后抱住了陆时熠的腰。

陆时熠侧过头，唇角带着笑意，道："怎么了？"

于晚的脸在他挺拔的背脊上蹭了蹭，鼻尖满是他身上被阳光晒过般的好闻的男性气息，她将他抱得更紧了，问："特意学的吗？"

陆时熠就是陆家的宝贝，一直过着衣来伸手饭来张口的大少爷生活。于晚知道，苏澜虽然热爱厨艺，但从不曾让自己儿子下厨。

陆时熠转身将身后的女人拉进怀里，说："嗯，跟F国大厨学了两个多星期，快尝尝味道怎么样？"

于晚从来不是一个爱掉眼泪的人，可是这会儿，她的眼眶却湿热了，心里暖洋洋的。

"时熠，谢谢你为我做的这些事。"

"这就感动了？"

"嗯,很幸福。"于晚也没有隐瞒自己此刻的感受。她知道这段时间,陆时熠为了分公司的事已经够忙了,"怎么忽然去学这些?"

陆时熠搂着她的腰,额头抵着她的额头,一本正经地说:"我现在的事业刚刚起步,而你已经是上市公司的大佬了,还长得这么年轻漂亮,处处都比我优秀。咱俩差距这么大,我要再没有一两项特别之处,说不定你就被别的男人拐跑了。都说想留住一个人的心要先留住一个人的胃,我现在只会做西餐,过段时间我会跟我妈好好学做中餐。我要把你的胃、你的心、你的人,都牢牢拴在我身上,让别的男人没有半点可乘之机。"

听了这话,于晚的心就像抹了蜜一样甜。她低声笑道:"你不用做这些就已经把我拴住了。"

她想,这辈子恐怕再也遇不到像陆时熠这么爱她、懂她、包容她,愿意为她改变自己的男人了;而自己这辈子恐怕再也不会遇到第二个能让她相信爱,并且爱得无所顾忌的男人了。

于晚搂住他的脖子,踮起脚尖,动情地吻住他的唇。

两人在餐桌边吻得意乱情迷,若不是桌上美食的香味提醒于晚该用餐了,这是她的男朋友特意给她做的西餐,两人可能真的就会忘了。

两人端起高脚杯,碰了碰。于晚品了一口红酒,拿起餐具正准备品尝他的手艺,放在桌边的手机突然响起,打破了此刻的温馨气氛。

于晚侧过头看了一眼,是杨颂打来的电话。杨颂找她基本都是跟工作有关的事,若是以往,于晚会直接接通,不过今天她不想因为工作而破坏两人的烛光晚餐。

只不过,她刚挂断,手机铃声再次急切地响起。

杨颂不是没分寸的人,显然是遇到什么棘手的事需要跟她汇报。

于晚看了对面的人一眼。

陆时熠说:"没事,你接吧,说不定有什么急事。"

于晚接通电话,杨颂急切的声音透过听筒传来:"于总,D国那边的公司出事了,我们送过去的芯片被盗了……"

于晚紧握手机的指尖逐渐发白,她抿着唇,过了一会儿才强装镇定地说:"马上给我订去 D 国的机票。"

近几年,国内国外研究无人驾驶技术的企业数不胜数,但只有技术更先进的企业才能抢占先机。RG 量子与人工智能实验室研究的这款无人驾驶芯片,具有独创性与先进性,目前是行业的佼佼者。

如果能及时找回就还好,若是芯片流传出去,这份优势不仅没有了,就连 RG 最近签的上百亿订单都会面临高额的违约金,这将对 RG 造成致命的打击。

陆时熠一脸沉重,走进更衣室,换掉身上的家居服,帮着收拾行李,说:"我陪你一块去。"

于晚脸色同样沉重,她缓缓抬起头,看着他,点了点头。那不安的眼光里还有自责,她说:"对不起,这次恐怕没机会品尝你的手艺了。"

"没关系,我下次再给你做。"陆时熠心疼地抱住面前身躯单薄的女人,安慰着她,"晚晚,别担心,会没事的。"

此刻他们还不知道,错过了这顿烛光晚餐,等下一次于晚吃上陆时熠亲手做的饭时,已是两年后的事了。

02

D 国。

TOMITO 科研室里十分安静。

一屋子的工作人员头冒冷汗,大气都不敢喘一下,一个个低垂着脑袋,不敢去看于总的视线,因为大家都知道这件事的严重性。

事情的起因,还要从一个星期前说起。

RG 和 TOMITO 一起研发的无人驾驶汽车已经进入实验阶段。但在实验中,D 国这边的科研人员发现芯片中某个程序存在一个漏洞,虽然几乎可以忽略

不计,但为了百分之百的行驶安全,RG这边人工智能实验室的技术人员加班加点,重新修改了该程序,反复实验确认没有问题后,便派出专员去D国对芯片进行升级。

原本是打算让齐博去的,他一直负责D国这边的对接工作,但在出差前一天晚上,他父亲忽然出了车祸被送去了医院。

齐博走不了,这边只能改派另一名技术人员郭辉去。

而郭辉到了D国机场后,在去洗手间的途中,忽然被人打晕了。他公文包里的护照、个人工作证件,以及TOMITO科研室的门禁卡全都被人偷走了。

没过多久,一个自称是"郭辉"的男人大摇大摆地进了TOMITO的科研室。

D国这边的工作人员原本就没见过郭辉,对中国人的长相又有些分不清。那男人还刻意伪装成郭辉的模样,因此谁也没想到来对芯片进行升级的人会将芯片偷走。

显然,这一切都是有预谋的。

"于总,对不起,都怪我太粗心大意了,没注意到有人跟踪我。"郭辉头上还缠着白色的纱布,伤得不轻。

他眼睛红了,哽咽道:"我愿意配合警方,接受一切调查。"

事已至此,眼下并不是追究责任的时候,重要的是赶紧将丢失的芯片找回来,挽回损失。

监控视频里,偷芯片的人从进TOMITO到离开时都戴着帽子和口罩,看到有摄像头的地方,都刻意避开,这给警方抓人造成了一定难度。

他们再怎么着急,警方调查也需要一定时间。

于晚猜测,能对TOMITO和人工智能实验室两边动态都如此了解的人,恐怕多半是RG内部人员。

陆时熠动用关系,联系国内的警察,帮忙一起调查这起盗窃案。

三天后,终于有了线索。

国内警察调查到，齐博父亲的车祸并不是意外，而是有人蓄意为之，幕后的指使者叫石源。与此同时，D国警察也调查到石源最近在德国的出入境信息，郭辉来D国的那天，石源正好跟他是同一班飞机。

石源……

于晚听到这名字时，总觉得有几分熟悉，让人再深查，没想到石源竟然是石箐的弟弟。石源虽在RG工作，但他只是RG旗下一个分公司的技术员，不可能了解RG内部的消息，显然还有同党。

顺藤摸瓜，很快查出了这起盗窃案是石源和林万军合谋干的。

这林万军，于晚一点都不陌生。他是卢春花的四儿子，也就是于晚父亲林启明的亲弟弟，在RG集团担任高管。当初，于敏知接管RG没多久，林万军就跟着林启明进了公司，一路混到了现在的高管职位。

于晚接手RG后，虽然大刀阔斧辞退了不少关系户，但林万军在RG工作的十几年里还算安分，也没从他身上查出什么污点，所以于晚就一直没动他，将他当普通员工看待。

没想到，林万军竟如此深藏不露，真是养虎为患。

石源和林万军也许是知道事情败露了，想要连夜潜逃国外，不过还是在登机前被警察扣住，押回了警察局接受调查。

卢老太太知道自己的儿子被抓后，在于晚回国后立刻拄着拐杖来RG闹事了。她咄咄逼人，质问于晚凭什么让警察抓走她儿子，让她赶紧放人。

于晚没空搭理她，回公司没一会儿，便又匆匆赶去了警察局。

她最担心的事到底还是发生了，芯片已经不在石源和林万军手里了。经过警察一天一夜的盘查，这两人基本上把能招的全都招了。不过石源并没将自己姐姐石箐招出来，一个人扛下了所有的罪行。

他说，有人找到他，给了他一笔巨款，并承诺搞垮RG后就给他百分之二十的RG股份。他心动了，就答应了雇主的要求。而林万军是被石源拉上车的，石源承诺事成之后给他百分之五的RG股份，于是两人里应外合，实

行了偷芯片的计划。

不过无论警察怎么盘问,都没能从他嘴里问出雇主是谁。

于晚到了警察局后仍不死心。她隔着玻璃恩威并施,还是没能问出幕后的人是谁。

石源说:"对方身份很神秘,一直是单线联系。芯片也是他们让我装进黑色的塑料袋里,放在指定的地方,我连取芯片的人都没见到。"

于晚深吸了一口气,撑在案桌上的手越收越紧,她声音低沉,继续问:"石箐有参与吗?"

"没有!"石源回答得很快,"都是我一个人的行为,我姐毫不知情。"

事已至此,他被抓到了,他认栽。不过他要真是全招了,之前他和他姐做了那么多的事就全白费了。石源想,虽然现在他什么也没得到,下半辈子还搭进去了,但是至少他姐还能拿着钱,带着家人好好地享受下半辈子。

于晚点了点头,脸上露出冷漠的笑容,说:"既然如此,那下半辈子你们就待在牢里吧!"

卢老太太知道了自己儿子所犯何事,尤其是知道这事严重到就算不判死刑也要蹲一辈子监狱后,彻底慌了。她拉着林启明去向于晚求情,也不再是之前那一副嚣张蛮横的模样。

她一把鼻涕一把泪地跟于晚说亲情,甚至还为了她的儿子向她下跪求情。

于晚看着跪在自己脚边紧抱着她大腿哭得悲惨无比的卢春花,眉头紧蹙。

林启明不敢直视自己的女儿,脸上满是自责和愧疚。他上前将人拉开,说:"妈,这事你求小晚也没用。万军捅了这么大的娄子,都不知道给小晚和RG造成了多大麻烦,他坐一辈子牢也是活该!"

林启明总算说了一句公道话,将人连拖带拉地劝走了。

03

时间一天一天过去,却一直查不到芯片的下落,于晚焦头烂额。

而林家,同样因为此事闹得鸡犬不宁。

卢老太太和石箐算是彻底撕破了脸皮,各种难听的谩骂声响彻别墅。卢老太太说她儿子会坐牢都是石箐弟弟害的。石箐说要不是林万军自己贪心,也不会落到现在这个下场,怪不了别人。两个人吵得不可开交,甚至动了手,卢老太太差点被石箐推下了楼。

"你这个害人精,我真是眼瞎了,当初才会让你接近我儿子,让你进我们林家的门,造孽啊!"

石箐冷笑道:"死老太婆,你现在后悔已经晚了……"

林启明烦透了,直接打了石箐一巴掌。

石箐捂着脸,不敢相信自己的丈夫会动手打她,她感到心寒。夫妻两人为石源盗窃芯片的事没少吵架。

石源素来安分守己,林启明怀疑就是石箐怂恿她弟弟做的此事。

石箐说:"你有证据证明是我干的吗?没有吧?所以就算是我怂恿的,你又能拿我怎么样?"

这句话彻底惹怒了林启明,他上前一把掐住石箐的脖子,将她摁在墙上,说:"你为什么要这么做?你知不知道芯片流传出去会对 RG 造成多大的损失?"

石箐被掐得涨红了脸,仍旧理直气壮地说:"RG 会造成多大的损失关我什么事?我恨不得它立刻破产!"

说完,她还不解气,又说了一句:"都是你女儿活该!"

"小晚到底哪里得罪你了,你要这样害她?"林启明怒吼道。

"还不是因为她母亲于敏知到死都在算计我!她没本事留住你,就记恨我抢走了你。她本来就要死了,非要拿走你百分之十的 RG 股份才肯跟你离婚!我只是想拿回属于我们的股份,是你的好女儿不仁不义在先,她不给我股份,那我只能将它毁了!"

这番话,让林启明感到无比震惊。他从没想过,和他同床共枕了十几年

的女人竟然这般恶毒。他浑身止不住地发抖,道:"你这个蛇蝎心肠的女人,我真该掐死你!"

"敏知从不欠我们什么,小晚更不欠我们什么!当初,于宏同意我和敏知结婚,除了敏知强烈坚持外,还因为我答应了于宏,签了份婚前协议,将来我若做出对不起敏知的事,我就净身出户,不拿RG的股份。敏知和我离婚时念及旧情,还给我留了百分之五的股份,就是不想我们这个家过得太窘迫。"林启明说起往事,通红的眼眶里满是泪水,"相反,是我们欠她们太多……敏知如此大仁大义,你这个女人都对她和小晚做了什么!"

"怎……怎么会这样……"一旁的卢老太太身躯一晃,她从不知道事情的真相竟是这样。

卢老太太越想越心惊,一直以来,似乎都是石箐在中间挑拨离间,她才会看于敏知越发不顺眼,才会百般撮合石箐和自己儿子在一起。甚至后来,她也是听了石箐的片面之词,才会愚蠢地找于晚闹事,替石箐讨要股份。

原来,她一直都被这个女人当枪使。

卢老太太气得当场晕厥了过去。

林家鸡飞狗跳,卢老太太被送去医院抢救,人虽然抢救过来了,但因为突发脑出血导致全身瘫痪。又因为上了年纪,恐怕今后很难康复。

林启明坐在病床边,看着床上的人,眼里满是悔恨的泪水。他知道,造成今天这种局面,他有不可推卸的责任。这几年,他对于敏知和于晚姐弟的愧疚感越来越深,所以才会主动申请去国外工作,如今走到这一步,都是他的错。

这个世上从来没有后悔药,一步错,便步步错。

一切都晚了。

无人驾驶汽车的核心技术被盗,于晚这边再怎么封锁消息,终究是纸包不住火,陆陆续续有合作商打电话来询问芯片被盗的事。

事情彻底爆发，是在六月末。

CX高调宣布，他们自主研发出了一款高科技智能芯片，将进军无人汽车领域。媒体大肆报道，说CX将会成为该领域新的领航者，一时之间风头十足。

与此同时，于晚也终于知道，盗走他们芯片的幕后之人正是CX的陆创！

当晚，于晚便给陆创打了电话，但被他的无耻行为彻底恶心到了。陆创不承认自己盗窃，坚持说他们的芯片是原创的，还让于晚没有证据不要冤枉好人。

他甚至还说："我陆某人素来大方，于总要是对我们自主研发的芯片感兴趣，我很乐意跟你们RG合作。还有，我对于总的爱慕之心从来未曾变过。我真心建议于总和你那位毫无用处的男朋友分手，跟我在一起，这样才能创造真正的双赢局面。"

于晚感到像生吞了一只苍蝇一样恶心，气得她直接将手机砸在了墙上。

陆创既然用卑鄙的手段来竞争，那于晚也绝不会吃眼前这个哑巴亏。

RG和CX的专利权之争的事闹得沸沸扬扬，网络上双方各执一词。RG向CX发律师函，控告他们盗窃RG核心技术；CX回应，RG纯属污蔑。

陆创没把RG的律师函放在眼里。打这种专利官司，素来耗时长，少说也要一两年，就算官司打输了，该赚的钱他也一分不少地赚到了。

对陆创来说，在商业竞争中，他从来不在乎手段光明不光明，他只在乎利益和结果。

RG之前和合作商签下的上百亿订单里，有一条附属条约——RG和TOMITO研发的无人驾驶汽车，保证三年内在该领域具有独一无二的创新性和先进性。

而现在还不到半年，CX就研发出了和RG一样的高科技智能芯片，价格还比RG优惠。

这些合作商才不管这两家公司有没有专利权纠纷，他们只在乎谁能让他们获取更多的利润。合作商纷纷要求解约，RG面临巨额违约金。与此同时，

股东们几次三番来找于晚，闹得不可开交。内忧外患，于晚忙得焦头烂额，和陆时熠见面的机会也越来越少。

这天，杨颂送走几波解约的合作商后，来到总裁办公室，忧心忡忡地汇报："于总，这些合作商都跑去和CX签约了，据说他们的订单都已经排到明年……"

于晚靠在旋转椅上，眼神锐利，她弯了弯唇角，冷冷地道："很好，时机到了。"

于晚安排了接下来要做的事，杨颂听后，惊讶道："于总，你真要这么做？把技术公布，那我们就完全没有优势了。"

于晚说："陆创盗取了我们的芯片，我们的优势本来就没了。还不如将我们的技术分享给业内人士，让其他企业来制约CX。"

杨颂想了一会儿，明白其中的利害关系后，眼睛都亮了，不得不佩服于总的气魄和手腕，说："于总高明！让业内百花齐放，CX就别想一家独大了！"

于晚这是以其人之道，还治其人之身！

"通知实验室那边，抓紧研发第二代芯片。"

"收到！"

RG将第一代芯片数据毫无保留的贡献出来后，那些研发无人驾驶汽车的公司如获珍宝。于晚也因此在业内收获了好大一波好感。而CX没了优势，又签下了巨额订单，顿时面临和RG一样的危机。

04

七月中下旬。

于晚去参加商业峰会，冤家路窄，正好碰到了前来参加峰会的陆创。陆创虽然西装革履，但脸上少了往日的自信张扬，显然最近也忙得焦头烂额。他将于晚拦在走道上，杨颂和两名保镖立马将于晚护在身边。

"于总,你为了整我可真够豁得出去!"陆创直勾勾地盯着于晚,他没想到于晚居然能做出公布核心技术的事,"你千辛万苦研究出来的芯片就这么公开了,给自己平添那么多竞争对手,你就不怕在这个市场上再也站不住脚了吗?"

于晚弯了弯唇角,说:"RG有实力研发更先进的技术。担心站不住脚的,应该是你这种只会盗窃别人劳动果实的无耻之人。"

陆创目光骤然变暗,牙关紧咬。而后,他倏然一笑,嘲讽道:"有实力研发,那也得有经费支撑才行。背上那些高额的违约金,RG恐怕撑不了一个月就要宣布破产了吧?"

"我们RG能不能渡过难关就不劳陆总操心了,你还是操心自己的公司会不会破产吧。"说罢,于晚踩着细高跟鞋头也不回地离去,连一个多余的眼神也懒得给他。

陆创眯起眼睛,握紧双拳。

算你狠!

不过,鹿死谁手还不一定!

高额的违约金确实让RG陷入了前所未有的危机当中。

八月中旬,RG资金链断裂,整个RG笼罩在一片阴云当中,RG股票一跌再跌,再不解决眼下困境,恐怕真要宣布破产了。

RG内部人心惶惶。

在RG出事后,苏澜特意来找过于晚,她是来送钱的。

苏澜递给于晚一张卡,说这里面是她跟时熠外公手上现有的所有流动资金。不多,帮不上什么忙,但有总比没有好。

于晚的眼眶红了,苏澜不管怎么塞给她,她都没要。

她知道苏澜给的肯定是普通人口中的天文数字,可对RG眼下的巨大窟窿来说,也只是杯水车薪。而且苏澜能筹到这么多流动资金,恐怕变卖了一

些房产。

这段时间,为了解决RG的资金问题,于晚没少放下身段求人,可别人都是避之不及,生怕被RG拖下水。

所以苏澜的举动让于晚很感动。

说实话,于晚也不知道这次能不能带着RG渡过难关。RG现在就是个无底洞,稍有不测,和RG沾上关系的人都会遭殃。所以,于晚更不想连累身边的人,有这份情意在就够了。

苏澜没辙,最后只能心疼道:"如果你需要银行担保,我跟时熠外公都能给你做担保人。孩子,别担心,这个坎会过去的。我们都是你的家人,有需要帮忙的地方一定要开口。"

于晚盯着苏澜温暖的手,鼻尖泛起酸涩感,心头感受到阵阵暖意。

那天,苏澜又跟于晚聊了一会儿,说最近都没看到陆时熠回家,问他们关系还好吗?

于晚也不知道她和陆时熠现在的关系算好还是不好。这段时间她太忙,忙得常常忽略了他,以致他在忙些什么她都不清楚。

说起来,她还真是一个不称职的女朋友。

而于晚再见到陆时熠时已经是两天后了。

这些天,于晚为了寻求资金,各种应酬。这晚回到公寓已是夜里十一点多了。

又一次无功而返,于晚带着一身的疲惫进屋。

她有些意外地看到屋里亮着灯,多日不见的陆时熠正坐在客厅沙发上。他穿着西装,外套还没脱,领带松散,沙发边还放着他的行李箱,一副风尘仆仆的样子,像刚从哪里赶回来。

"回来了?"陆时熠声音有些沙哑。他站起来,大步走到玄关处,从鞋柜里拿出拖鞋给于晚。

于晚将包放在玄关柜上,换掉高跟鞋,打量了一会儿眼前的男人,他的眼里有着明显的血丝，眼睛下有着淡淡的阴影，像好多天没合眼了。

于晚微微皱着眉头，困惑道："这些天，你去哪里了？"

陆时熠薄唇微抿着，没有马上回她，转身去了客厅，走到茶几边，高大的身躯蹲下来，利索地打开他的行李箱。

箱子里装满了各种文件，陆时熠从隔层里拿出好几张支票，站起身递给跟过来的于晚。他说："这些给你。"

于晚接过支票，低头看了看。

一共八张支票，每一张支票上的面额都大得吓人。

于晚的眉头越皱越紧，抬眼望向面前的人，又吃惊又疑惑，问："你哪来这么多钱？"

"我和合作伙伴商量后，把公司给卖了。"

05

于晚被这突如其来的消息吓到了，拿着支票的手指都在发抖。她激动地提高了音量，说："你把公司卖了，你疯了吗？"

"我没疯，我很清醒。"陆时熠异常平静，"这些支票你拿着，我知道这用来补RG的窟窿还不够。你别担心，剩下的资金我会帮你一起想办法。"

于晚的眼眶瞬间就红了，不是感动，而是急红了。

她心中五味杂陈。

"你消失这大半个月，就是去M国卖公司？"

陆时熠轻轻地"嗯"了一声。

"这么大的事，你为什么不提前跟我商量一下？"于晚激动到声音都有些沙哑。

陆时熠抿着唇，没接话。

为什么不提前和于晚商量？因为陆时熠很清楚，如果他卖公司的事提前和于晚说了，她一定会极力反对。

此刻，于晚看着陆时熠的侧脸轮廓，只觉得手里的支票烫得她指尖发疼。

刚和陆时熠在一起时，于晚就曾找专业人士估算过他的公司。他们公司投资的每个项目都非常好，发展势头也极好。目前，公司的市场估值就远不止十亿美元，而且公司每年的盈利都在增长。

而现在，陆时熠居然失了理性，以十亿美元的价格就把他的公司卖了！于晚怎能不激动？怎能不生气？

于晚也不知是在气陆时熠就这么轻易地卖了他辛苦经营的公司，还是在气自己无能，至今没能解决 RG 的困境，还连累身边的人跟着她一起遭殃。

最后，于晚气恼地将支票拍在了陆时熠的胸膛上，急切地说："你马上回 M 国，告诉他们你的公司不卖了！现在就订机票，马上给我去！陆时熠，我不需要你的钱，你赶紧去 M 国把公司给我要回来！"

"已经来不及了。"陆时熠扣住于晚的双肩，平心静气地安抚她，"晚晚，你先别激动，你听我说，我一点都不后悔把公司卖了。公司没了，我以后还可以再创业，现在最重要的事是帮你解决眼前的危机。"

陆时熠看着于晚，每一个字都说得很认真："M 国我不会再去，接下来我都会留在国内，帮你一起处理 RG 的事。"

这番话，听得于晚心口一阵疼痛。

有感动，有自责，有不安，更有痛苦……

于晚眼眶泛红，她一把挥开陆时熠的手，狠下心，冷冷地说："我什么时候说过需要你留下来帮我了？你能不能别自作多情？我自己的事情自己能处理！"

"晚晚，我是你男朋友，我不可能袖手旁观。哪怕我现在力量微薄，我也会尽我所能为你做些事。"陆时熠将激动的于晚抱进自己怀里，手掌拍着她的背，试图安抚她的情绪，让她接受自己的好意。

然而，两个人都太为对方着想了，一个宁愿放弃所有，也想陪她站在风口浪尖，一起抵抗风雨；另一个拼命地想将他往火坑外推，不想对方因为自己受到半点牵连。

所以,两个人各自坚持、毫不退让的结果就是,话越说越急,也越说越重。

"陆时熠,你到底能不能听懂我的话?我说我不需要!"于晚再次将他推开,她情绪失控,通红的眼眶里水光闪动,"我不需要你什么事都围绕着我去做,更不需要你赔上自己的事业和未来帮我渡过难关!我现在已经够烦够乱了,你能不能不要再给我添乱!安安心心地经营你自己的事业就是对我最大的帮助了。"

陆时熠眼眶也有些泛红了,他说:"我心甘情愿为你做任何事情。晚晚,你不用什么事情都自己一个人扛,我是你的男朋友,理应帮你分担。"

"陆时熠,你要我说多少遍,我不需要!我不想跟你吵架,我已经很累了。"

"我也不想跟你吵架,只想帮你一起解决困难,我不想你一个人……"

于晚直接将陆时熠推到公寓外,态度是前所未有的强硬。她说:"你现在就给我回M国,你什么时候把公司要回来了,就什么时候再出现在我面前,不然以后你别来见我了!"

说罢,于晚绝情地将房门关上,将陆时熠隔绝在门外。

屋里没了他的身影,瞬间变得空荡了。

于晚整个人就像被抽干了所有力气,她靠着门板,跌坐在地上,双腿慢慢地蜷起,双臂抱着膝盖,痛苦地将脸埋在腿间。

心意都是好的,不知为何,两个人就闹到了这般地步……

于晚虽然放了狠话,但陆时熠却没再回M国。一连几日,他都在酒吧里喝着闷酒,于牧陪在身边,兄弟俩有一杯没一杯地喝着。

于牧最近心情也不好,RG出了这么大的事,一直都是他姐一个人扛着,他却像个废物一样,帮不上半点忙,于牧第一次深刻地明白了什么叫挫败感。

所以,于牧很能理解陆时熠此刻的心情。自己心爱的女人遇到麻烦,想帮忙还被拒绝了,跟他一样,肯定也觉得自己是个没用的废物。

不过陆时熠至少比他强,还能卖公司帮他姐,而他现在拥有的一切都是

他姐给他的。

于牧叹了一口气,问:"你真的不打算回 M 国了?"

陆时熠说:"嗯。"

"我姐都不要你的钱了,那你的公司岂不是白卖了?"

陆时熠望向远处五彩斑斓的舞池灯,语气异常坚定,道:"我会想办法让她接受的。"

酒吧依旧喧闹,临近十点,林洲洋姗姗来迟。陆时熠和于牧心情不好,作为好兄弟的林洲洋自然会陪着他们。

他今天来晚了,是因为在家里听说了一件重大的事,正好跟他的两个兄弟有关——于晚要和 HJ 集团的总裁季靳禾结亲。

"我姐要和季靳禾结亲,你没听错吧?"听到这个消息,于牧瞪大了眼,难以置信。

"季靳禾的母亲亲口说的,还能有假……"晚上,林洲洋准备出门时,他妈妈的牌友正好来家里打牌。其中一位贵妇人正是 HJ 集团董事长的太太。林洲洋无意间听到这位富太太跟他妈聊天,说起 HJ 集团要和 RG 联姻的事。虽然是联姻,不过,季靳禾母亲很满意于晚能做她家儿媳妇。

一旁的陆时熠激动地打断他:"晚晚不可能跟别人在一起!假的!一定是假的!"

―― **第十六章** ――

他的唇轻轻颤着，吻得温柔又深情。

01

　　林洲洋看了他一眼，叹了一口气，知道现实打击人，不过还是实话实说："RG现在都这样了，有人愿意出资和RG合作，还是HJ这样的大集团，我觉得没有什么不可能的。"

　　他们出生在这种家庭，为了企业的发展，牺牲个人感情很正常。林洲洋的父母当初就是因为商业联姻才走到了一起。

　　而季靳禾，在座的几人不可能没听过。

　　季靳禾三年前正式接手HJ集团。短短几年，季靳禾在商界就已经是个举足轻重的人物了。RG若是和这样的大企业联姻，确实能走出眼下的困境。

　　"我现在就去找我姐，问她是不是真的！"于牧拿起车钥匙，情绪比陆时熠还激动。

　　"别去！"陆时熠拉住于牧，他的手指都在发颤。

　　于牧红着眼，回头问："难道你不想知道这事是不是真的？"

陆时熠怎么不想知道,就是因为太想知道,所以他害怕结果真会跟林洲洋说的一样,于晚为了公司的发展要抛弃他,去和HJ总裁季靳禾结婚。

陆时熠深吸了一口气,努力让自己的声音听起来平稳:"我……我自己去问。"

陆时熠到底是没胆量当面问于晚。接下来几天,他悄悄地跟踪了于晚几次,发现于晚私底下真的有去见季靳禾。两个人约在同一家饭店,见了好几次面,虽然都各自带着秘书,但每次见面一待就是好几个小时。

陆时熠坐在车里,双手紧握着方向盘,望着饭店的方向红了眼。

于晚让他不要插手她的事,她自己会想办法解决。

所以,她的办法就是抛弃他,跟别的男人结婚?

于晚最近几天一直很忙,忙着和HJ集团协商各种合约事项。另一边,还要应付那群隔三岔五就来闹事的股东。

这天,股东再次来公司闹事,如同之前几次一样,全都在指责于晚决策失误,说当初就不该收购TOMITO进军无人驾驶汽车领域。若是选择稳妥发展,RG也不会走到濒临破产的地步。

这些人分红的时候比谁都积极、开心,可公司遇到困难,他们就恨不得将自己撇得干干净净,一分钱也不舍得往外掏。股东会议上,只有少数股东站在于晚这边,替于晚说话,让他们不要激动,说要相信于总。

这其中就有林启明。

"公司马上就要宣布破产了,你让我们还怎么相信?"

于晚手指叩了叩桌面,唇角上扬,淡漠地说:"既然如此不相信RG,不相信我,那你们不如将手头的股份卖了,趁早离开RG,也免得被RG拖累。"

"你以为我们不想卖吗?都跌成这样了谁敢接盘?于总,这破股份你敢要吗?"

于晚直接让杨颂拿来股份转让书,让他们签字。

有股东问:"于总,你还有钱收购股份吗?"

"这就不需要你们操心了，市场价，一分不会多一分不会少。"于晚的声音冷静而清晰，她扫视一圈，"还有谁想转让股份，仅此一天，抓紧时间找杨颂签字。"

于晚办事从不拖泥带水，当场就让他们把股份转让书给签了。

回到办公室，杨颂紧随其后，将手里的股份转让书递给于总过目。

"一共收回了百分之二十一的股份。"

于晚手里原本有百分之二十二的股份，加上于牧百分之十的股份，还有刚才得到的股份，她现在有百分之五十三的股份，即便跟HJ集团合作，她还是最大的股东，对RG仍有决策权。

"很好。"于晚在办公椅上坐下，看着上面的名单，弯起了唇角。

这些老油条，她早就想把他们清出RG了，正好趁此机会给RG注入一批新的血液。

于晚放下股权书，问："和HJ集团的合同都拟好了吗？"

"差不多了，等到法务部那边的几个附加合同拟好后，您就能和季总签约了。"

于晚点了点头。

杨颂没有马上离开，斟酌了一下，担忧道："于总，小陆那边，您想好怎么跟他说这事了吗？"

一说到陆时熠，于晚哪里还有运筹帷幄的气势？她抬手揉了揉眉心，眉宇间满是纠结和痛苦，她垂下眼睛，道："我还不知道该怎么跟他讲……"

陆时熠那么骄傲的一个男人，不管她和季靳禾结亲的事是不是真的，他恐怕都很难接受。

杨颂正要说什么，他的手机铃声忽然响起了，电话是季靳禾的助理打来的。接通电话，听完对方说的内容，杨颂神色变了又变，挂断电话，赶紧跟于晚汇报："于总，不好了，小于总和小陆跟季总打起来了！"

于晚心头顿时咯噔一跳，难道陆时熠已经知道这件事了？

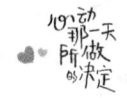

某高端会所内,刚刚平息了一场激烈的打斗。

于晚匆匆赶到会所时,已是半个小时后了。

老板正指挥着员工收拾一地残骸,而会所里早就没了陆时熠几人的人影。

于晚从老板这里得到证实,不久前在这打架的人确实是陆时熠、于牧和季靳禾。老板说,季总今天约人在这谈生意,小于总和陆总不久后也来了他们会所,具体为何事打架他不清楚,好像是小于总先挑的事。

于晚听后,给陆时熠打电话,却一直没人接;给于牧打了六七个电话后,那头终于接通了,得知他已经回家后,于晚挂了电话,立马驱车赶回于家别墅。

客厅里。

于牧脸上多处挂彩,李嫂给他上药,疼得他嗷嗷直叫。

李嫂看了一眼板着脸进屋的于晚,知道于牧今天免不了又要被他姐教训,药已经上得差不多了,李嫂叹了一口气,识趣地离开,把空间留给姐弟俩。

清脆的高跟鞋声由远及近,缓缓传来,于晚充满怒气的声音也跟着响起:"你找季靳禾打架,你皮痒了,是吗?"

一提到季靳禾,于牧就生气,他扭过头气呼呼地说:"HJ和RG合作就合作,为什么要联姻?姐,那姓季的分明就是乘人之危!这种小人,不打他打谁!"

"你懂什么!"于晚皱着眉头。

她原本一肚子怒气,但走到于牧眼前,看到他脸上的伤痕后,又有些心疼,道:"伤得重吗?"

"还行!这姓季的打架还挺狠的,今天没揍死他,算他走运!"于牧气呼呼地道,扯动嘴角的伤,疼得他倒吸了好几口凉气。

下午,他和陆时熠两人打他一人,也没占上风,他算是一个厉害的人!

"他是军校毕业的,你们找他打架不是找死吗?"看这伤势,季靳禾还是手下留情了。

于晚深吸了一口气，忍不住问："时熠有受伤吗？"

"伤了。"

"他伤得怎么样？"

"比我严重一点。"于牧如实说。

于晚一下子就急了，问："多严重，都伤到哪里了？"

于牧哼哼两声，抱怨道："果然是有了男人就不管亲弟弟的死活了。别揍我，疼！"

"赶紧说！"

"放心吧，都是皮外伤，死不了。"

于晚舒了一口气，又问："他人呢？"

于牧揉了揉眉心，说："我不知道。从会所出来后，他车开得很快，我没追上他，也打不通他电话，我就先回家了。"

02

打完这一架，陆时熠就这么消失了，没人知道他去了哪里。

整整三天，杳无音信。

起初还能打通他电话，后来手机一直提示关机中。

陆时熠没回陆家，也没再去找季靳禾麻烦，于牧联系了他所有的朋友，都说没有见到他。这三天，于晚也去了陆时熠所有可能会去的地方，但都没找到人。

这天晚上，于晚托着疲惫的身躯，失魂落魄地回到家里。

三天。

整整三天联系不到陆时熠，于晚都快崩溃了。他分明是在故意躲着她，躲着所有人。于牧说，他和陆时熠早在五六天前就听说了她要和季靳禾结亲。显然，陆时熠就是因为这件事而失踪的。于晚害怕陆时熠就这么消失在她的

世界里,更害怕他会做出什么傻事来。

书房里只开了一盏台灯。于晚坐在书桌后的椅子上,双肘撑在书桌上,双手掩着面,白皙的手指毫无血色。

于牧推开书房的门,朝屋里走去。看着书桌后的人,他心情沉重,出声安慰道:"姐,你别担心,他那么大一个人了,不会有事的。"

于晚没说话,于牧不知道她在想些什么,有个问题这几天一直盘旋在他心里,他好几次想问都没问出来。

这会儿,他终于忍不住问道:"姐,你真的要和季靳禾结婚吗?"

于晚终于有反应了,淡淡地"嗯"了一声。

"那时熠怎么办?"于牧情绪骤然变得激动。

于晚的双手无力地从脸上滑落,面对自己弟弟的质问,她的眼眶一点一点地泛红,她努力控制着情绪,简短地说:"季靳禾心里有喜欢的人,她母亲一直不同意,还给他物色了很多姑娘,最近催他结婚催得紧。正好季靳禾对RG感兴趣,也知道我有喜欢的人,所以,我们打算签一份两年的联姻合同,一来应付他母亲,二来也能帮RG渡过眼下的难关。"

联姻虽然是假的,合同到期就会解除联姻关系。但是,至少在外人看来,这两年RG和HJ确实是联姻关系。于牧消化了好一会儿,才消化了这其中的信息,虽然真相要比他想象的好得多,但是——

"姐,那你这两年是不是要跟时熠分手?"

就算联姻是假的,RG和HJ联姻,那陆时熠和他姐还在一起的话,就名不正言不顺了,岂不是真要变成他姐养的小白脸了?

于牧觉得,以他对陆时熠的了解,他绝对接受不了这事。

"姐,时熠那么爱你,你要是跟他分手了,他会发疯的!"于牧情绪激动,越说越急,"就算是假的,你也不能牺牲时熠跟姓季的结婚!时熠为了你,不仅把工作重心移到了国内,还把公司卖了。他这么全心全意地对你,你还要抛弃他,你这不是在玩弄时熠的感情吗?"

于牧的这番话，彻底地刺激到了于晚。

于晚拍桌站起，情绪再也藏不住了，通红的眼眶里有泪光闪动，说："你知道 RG 还能撑几天吗？你知道 RG 破产意味着什么吗？多少员工都得跟着失业，多少家庭会因为没了这份工作变得支离破碎。我难道想联姻吗？你真以为我是女强人，无坚不摧吗？我也想撂下担子不干，好好谈一份感情！谁能替我扛下这份重担？你能吗？"

于晚仰着脸，声音沙哑地反问："你一天到晚就知道不务正业，我不牺牲自己的感情为公司保驾护航，还有谁能够牺牲？对，我玩弄了你兄弟的感情，我对不起他，行了吧！"

于晚激动地说了一大串话，说到最后都哽咽了。

于牧看着于晚眼中闪动的泪水，心中久久不能平静。从小到大，这是于牧第一次亲眼见到他姐哭。他难以想象，一直在他面前如钢铁般坚强的人，也会有如此脆弱的一面。

于牧忽然很痛恨自己的无能。他姐说得没错，他天天不务正业，就知道花天酒地，但凡他在事业上能有些上进心，也不至于让他姐牺牲自己的感情来挽救公司。

于牧也红了眼眶，握紧了身侧的手，他现在既帮不上他姐，也帮不上他兄弟。他第一次深刻地认识到，自己真的是一个没用的废物。

B 市一年四季也就夏天会下几场暴雨。

夜里雷声轰鸣，窗外风声呼呼作响，闪电划破天际，照亮厚重的窗帘。

深夜，于晚从半睡半醒间猛然惊醒。

她坐起身看了一眼手机，凌晨三点。她心里觉得压抑，像有预感般掀开被子走到窗边，拉开窗帘望向窗外。

雷声轰鸣的夜色里，一辆熟悉的黑色轿车此刻正停在别墅外。

于晚眼中顿时涌起狂喜之色，她睡衣都来不及换，穿着拖鞋就跑下了楼。

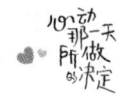

　　消失了好几天的男人此刻正坐在车里，靠在驾驶座的椅背上，闭着眼睛，不知是睡着的还是醒的。

　　车窗外传来敲击的声响，陆时熠睁开眼，缓缓转头。他看到车外熟悉的面容时，怔住了。车外风有些大，于晚身上的睡衣被吹得飘了起来。

　　陆时熠赶紧拿过后座的西装外套，推开车门，将外套披在于晚单薄的身上，将她裹紧，道："这么晚了，你怎么出来了？"

　　陆时熠的腰忽然被抱紧，于晚的脸紧紧地贴在他的怀里，问："你这几天去哪里了？"

　　终于见到人，于晚原本想质问他跑哪去了，可是话一出口，声音就不自觉地染上了浓浓的担心之意。

　　陆时熠背脊僵住了，身侧的手缓缓抬起抱着她，声音低沉地道："对不起，让你担心了。"

　　"你也知道我会担心？"话语里虽然带着责备之意，可于晚却将他抱得更紧了，像害怕他下一秒就会消失一样，"我一直找不到你，很担心。"

　　于晚的哭腔越发明显了。

　　陆时熠心口疼痛，很不是滋味："对不起……"

　　于晚从他怀里抬起头，借着路灯打量着他的脸。

　　几天不见，陆时熠似乎清瘦了不少，而他的脸上还有几处明显的伤痕。于晚抬起手，指尖轻轻抚摸着他受伤的地方，心疼极了，问："疼吗？"

　　陆时熠握住她白皙的手指，看着怀里的女人，他的眼底满是复杂又纠结的情绪。

　　他摇头。

　　于晚吸了吸鼻子，说："这几天，你为什么不接我电话？你到底干什么去了？"

　　陆时熠并没直接回答，视线望向别处，挣扎了一番，才开口道："刚开始听到你要和别的男人结婚时，我很慌，甚至连去问你的勇气都没有。后来看到你私下和季靳禾见了几面，我又嫉妒、又愤怒、又害怕，一想到要失去你，我都快变得丧心病狂了……"

虽然他答非所问，但于晚却听得心脏阵阵绞痛。

03

"这几天我一个人待着，想通了很多事情。"陆时熠接着说，"HJ集团能和RG合作，是好事。RG能渡过困境我很替你开心，真的。"

这话听得于晚心里发慌。

以前她希望陆时熠能够成熟稳重，做事不要冲动。可是现在，她发现自己很不喜欢他设身处地替她考虑的样子。她宁愿他来质问自己，联姻是不是真的？心里还有没有他？也不想听到他心平气和地说替她开心这种话。

"时熠，你能不能听我解释？"

"不用了，我都知道。"

他都知道什么？

还没等于晚提出疑问，陆时熠先她一步开口道："晚晚，不管你想做什么，我都会全心全意地支持你。但是你能不能……"

"能不能什么？"于晚声音沙哑地问，心里忽然升起一股不好的预感。

陆时熠用手指描绘着她脸上的轮廓，像要将她每一寸五官都牢牢地记在心里。

他再开口时，声音变得沉重而缓慢："能不能等我两年？两年就好。"

季靳禾说得没错，拳头解决不了任何问题，这是最无能的表现。他想要保护自己心爱的女人，唯有让自己变得强大。

"你要去哪里？"于晚彻底慌了。

陆时熠看着她，那双闪动的桃花眼里像藏着千言万语。最后，他什么也没说，而是捧住她的脸颊，闭上眼，低头吻了下去。

他的唇轻轻颤着，吻得温柔又深情，像在做最后的诀别。

这个吻虽然温热缠绵，但于晚却感觉不到半点甜蜜，只觉得满心苦涩。

陆时熠恋恋不舍地放开于晚，用指腹摩挲着她柔软的红唇。他红着眼眶，声音沙哑，痛苦地说："晚晚，我同意分手。"

于晚的睫毛狠狠一颤。

于晚从没想过，陆时熠会主动说他同意分手，来成全她的决定。她紧咬着唇，用力摇头，眼泪瞬间模糊了她的视线。

什么联姻，什么公司，有那么一刻，于晚统统都不想管了。她只要眼前这个男人，她只想永远跟他在一起。

"时熠……"

"给我两年时间，我一定会回来。"这话，陆时熠说得坚定而有力。

"时熠……"于晚再次唤他，满脸痛苦。

指腹上移，陆时熠擦去她脸上的泪，说："晚晚，我爱你。我的心永远也不会变，等我。"

说完，陆时熠狠下心，将于晚紧抓着他衬衫的五指慢慢地掰开。

"时熠——"

陆时熠转身的一瞬间，眼眶里的泪还是迎风落下了。

雷声轰隆隆地再次响起，天空终于下起了倾盆大雨。

路灯下，那辆黑色的轿车早已不见踪影。

于晚的耳边似乎还一直回响着陆时熠那句"我爱你"。她抬起头，任雨水落在脸上，她感觉不到半点疼意，唯有心脏传来的绞痛感，让她疼得难以呼吸。

下雨了。

她的心里，也下起了倾盆大雨。

春去秋来，两年的时间说快不快，说慢不慢，却足以改变很多事。

两年前还濒临破产的 RG 集团，渡过危机后，在一年前便和 HJ 集团取消了联姻关系。事情闹得沸沸扬扬，RG 股票当时虽有所下跌，但很快就稳住了。

如今，RG在于晚的带领下蒸蒸日上。

而这两年，于牧转变巨大，他收心忙事业。让人意想不到的是，他居然很有眼光，投资的几部大电影的票房和口碑都很好。

HY又进行了一系列整改，签下不少当红艺人，于牧甚至带着HY一跃跻身进国内娱乐公司前三的位置。

这让于晚对他刮目相看。

半年前，HY娱乐正式从RG集团脱离，开始自主经营。

在这日新月异的时代中，多少企业一夜之间荡然无存，又有多少新兴企业如雨后春笋般破土而出，火速占领市场成为资本领域的新霸主。

两年时间，足以让商界有天翻地覆的变化。

一个月前。

一家名为YW的公司，频频出现在财经新闻上——

YW收购YX在C国的全部资产，同时对YX进行十亿美元投资。

YW战略投资IK五亿多美元。

YW宣布，已经投资国内物流快递企业Y通。

YW与SH联合宣布，YW将投资十二亿元人民币参股SH，开拓数据服务领域。

QT传媒宣布，YW将战略投资并控股QT传媒。

近一个月内，YW频频有大动作，引起媒体高度重视和报道，尤其是近期，YW还高调收购了CX，顿时引来行业内外的极大关注。

这主要是因为CX最近负面新闻不断。

CX和RG集团的专利权官司足足打了两年，近期终于有了结果，RG赢了。CX苟延残喘了两年，现在不仅面临巨额赔偿，同时，其董事长陆创因在两年前盗窃RG核心资料，还将面临牢狱之灾。

没人知道YW为何会收购这家濒临破产又负面新闻不断的公司。

于是媒体开始深挖这家公司的信息。

媒体发现，YW两年前注册于M国。结果不到两年，YW就在M国证券交

易所正式挂牌上市了。创始人兼首席执行官,居然是Z国人。

更让人吃惊的是,这位首席执行官年仅二十六岁,并且已荣登富豪榜。

而一个星期前,YW忽然高调宣布,将总部从M国迁到国内。

就在众人深感好奇时,与RG集团大楼仅隔一条马路的正对面的一栋大厦,忽然传出易主的消息。

据说,一位神秘人士用高价盘下了整栋楼。

"谁这么豪气,把整栋楼都买下了?"

"买大楼,是准备出租写字楼收房租,还是准备自己开公司?"

"这要自己开公司,得是一家多大的公司?"

RG集团的员工们好奇地嘀咕了一个多星期。这天下班,员工们走出RG大厦时,就看到对面的大楼不知何时高高挂起了YW的LOGO(标识)。

04

YW的LOGO,简单大气,惹人注目。

"我的天!居然是YW,没想到他们总部迁到了我们RG的对面,难怪需要盘下一整栋楼!"

"据说YW的总裁特别帅,还特别年轻!真想看看他本人长什么样。"

RG的员工最近没少关注财经新闻,毕竟YW近期在国内的一番举动实在是太高调了,媒体各种报道,想不注意都难。

有RG的老员工说:"YW的老总是我们于总的前男友,你们不知道吗?"

"啊?这是什么大新闻?谁能跟我普及一下吗?"新入职的员工听到这个消息,震惊到嘴巴都张成了O形,同时激动得快要疯掉了。

他们于总的前男友不仅把公司迁到了国内,还把大楼买到了他们RG的对面,这是什么操作?

"这位陆大佬不会是……想重新追求我们于总吧?"

"如果是真的,花这么大手笔追人,这也太浪漫了!"

RG的员工们激动地讨论着两家老总的感情史，而这时，不知是谁忽然惊呼一声，手指远方："你们快看那边，有大帅哥！"

"那男人是谁，好帅、好酷、好有型！"

于晚从总裁专用电梯出来，看到大楼外聚集着不少员工，一个个一脸兴奋的模样，不知道在议论些什么。

"外面发生什么事了？"于晚走边侧过头问身边的杨颂。

"于总，你看对面大厦。"杨颂朝着远处抬了抬下巴。

于晚抬头望去，对面大楼上YW的LOGO映入她的眼帘，她猛地顿住脚步。

RG集团坐落在繁华的金融街上，每到上下班的点，街道上车水马龙，人行道上全是西装革履的白领。

于晚像觉察到什么一般，转头看去，在熙熙攘攘的人群中准确无误地看到了那个无比熟悉的身影。

她的眼眶瞬间就红了。

街边停着一辆惹眼的轿车，比那辆轿车还要惹眼的是那辆车的男主人。

男主人戴着墨镜，穿着剪裁合体的黑色西装，白衬衫配着精致的袖扣，手腕上戴着价值不菲的腕表，身材高大挺拔，外形出众惹眼。

他正悠然自得地倚靠在车门上，手里拿着一束粉色玫瑰。虽然他看上去有点冷酷，浑身散发着生人勿近的气息，却像极了从言情小说里走出来的霸道总裁。

于晚今晚有一个饭局，司机已经将车停在大楼外的街道上等着她了。而陆时熠的车正好停在来接她的车旁边。

于晚调整了一下情绪，忽视那一双双好奇的眼睛，朝大楼外走去。

陆时熠看着于晚径直朝她的车走去，完全忽略了他的存在，心里叹息了一声，选择主动出击，他将人叫住："于总，今晚有约吗？"

于晚停下脚步，站在车门边犹豫了一会儿，还是没忍住侧过头望向了他。

相比于两年前，陆时熠的五官轮廓越发鲜明了，气质也变了很多。没了

青涩与稚嫩，显得沉稳大气，他身上的自信感似乎是从骨子里出来的。

同时，他似乎也变得陌生了，已经不再是于晚记忆中的那个陆时熠了……

陆时熠摘下墨镜，两步走到于晚眼前，高大的身躯挡在后座车门边。于晚看着他，鼻尖酸涩，眼眶再次泛红。

她暗自舒了一口气，努力克制着此刻内心如潮水般翻涌的情绪。

她微扬起冷艳的脸，声音冷冷的，不带任何感情地问："我们认识吗？"

陆时熠微微弯下身来，凑近她，用她熟悉语调含着笑说："我是你的男朋友，你忘记了？"

他特意加重了"你的"二字，像在自己身上贴上了标签。

听到这熟悉的腔调，看到这熟悉的笑容，于晚终于忍不住了，眼里瞬间雾气缭绕，她别开脸，回复他："无赖！"

陆时熠弯了弯唇，笑了，像在听情话。他继续发挥起无赖的精神，道："于总，今晚能否赏脸和我一起吃饭？"

"没空。"于晚是真没空，今晚早已约了饭局，再不赶过去就要迟到了，她看了一眼腕表说，"让开，我要走了。"

陆时熠没有缠着人不放，而是退而求其次地说："那于总能否赏脸收下我的花？"

远处正在围观的 RG 员工们忽然激动地大叫："于总把花收了！收了！他们这是要去约会了吗？"

"于总上车了，怎么陆大佬没跟着上去？"

于是，RG 员工们亲眼看见了这么一个场景——隔壁 YW 的老总，双手插在裤兜，站在路边，像一尊望妻石一样，直勾勾地望着他们于总的车越开越远。车尾消失在街道转角，他还朝着那方向望了许久。

"怎么感觉陆大佬看起来有些可怜？"

第二天下班时，RG 的员工们再次看到陆大佬站在他们大楼外，捧着鲜花等于总。

不仅是这两天,接下来天天如此!而于总每次都只是接了花,一句话都不跟陆大佬说就坐车离开了。

陆大佬很有绅士风度,每次都不纠缠,还和颜悦色地目送于总的车离开。

于是,RG的所有员工都知道了,YW的老总正在疯狂追求他们的于总。所以,这两位老总之间到底发生过什么,于总会这样对待陆大佬?RG的员工们非常好奇。

而对面YW的员工们也知道了他们那一向视工作如命的老总,每天一到下班的点就像个清闲的公子哥一样跑去给对面的RG女总裁送花的事。送完花回来,他又像个没有感情的机器人一样开启疯狂加班的模式。

他们老总是患了人格分裂症吗?

接着,附近公司的员工们也都知道了这位风头正盛的商界大佬高调求爱的事。于是,每天下班的点都会有人特意来围观这一幕奇景。

两个星期后,连媒体都开始大肆报道YW老总正在高调追求RG女总裁的事了。

夜色降临。

霓虹灯将城市装点的光彩夺目。

某个高端会所里,于牧阔气地包下了超级豪华大包间,叫来一帮兄弟给陆时熠接风洗尘。原本陆时熠刚回国时,于牧就准备给他举办这个聚会,奈何人家大佬太忙,硬是拖了两个星期才抽出空来。

于牧看到他来了,拍着他的肩故意调侃道:"陆总,最近频频上新闻,很高调啊!"

"你也不差!"陆时熠笑了笑。

HY投资的电影,因为票房高、口碑好,频频上热搜,他这个总裁最近也没少上新闻。

两人相互吹捧着，吹得彼此都心情愉悦。

其他兄弟见陆时熠来了，纷纷上前祝贺他将总部迁到国内。

陆时熠仅用了两年时间就将公司发展到如今的规模，兄弟们对他佩服得五体投地。而且，这两年陆时熠变化极大，成了商界叱咤风云的大佬，让人望尘莫及。

兄弟们对他的称呼也从昔日的陆少、时熠、时爷，变成了现在的陆总。

一晚上，大家都围着陆时熠套近乎，给他敬酒。

陆时熠就算酒量再好，被大伙轮番敬酒胃也有些受不了了。于牧找了一个借口，将他从房间里解救出来。兄弟俩并肩站在阳台外吹着夜风醒酒。

于牧今晚很开心，也喝了不少酒。

两年了，整整两年。

他最好的兄弟终于回来了。

05

他们花了两年的时间成长，终于不再是曾经那个弱小的、还需要被人保护的雏鸟；他们终于羽翼丰满，变成强大的雄鹰。往后，他们终于有资本和底气去守护他们想守护的人了。

于牧望向夜空，远处有好几架飞机正从这座美丽的城市上空飞过，一闪一闪，宛如星辰。

于牧眯了眯眼，望向身边的人，问："需要我帮忙吗？"

陆时熠知道他问的是什么，摇了摇头，弯了弯唇角，语气平静而认真地说："不用，我自己会追，对你姐我有的是耐心。"

"万一我姐真不理你了呢？"

"一个月不行就两个月，一年不行就两年，十年不行就二十年……反正我这点心思，这辈子都花在她身上了。我相信她总有一天会重新接受我的。"陆时熠目光坚定。

于牧拍了拍他的肩，被他的深情打败。

过了一会儿，于牧叹了一口气，而后话锋一转，说："不过，我姐现在不理你也是你活该，谁让你当初那么狠心一走就是两年，还一次都不回国！"

想到这两年他姐所经历的一些事，于牧忍不住说："你出国后，我姐为了能早日跟HJ集团解除联姻关系，她甚至比当初刚接手RG时更拼命，恨不得一天二十四小时都在公司里。当时，我都担心她会猝死在公司。一年前RG终于步入正轨，我姐为了能早日和你在一起，甚至不惜让了百分之二的股份给HJ，作为提前解除联姻关系的违约金，可是你呢？"

当初RG和HJ解除联姻关系后，媒体报道得那么频繁，就算陆时熠在国外也不可能不知道。可这家伙不仅不回国，还对这件事毫无表示，甚至连一个电话也没有。

不知道的人还以为他已经移情别恋了。

陆时熠双手插在裤兜，高大的身躯在夜色中站得笔直，那双望着远方的桃花眼有些发酸发胀，眼底有光闪动。

他沉默了许久，才声音沙哑地开口："那时的我……还没有资格回来。"

他还没实现离开时许下的诺言，所以，他没有脸提前回来见他心爱的女人……

时间一晃，便到了金秋十月。

陆时熠已经高调地追求了于晚两个月。虽然于晚从他回国到现在都没正式搭理过他，但两个人在无形中似乎形成了一种默契。

比方说到了下班的时间，于晚即便手上的工作没结束，可一想到楼下正等着她的人，她还是会暂时放下工作，让司机像往常一样将车停在RG大楼外。而于晚每次取走陆时熠的花，看过他一眼后，就会坐车离开。然后等他离开了，再让司机将车开回地下车库，她再回顶层继续加班。

这段时间，两个人很默契，谁也没先迈出一步。

　　这天,陆时熠看到于晚走出大楼,便像往常一样邀请她:"于总,今天有空跟我吃饭吗?"

　　于晚依旧回绝:"没空。"

　　接过陆时熠的花准备走人时,耳边忽然传来男人一声痛呼,于晚下意识转头,就看到身侧的男人一手撑在车身上,一手捂着胃,高大的身躯微微弯着,眉头紧皱。

　　于晚看他脸色不对劲,立马紧张地问:"你怎么了?"

　　"胃……忽然有些疼。于总,我的车坏了,能麻烦你送我回家吗?"

　　于晚看了一眼周围,他今天确实没开车过来。不过,他一个大总裁,公司里怎么可能没有别的车?这借口很蹩脚,不过陆时熠脸上痛苦的神情不像是装的,于晚没跟他计较,侧过身,说:"上车吧,需要我扶你吗?"

　　"那再好不过了。"陆时熠一脸虚弱地说。

　　她也就客气一下而已。

　　身躯高大的男人在于晚的搀扶下,如愿以偿地坐进了她的车。

　　于晚并没送陆时熠回家。陆时熠上了车后就闭着眼靠在椅背上,面容有些苍白,紧皱的眉头一直没松开过,额头上还有汗珠,像在极力地忍着疼。

　　于晚看得有些心慌,直接让司机将车开去了医院。

　　到了医院,于晚给陆时熠挂了急诊。一番检查下来,医生说他有很严重的胃病,给他开了一堆药。陆时熠吃了止痛药后,脸色终于好看了些。

　　两人一前一后从医院出来时,天已经黑了。

　　于晚记得以前陆时熠身体各方面都很好,怎么两年不见竟有了胃病?不过一细想,陆时熠公司发展得这么快,这两年他肯定经常加班熬夜,吃饭肯定也是有一顿没一顿,才会落下胃病。

　　于晚越想就越忍不住心疼他。她低着头走路,没看到前面的男人已经停下了脚步,就这么一头撞在男人的背上,差点摔倒。

　　好在陆时熠反应快,及时转身抓住了她的手臂,道:"小心!"他低头看向她的脚,"脚有扭到吗?"

于晚动了几下脚踝,摇头说:"没事,上车吧。"

两人上了车,于晚将手里的药袋递给陆时熠后,忍不住说道:"以前你总是叫我好好吃饭,要照顾好自己的身体,结果你自己呢?你还不到二十七岁就把身体糟蹋成了这个样子。医生刚刚都说了,胃病要是不好好养,很有可能会发展成胃溃疡和胃癌……"

于晚越说越急,语气也越说越重。

陆时熠见于晚这么关心他,眼眶骤然红了,喉结上下滚动着,十分动容。他用那双桃花眼含情脉脉地看着她:"晚晚,你还愿关心我,我现在真的好开心。"

回国两个多月,陆时熠一直叫她"于总",这还是他回国后第一次叫她"晚晚"。

时隔两年,再次听到这熟悉又亲切的称呼,于晚觉得有些酸楚,忽然没了声,她红着眼眶,脸色不自然地转向车窗外。

原本司机要送陆时熠回陆家,但中途陆时熠手机响了,他的助理给他打电话说有份加急文件需要他回公司处理。

陆时熠和于晚能有现在这样的地位,一定是付出了无数的心血。因此于晚十分理解陆时熠,不管身体多不舒服,只要还没倒下,一切就都得以公司的事务为重。

今晚于晚原本也要加班,于是两个人就一起回了公司那边。

车在 YW 大楼前停下,陆时熠下了车,站在车门边对车里的人说,为了感谢她今天送他去医院,改天要请她吃饭。

陆时熠恳求道:"晚晚,不要再拒绝我了,好吗?"

于晚看着车外的男人,终究是不忍心再让两人的关系一直别扭下去。

她点了点头,说了声:"好。"

尾 声

01

三天后。

于晚终于腾出时间赴约。

陆时熠说请她吃饭,于晚没想到并不是请她去餐厅,而是他在家亲自做给她吃。更让于晚没想到的是,他的新家居然就在于晚公寓的对面。

房间还很新,显然是刚装修好没多久。于晚暗自打量,这都是她喜欢的风格。室内的很多细节,比如墙上的壁画、窗帘的颜色,都是她曾经无意间跟陆时熠提起过的她喜欢的画家的作品和颜色。

看到这些,她鼻尖忽地就酸了。

陆时熠弯下身,从鞋柜里拿了一双崭新的女士拖鞋给她。于晚换上,正好是她的尺寸。有关她的一切,他似乎都记得一清二楚。她的鼻尖,再次泛起酸楚感,心里像被什么东西塞得满满的。

于晚忽然有些自责和愧疚,陆时熠回国后她就一直没给他好脸色看,而当初两个人会分手也是因为她的原因……这段时间,她是不是做得太过分了?

可是一想到这两年间发生的事,于晚心里还是带着几分怨气。

冰箱里装满了新鲜的食材,陆时熠围着男士围裙,利索地开始准备两个人的晚餐。

这间公寓的厨房也是开放式的,于晚坐在客厅中也能看到他在灶台前专注而忙碌的身影。陆时熠做的是西餐,西冷牛排、海鲜鲈鱼片、蛋黄汁意面、樱桃鹅肝,还有奶油香菇汤。

他做得很快,阵阵香气从厨房里传来,只是闻着气味就让人很有食欲。餐桌上已经铺上了精美的桌布,摆着高脚烛台和鲜花。陆时熠一一将餐盘端上桌,又去拿了两个高脚杯,开了一瓶红酒,点上蜡烛,关了灯。

一瞬间,气氛就变得温馨而浪漫。

陆时熠喊于晚过来用餐。

于晚看着眼前熟悉的场景和那几道熟悉的菜品。

记忆一下子被拉到了两年前。

那时,他们正在热恋中。陆时熠特意向F国的大厨学习了两个星期,做了跟今天一模一样的西餐,只是因为D国那边芯片被盗而没有吃成,于晚也很遗憾没能品尝到他做的佳肴。

没想到,当她再次品尝到陆时熠亲手做的佳肴时,已经时隔两年了。

触景生情,于晚忍不住眼睛泛红。

"你尝尝味道怎么样?"陆时熠十分体贴,将切好的牛排端到她面前。

"嗯。"于晚的声音里有着明显的鼻音。

于晚用银叉叉住一块牛排,送进嘴里,细细品尝。她又一一品尝了另外几道菜品。

于晚吃着吃着,眼泪掉了下来。

陆时熠紧张地看着她,问:"很难吃吗?"

于晚摇头,说:"没有,很好吃,特别好吃。"这顿西餐色香味俱全,

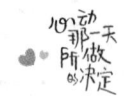

比她想象中的还要好吃。

"那你怎么哭了?"陆时熠十分紧张,赶紧从餐椅上站起来,绕到于晚身边,弯下腰,抬手捧住她的脸颊,用指腹擦去她的泪水。

于晚看着面前的男人,眼睛就像被拧开的水龙头,泪水越来越多。于牧说得没错,陆时熠就是一个有心机的人。他一定是故意的,故意做了跟两年前一模一样的西餐,故意让她触景生情,故意让她想起他们在一起时的美好时光……

就连前几天他胃痛,多半也是他故意在她面前示弱,好让她心疼他。明知这些都是他耍的小心思,于晚还是被他牵着鼻子走了。她终于忍不住了,哽咽着质问他:"为什么你非要两年才肯回来?一年前你既然没打算回来,那你现在又回来干什么?"

当初她解除了联姻,陆时熠在国外却无动于衷。她以为他变心了、不要她了……没人知道她那段时间有多难受。

"你想走就走,想来就来,你从来没有考虑过我的感受!在你眼里,我是可以随便对待的女人吗?我一定会在原地等着你吗?陆时熠,离开你,我照样能过得好好的!"

于晚发泄着压抑许久的情绪。

每次想起分手的那两年,于晚的心脏都会隐隐地疼。

陆时熠离开后,于晚的心像空了一块,感觉整个世界都失去了颜色。

于牧帮她查到了陆时熠在M国的新公司地址。于晚每次去M国出差都会刻意让秘书订陆时熠公司对面的那家酒店。

每次从酒店出来,她都期待能够遇到陆时熠,想知道他过得好不好,哪怕他们什么话也不说,远远地看看他也好。

可是,于晚一次也没碰到他。她给他打电话,他也一次都没接过。

陆时熠心里难受,他将她紧紧抱住,在她耳边不停地说着:"对不起,对不起……"

"晚晚，离开你的这两年，我过得一点都不好。这两年，我每天都发了疯似的想你，无时无刻不想回到你的身边。可是我没有资格，也没有资本回来。"

那两年，对陆时熠来说同样不堪回首。

他为了早日实现自己的目标，早点回来见于晚，没日没夜地工作，每天只睡三四个小时。如此高强度的工作，就算是铁人也扛不住，何况他只是个普通人。

那两年陆时熠生了几次病，变得很憔悴，也瘦了不少。陆时熠不想让于晚看到他狼狈的样子，公司也还没发展起来，他觉得没有脸面见她。

所以，于晚来M国出差那几次，陆时熠刻意避开了同她碰面的机会。

此刻，陆时熠捧着于晚的脸，无比郑重又无比认真地跟她解释："晚晚，我不想再做一个懦夫，我不想在你遇到困难时只能眼睁睁地看着你跟别人联姻，我讨厌这样无能的自己。所以，我必须要让自己变得足够强大，强大到将来不管你和RG遇到什么事，我都能成为你的保护伞时，我才有脸面回来。"

两年前，就因为他不够强大，他心爱的女人才会用跟别的男人假结婚的方式来解决公司的危机。这严重地打击了他的自尊心。

陆时熠曾在心里发过誓，往后再也不会让这种事发生。

于晚听了这番话，眼泪扑簌簌地落下，一滴滴滚烫的泪珠滴在陆时熠的手背上。陆时熠的心口疼得厉害，他俯身上前，吻掉她眼角的泪。于晚的睫毛颤动着，这个温热的吻将她心里复杂的情绪慢慢地熨烫平整，只剩下动容和心疼。

02

这一晚，两个人终于敞开了心扉。

于晚想起自己似乎还欠陆时熠一句解释，道："当初我和季靳禾结婚不是真的，其实只是合作……"

"我知道。"陆时熠打断她的话。

于晚愣了愣,道:"于牧和你说的?"

"不是。"陆时熠沉默了一会儿才说,"当初跟季靳禾打完架后我就知道了。他说,你们只是合约关系,不过这个社会从来都是弱肉强食,如果想要保护自己的女人,拳头解决不了任何问题,唯有将自己变得强大。"

于晚猛地咬住唇,不让自己哭出声。

她终于明白,当初陆时熠消失了整整三天后,为何会忽然说出"同意分手"的话了。

原来他早就知道了。他是多骄傲的一个男人,从季靳禾嘴里听到这番话,对他造成了极大的影响。于晚也总算明白,他为何一定要将 YW 做大做强后才肯回来了。

原来,他只是想有足够的能力爱她而已。

眼泪模糊了视线,于晚吸了吸鼻子,说:"你觉得……我们还能回到过去吗?"

陆时熠郑重地说:"就算回不到过去,我们也可以重新开始。"

于晚眼眶泛红,说:"以后,你要再敢一走了之,我就……"

话还未说完,于晚的唇就被陆时熠忽然吻住。

而后,陆时熠一字一句地保证道:"晚晚,我再也不会离开你了!永远都不会!"

说罢,他的手指扣着她的后脑勺,炽热的吻又落了下来。

起初,陆时熠吻她的时候还带着几分小心翼翼,见于晚并没拒绝,他就吻得越发激烈了,像要把这两年的分别之苦都从这个吻中一点一点地补回来。

熟悉的气息将于晚包围,她的心颤动得厉害。

她抬起纤细的胳膊,抱着陆时熠的脖子,主动迎合他。

这个吻,不仅夹杂着泪水的咸味、久别重逢后的心酸感,还有敞开心扉的感动之情,甚至还有两颗忐忑不安的心。

他停下这个吻,紧张地问:"晚晚,我们算是和好了吗?"

于晚难为情地将脸转向一边,说:"看你以后的表现。"

于晚没有直接承认,不过这句话已经足以让陆时熠激动得一整晚都睡不着了。

他的晚晚,终于愿意给他表现的机会了!

"晚晚,我们喝点酒庆祝一下今天的好日子!"陆时熠高兴地提议道。

桌上的红酒和暖黄色的烛光烘托出此刻温馨的气氛,两个人碰了碰杯后接着用餐。

心境改变了,他们的胃口也变好了,似乎吃什么都觉得美味,看什么都觉得赏心悦目。

陆时熠那双迷人的桃花眼直勾勾地看着于晚。

于晚被他看得脸颊越来越红。

一瓶酒被他们喝完了,陆时熠又去开了一瓶红酒。两个人心情好,喝着喝着,就喝多了。

饭后,陆时熠又去客厅放了音乐,兴致极浓地邀请于晚共舞一曲。

于晚眼底带着几分醉意,她看着他,坐着没动。

"晚晚,跳一曲,嗯?"陆时熠直接将她从椅子上拉起来。

于晚今天特意穿了一袭漂亮的连衣裙,这裙子将她的好身材勾勒得凹凸有致。陆时熠搂着她的腰,跳得有些心猿意马。

酒劲上头,于晚有些昏昏沉沉的,她将脑袋靠在他的怀里,任由他搂着她随着音乐的节拍轻轻晃动。

也许是今晚的烛光太温柔、西餐太美味、红酒太醇香、音乐太迷人,陆时熠情难自控,低头再次吻上于晚的唇。

于晚没站稳,两人双双跌入沙发中。

陆时熠与她十指相扣,温柔地吻着她,在她耳边深情款款地说:"晚晚,我不会再放手,从今往后我会一直陪在你身边,我爱你。"

当两个人拥抱在一起时,那空了两年的心终于圆满了。

　　第二天，RG总裁和YW总裁都没去上班！

　　一个星期后，YW总裁求爱成功的消息在网上传开了。

　　恋情公开后，YW总裁经常来RG串门。起初，RG的员工们看到他来公司找于总，还激动得嗷嗷直叫，后来他们就习以为常了。

　　因为，这位大佬来得实在太频繁了。早上，他亲自把于总送上顶层总裁办公室才去上班；中午，他过来找于总一起吃中饭；晚上，他又亲自来接于总下班。员工们即使再激动，看多了也变得麻木了……

　　话说，这位大佬会不会太黏他们于总了？

　　今年RG的年会和往年都不同，不再是在RG集团内部举办。

　　YW总裁阔气地包下了一艘超豪华游轮，说是为了增进两家公司之间的情谊，决定今年两家公司在游轮上一起举办年会，这也算两家公司第一次联谊。

　　大佬就是大佬，出手相当阔气。年会上不仅有明星来助阵，还有交响乐可以听。这一场视觉与听觉上的盛宴，让人难以忘记。

　　不过，最让人难忘的还是年会中一个惊喜又感人的环节——YW的总裁向RG集团的总裁求婚！

　　在两家员工和所有亲朋好友的见证下，穿着精致燕尾服的陆时熠在辽阔的星空下对着于晚深情表白。那些没有太多修饰词、平常却温暖的话，让所有见证这一刻的人都感动得落泪。

　　最后，陆时熠拿出早就准备好的钻戒，单膝跪地，郑重地说："晚晚，请给我一个照顾你一辈子、爱你一辈子的机会，嫁给我，好吗？"

　　此刻，他的目光比星辰还要明亮。

　　于晚看着他，含泪点头。

　　当陆时熠给她戴上戒指，两人激动地拥吻在一起时，漫天烟花忽地绽放。璀璨的烟火不仅点亮了整个海面，还照亮了于晚手上那颗耀眼的钻戒。

无人机在海面上飞行,拍摄这场浪漫的求婚场景。
唇上的温度,暖入心扉。
璀璨的烟火,点亮了他们的世界。
往后余生,他们终于不再是一个人。